Ac Yna Clywodd Sŵn y Môr

NOFEL

gan

Alun Jones

Argraffiad Cyntaf - Awst 1979
Nawfed Argraffiad - Medi 1998

ISBN 0 85088 801 8

Argraffwyd gan J. D. Lewis a'i Feibion Cyf.,
Gwasg Gomer, Llandysul, Ceredigion

I
ANN
ac i
HEFIN, BEDWYR a LLIFON
er cof am Taid Trefor

DIOLCH

Yn bennaf, i Mr. Islwyn Ffowc Elis ac i Dr. John Rowlands am eu sylwadau caredig a'u hanogaeth yn y Brifwyl yng Nghaerdydd, 1978, ac wedi hynny.

Hefyd, i'r Eisteddfod am y cyfle, ac i Gwmni Teledu Harlech am gyflwyno'r wobr.

I Ann, petai ond am deipio.

I Wasg Gomer a'r Cyngor Llyfrau Cymraeg am eu caredigrwydd.

Claddu

Byddai sgwâr dau led rhaw yn ddigon.

Tynnodd y tywyrch yn ofalus a'u gosod â'u pennau i lawr wrth ei ymyl, a dechreuodd dyllu'n ddiwyd a distaw gan ofalu rhoi pob mymryn o'r pridd ar y papur.

Go damia, carreg. Pa mor isel tybed? Rhoes ei law yn y twll. Cwta droedfedd. Dim digon o'r hanner. A fentrai roi golau? Yr oedd yn rhy dywyll iddo weld dim yn y twll ac nid oedd y rhimyn o leuad uwchben o unrhyw gymorth gan fod y cymylau'n gwibio ar ei draws yn ddi-baid. Golau amdani.

Aeth ar ei liniau uwchben y twll a goleuodd ei lamp. Pyramid o garreg. Byseddodd o'i chwmpas am ysbaid cyn darganfod meddalwch yn un pen. Turiodd â'i fys heibio iddi ac o'r diwedd llwyddodd i fynd odani. Roedd gobaith eto. Yn araf ac amharod daeth y garreg yn rhydd; cododd hi'n ofalus a'i rhoi ar ymyl y papur.

Yr oedd y twll yn culhau'n arw erbyn iddo balu sbel ymhellach. Tynnodd y tâp mesur o'i boced. Dwy droedfedd a hanner. Iawn. Golygai hynny dros ddwy droedfedd o bridd ar y blwch, digon i'w ddiogelu am byth petai angen. Cerddodd yn ôl at y gwrych ac ymbalfalodd yn y tyfiant am y blwch. Gwrandawodd am eiliad. Dim. Cofiodd iddo glywed sŵn y môr ar brynhawn stormus o'r fan hon ers talwm, ond yr oedd yn rhy dawel o lawer heno, ac ni chyrhaeddai sŵn unrhyw don ymhellach na phen y traeth bron filltir i ffwrdd. Nid oedd awel o fath yn y byd, ac yn yr awyr yr oedd düwch cwmwl anferth wedi llyncu'r lleuad.

Daeth yn ôl i'r cae ac aeth ar ei liniau drachefn i osod y blwch ar ei ochr ar waelod y twll. Byddai'n rhaid iddo lenwi'r pridd yn ôl â'i ddwylo rhag ofn i'r rhaw dorri'r papur. Efallai y byddai cynfas wedi bod yn well. Na, erbyn meddwl, byddai cynfas yn rhy drwm ac anhwylus i'w gario. Gollyngodd ychydig o bridd ar ben y blwch ac ymestynnodd am yr ordd. Gadawodd iddi ddisgyn yn araf ar y pridd, a dechreuodd ei chodi a'i gollwng yn gyson yn y twll i wasgu'r pridd yn iawn. Chwe modfedd o bridd eto. Gordd arno. Chwe modfedd arall. Gordd eto. Y garreg yn awr. Dewisodd yr wyneb mwyaf gwastad i'r garreg a rhoi hwnnw i orwedd ar y pridd. Gwasgodd bridd o'i hamgylch ac ar ei phen â'i ddwylo cyn ailafael yn yr ordd.

Disgynnodd y defnyn cyntaf o law ar ei wegil. Daeth y mymryn lleiaf o ofn i'w lygaid. Aros am funud y diawl, meddyliodd. Os bwrith hi fe fydd yma ddigon o olion i'w gweld o Fynydd Ceris. Rhuthrodd am y gweddill o'r pridd, ond ymataliodd yn sydyn. Pwyll pia hi, Jôs, pwyll pia hi. Gorffennodd ei waith gyda'r un gofal a'r un trylwyredd ag a ddangosodd drwyddo draw.

Erbyn iddo roi'r tywyrch yn eu holau a'u gwasgu'n ysgafn â chledrau'i ddwylo yr oedd yn pistyllu. Nid oedd ganddo ddewis. Tynnodd ei gôt a'i gosod yn ymyl y papur. Rowliodd y papur yn araf a gwthio'r gôt odano. Yna cododd y cyfan a'u cario at y clawdd. Ychydig iawn o bridd oedd ar ôl yn y papur. Fe fyddai'n amhosibl darganfod bod neb wedi ymyrryd dim â'r ddaear. Gwaith da. Gwaith taclus iawn. Agorodd ei gôt a'r papur a disgynnodd y pridd i'r gwrych. Gwisgodd ei gôt yn ôl a thynnodd ei fraich dros y gwrych er mwyn i'r pridd fynd o'r golwg yn iawn. Campus, dim ôl o gwbl. Aeth i nôl y rhaw a'r ordd a goleuodd y lamp un waith er mwyn ei fodloni'i hun ar ei waith. Yr oedd y cae yn union fel yr oedd cyn iddo ddod arno. Perffaith. Plygodd y papur a'i roi yn ei boced a chychwynnodd am y car.

Ar ôl dringo dros dri gwrych a chroesi dau gae yr oedd yn wlyb drwyddo. Dechreuodd deimlo'i grys isaf yn glynu ar ei gefn a daeth yn ymwybodol o'r oerfel. Bob tro y gwlychai fe fyddai'n dioddef am ddyddiau, ond dyna fo, yr oedd yn werth dioddef am . . . Aeth ar ei ben i'w gar. Yn y tywyllwch a'r glaw yr oedd yn amhosibl ei weld.

Byseddodd ei ffordd tuag at y drws. Diolch i'r drefn. Eisteddodd am funud y tu ôl i'r olwyn i gael ei wynt ato. Ond yr oedd y dŵr yn llifo o'i wallt i lawr ei ben ac o dan ei grys at ei gefn a'i fron. Yr oedd ei drowsus yn dynn amdano a chafodd gryn drafferth i dynnu ei hances o'i boced. Sychodd ei hun gystal ag y gallai a phenderfynodd nad oedd am fynd allan eto i gadw'r rhaw a'r ordd yng nghefn y car. Gafaelodd ynddynt a lluchiodd hwynt rhwng y seddi blaen a'r seddi ôl. Ceisiodd sychu ei dalcen a'i aeliau a'i lygaid eto cyn tanio'r car a'i lywio'n araf ar hyd y ffordd garegog. Tri chan llath ac yr oedd yn troi i'r ffordd fawr ac yn ei choedio hi tua Phenerddig.

Draw ar ochr Mynydd Ceris yr oedd golau'n dod i'w gyfarfod. Edrychodd ar gloc y car. Pum munud ar hugain i hanner nos. Iawn. Byddai ym Mhenerddig yn braf erbyn hanner nos; siawns nad oedd yr un aelod o Heddlu Gogledd Cymru'n ystyried hynny'n ddigon hwyr i fusnesa. Daliai'r glaw i ddisgyn yn genlli. Doedd yr un drwg nad oedd yn dda i rywun, — yr oedd y glaw wedi golchi pob arlliw o bridd oddi ar y rhaw a'r ordd, ac nid oedd yr un heddgeidwad am ddod o glydwch ei gar ar dywydd fel hyn, siŵr iawn.

Aeth drwy'r tro mawr ar waelod allt Ceris a gwelai'r golau a welodd gynnau yn syth o'i flaen. A oedd yn dyfod yn wyllt, tybed? Roedd rhywbeth yn rhyfedd. Rhwbiodd y ffenest â'i lawes ond nid oedd hynny o gymorth. Rhoes y golau mwyaf yn ôl ond ni thyciai hynny chwaith. Yr oedd ar feddwl arafu mwy pan ddaeth y golau'n ddigon agos iddo sylweddoli'r hyn oedd o'i le. Yr oedd car yn rhuthro tuag ato ar yr ochr anghywir i'r ffordd.

1

"Dieuog."

Ni wyddai'r pen-rheithor faint o'r bobl a oedd yn y llys a ddisgwyliai glywed y gair hwn, a cheisiodd lefaru'n groyw, ond aeth ei foment o bwysigrwydd yn drech nag ef, a chrygodd ar ganol y gair. Dechreuodd deimlo'n annifyr wrth synhwyro llygaid pawb arno, ac aeth yn fwy annifyr byth pan glywodd lawer ebychiad o syndod yn dod o ganol y trigain o bobl yn yr oriel gyhoeddus fel ton annisgwyl dros y llys. Ac yna, fwyaf sydyn, daeth sŵn arall, sŵn a yrrodd y gwaed o wyneb pawb, sgrech uchel a llais merch yn gweiddi'n ddireol.

"Na, na, fedrwch chi ddim. Fedrwch chi ddim."

Trodd y llais yn sgrech yn ôl. Yr oedd y ferch ar ei thraed ar flaen yr oriel a'i dwylo dros ei hwyneb, ac wrth ei hochr yr oedd dynes wedi neidio i fyny gan gau ei dyrnau, a cheisiai weiddi rhywbeth ar y rheithgor. Ond boddid ei hymdrechion gan sgrechiadau'r ferch yn ei hymyl.

Yr oedd y cwbl yn ormod i'r pen-rheithor. Methodd ei goesau â'i gynnal a chwympodd i lawr ar ei fainc. Yr oedd golwg ddychrynllyd arno.

Yr oedd yr Heddwas Gareth Hughes wedi darogan helynt. Gwyddai y munud y gwelodd y ferch yn dod i'r llys mai camgymeriad dybryd oedd dod â hi i glywed y dyfarniad, oherwydd yr oedd gan yr erlyniad wendidau mawr yn ei achos, fel yr oedd ef wedi dweud o'r dechrau un, ac wedi ei ddal i'w ddweud am dri mis, ei ddweud a'i ddweud nes ei fod wedi codi bron bawb o heddlu swyddfa Penerddig yn ei ben. Ac ar ôl gwrando ar yr achos am dridiau, teimlai bod ei amheuon wedi eu cadarnhau ac y byddai'r ferch a'i theulu'n cael sioc. A sioc go hegar fydd hi, meddyliodd.

A phan wireddwyd ei amheuon, yr oedd yr heddwas yn barod. Safai ar drothwy un o'r ddau ddrws yn yr oriel, a'r munud y gwelodd y cythrwfl yn dechrau, brasgamodd rhwng y bobl syn at y ferch. Yr oedd hynny ynddo'i hun yn waith caled am fod llawer o'r bobl yn dechrau cael blas ar yr helynt, ac yn amharod i symud dim i neb. Ond llwyddodd yr heddwas, drwy ddefnyddio pen-glin a phenelin, i gyrraedd y ferch. Gwyddai y byddai pawb yn gobeithio cael gweld y ferch yn cael ei llusgo allan yn ddiseremoni, ond adwaenai Gareth Hughes hi'n rhy dda i wneud rhyw gampau felly â hi, ac yn lle ei llusgo, gafaelodd ynddi'n gadarn.

"Dyna ni, Bethan, dyna ni. Tyrd, mi awn ni o 'ma."

Gan ddal i afael ynddi, a siarad yn daer â hi, aeth â hi drwy'r bobl ac allan. Dilynwyd hwy gan y ddynes, a ddaliai i barablu a chau ei dyrnau, ond erbyn hyn yr oedd yn baglu yn ei dagrau.

"Amdanyn nhw Jim," gwaeddodd rhingyll ar yr heddwas a safai wrth ei ochr ger y drws arall. Yr eiliad nesaf, yr oedd y rhingyll yn pystylad ei ffordd drwy'r bobl, ac yr oedd ar goll yn eu canol cyn i'r llall feddwl am symud. Gwyddai'r rhingyll yn iawn yr hyn a oedd am ddigwydd nesaf. Yr oedd brawd y ferch yn yr oriel hefyd, ac yr oedd y rhingyll yn adnabod Huw Gwastad Hir, yn ei adnabod yn dda.

Yr oedd yn llygad ei le. Ar flaen yr oriel safodd gŵr cyrliog cadarn naw ar hugain oed, yn gyhyrau i'w draed, a'i wyneb yn fflamgoch. Dechreuodd weiddi nerth ei ben.

"Y cachgwn. Y ffernols clwyddog. Tasa gennych chi ferch y diawliaid . . ."

Daeth llaw y rhingyll dros ei geg, a theimlodd ei fraich yn cael ei throi'n greulon i fyny'i gefn. Ceisiodd ymnyddu'n rhydd. Ceisiodd gicio. Ceisiodd frathu, ond er ei waethaf yr oedd yn cael ei hyrddio am y drws. A'i dymer yn ei dagu, llwyddodd i roi llam ymlaen ac ymryddhau o afael y rhingyll.

"Os ydych chi'n . . ."

Daeth y llaw dros ei geg eto.

"Yli, callia was. Paid â deud dim y byddi'n edifar yn ei gylch fory. Sadia wir Dduw. Tyrd allan rŵan hyn."

Hyrddiad arall, ac yr oedd Huw'n diflannu drwy'r drws a'r rhingyll ar ei ôl.

Colli'r sbort o drwch blewyn a wnaeth yr heddwas arall. Nid oedd hanner mor ddigywilydd â'i ringyll, ac o'r herwydd cafodd lawer mwy o drafferth i symud o un drws i'r llall. Cyrhaeddodd y drws fel yr oedd y ddau arall yn mynd drwyddo, a'r unig orchwyl ar ôl iddo ef oedd cau'r drws ar eu holau. Gwnaeth hynny'n llywaeth a sefyll i wynebu'r llys a theimlo'n ffŵl.

Yn y cyfamser, oddi tanynt, yr oedd Llys cyfan yn adweithio i'r stranciau, neu'n eu hanwybyddu. Eisteddai'r erlynydd yn ei gornel a golwg sur arno, yn gwasgu'i drwyn rhwng ei fys a'i fawd ac wedi mynd i'w gilydd i gyd, fel pe wedi pwdu wrth y byd. Heb fod ymhell, yr oedd dros ddwylath falch o fargyfreithiwr ar ei draed ers meityn ac wedi gofyn o leiaf ddwywaith i'r Barnwr a oedd "Mr. Parri," — seiniai'r gair fel Mr. Perrei — yn awr yn rhydd. Anwybyddai'r Barnwr ef yn llwyr.

Gwnaethai'r Barnwr ei symiau mewn chwinciad. Hwn oedd achos olaf y Llys am y tro, ac os câi orffen yn weddol fuan, câi gychwyn adref yn syth yn lle gorfod dioddef noson arall yn ei westy, heb ddim i'w wneud ond darllen ei lyfr achosion a diflasu ei ffordd drwy dudalennau diddim y papurau newydd. Yr oedd wedi melltithio'n sych wrtho'i hun yn gynharach yn y prynhawn pan ddychwelodd y rheithgor i ddweud eu bod yn methu â chytuno. Fe ddaliai ef nad oedd amheuaeth, ond doedd wiw dweud hynny; hwy oedd i fod i benderfynu, nid ef. Yn awr, eisteddai yn ei gadair uchel yn chwyrnu dros ei sbectol ar yr oriel gyhoeddus.

Penderfynodd y Barnwr adael i bethau fod, neu fe fyddai dwyn y protestwyr i gyfrif yn mynd â gormod o'i amser. Petai'r cynyrfiadau wedi digwydd ar ganol yr achos, byddai'n wahanol wrth gwrs, ond gan fod yr achos ar ben, neu bron ar ben, yr oedd yn well ganddo iddynt fynd o'i olwg. Clywodd y bargyfreithiwr a amddiffynnai'n gofyn eto am iddo ryddhau'r gŵr yn y doc, ac anwybyddodd y Barnwr ef eto. Ni hoffai'r Barnwr y dyn. Yr oedd wedi ei alw'n fargyfreithiwr drama, yn ddistaw bach, droeon yn ystod yr achos. A chan nad oedd y twrw yn yr oriel wedi llwyr ddistewi, yr oedd ganddo ddigon o esgus dros beidio â rhoi sylw i'r Mistar Robert Roberts, Ciw Si. Debycach i gyw mul, meddai'r Barnwr wrtho'i hun, am yr ugeinfed tro. Edrychodd i gyfeiriad y doc am ennyd.

Yr oedd y gŵr ifanc a safai yn y doc â'i ddwy law'n dynn am y rheiliau o'i flaen yn awr yn crynu, a'i lygaid ynghau. Yr oedd yn well gan y Barnwr hwn o lawer na'i fargyfreithiwr. Nid oedd yn osgoi edrych ar neb, a phan fu yn y bocs yn ateb cwestiynau dwl ei fargyfreithiwr ei hun, a chroesholi milain yr erlynydd, yr oedd wedi siarad yn dawel a di-lol, heb geisio osgoi unrhyw gwestiwn. Yr oedd y Barnwr wedi sylwi ar y rhyddhad amlwg a ddaeth drosto pan gyhoeddodd y dyn bach y dyfarniad, ac wedi sylwi'n fwy treiddgar ar y boen sydyn a ddaeth i'w lygaid pan ddechreuodd y sgrechian. Wrth edrych arno'n awr, gwyddai'r Barnwr fod y sgrech yn cael llawer mwy o flaenoriaeth yn ei feddwl na'r dyfarniad. Ond yr oedd y bargyfreithiwr yn siarad eto.

Gwnaeth y Barnwr ben cam wrth blygu i edrych dros y sbectol ar y Robert Roberts, a oedd, os deallodd yn iawn, yn fab, yn ŵyr, ac yn orŵyr i Robertiaid Roberts. Mymryn bach o ddiffyg dychymyg, meddyliodd, a rhoes ei feddwl ar eiriau'r gŵr o'i flaen. Gwnaeth geg sws wrth glywed y dyn yn pwysleisio pob gair. Yr oedd yn amlwg ei fod yn prysur golli ei amynedd pwysig, a phenderfynodd y Barnwr gydweithredu o'r diwedd, gan y teimlai iddo wneud ei bwynt, a nodiodd ei ben yn gynnil cyn dweud ''ydyw''.

''Wel, fe enillom ni, Mr. Parri.''
''Do, Mr. Roberts. Diolch. Diolch yn fawr.''

"Gwneud fy ngwaith, dyna i gyd, Mr. Parri. Dim ond gwneud fy ngwaith."

Ond dim ond hanner gwrando arno a wnâi Meredydd Parri. Yr oedd ei feddwl ar ddigwyddiad sydyn annifyr yn y llys wrth iddo wagio. Ac yntau'n gadael y doc, ar ôl i'r ddau warder ddymuno'n dda iddo, ac yr oedd hynny'n syndod, yr oedd un o'r ditectifs wedi dweud yn uchel, er mwyn iddo glywed, ei fod yn gywilydd gwarth ei fod wedi dod yn rhydd. Ni phoenai Meredydd gymaint â hynny am hwnnw, gan na ddisgwyliai well ganddo, ond fe'i lloriwyd yn lân pan glywodd, er ei ddychryn, ohebydd papur newydd yn cytuno yr un mor uchel ei gloch â'r ditectif.

Yr oedd y Llys wedi hen wagio bellach, a safai'r tri ohonynt yn y cyntedd ar ochr y Llys, Meredydd, Gwyndaf Pritchard, ei dwrnai o Benerddig, a Robert Roberts, y bargyfreithiwr a'i amddiffynnodd am ddau ddiwrnod a hanner.

Yr oedd y bargyfreithiwr wedi gwneud ei waith yn ddigon sicr, wedi'i wneud yn dawel, yn broffesiynol a dideimlad. A dim arall. Nid oedd wedi dangos unrhyw ddiddordeb ym Meredydd, na hyd yn oed wedi gwrando ar ei stori na dadlau'i achos. Y cwbl a wnaethai oedd astudio'r gwaith a ddarparasai Gwyndaf Pritchard ar ei gyfer, a mynd ati i amddiffyn yr achos heb gymryd sylw o Meredydd bron.

Am hyn yr oedd Meredydd yn siomedig, ac wedi ei frifo. Nid oedd ef yn dymuno cael dod yn rhydd drwy gyfrwng dadleuon cyfreithiol anniddorol gan ddyn a oedd yn gwyrdroi popeth a ddywedai pob tyst yn y Llys, ac a bentyrrai amheuon rif y gwlith ar holl dystiolaeth yr erlyniad. Nid oedd neb wedi dweud y gwir ond ef ei hun a'r aelod o'r rheithgor a roes y dyfarniad. Yr oedd yr achos wedi bod yn gelwyddau o bob ochr drwyddo draw.

Penderfynodd Meredydd ei fod yn casáu'i fargyfreithiwr. Yr oedd mor fawreddog a phwysig ac oer. Gobeithio na welai mohonot ti byth eto'r bustach, meddyliodd. Wnest ti ddim dadlau fy achos o gwbl, dim ond defnyddio dy glyfrwch cyfoglyd i dy ddangos dy hun i'r holl bobl yna. Roeddat ti am ennill yr achos er dy fwyn dy hun, nid er fy mwyn i. Mi ddylwn fod yn ddiolchgar iti mae'n siŵr, ond tydw i ddim. Dos o 'ngolwg i'r llo cors.

"Mae popeth a oedd yn eich meddiant pan gawsoch eich dwyn i'r ddalfa gan yr heddlu, Mr. Parri," meddai'r bargyfreithiwr. "Mae'n ofynnol i'r heddlu eu trosglwyddo'n ôl i chwi'n ddi-oed. Byddwn yn eich cynghori i fynd â Mr. Pritchard efo chwi pan fyddwch yn eu cyrchu. Ac yn awr rhaid i mi ofyn i chwi f'esgusodi. Mae taith hir i Gaer, fel y gwyddoch. Da boch."

Ysgydwodd law â Meredydd yn llipa.

"Mr. Pritchard."

Ysgydwodd law â'r twrnai yn fwy gwresog. Cerddodd ar hyd y cyntedd ac agorodd y drws yn y pen draw.

"Ddaru mi ddim, Mr. Roberts."

"Sut?"

"Ddaru mi ddim," meddai Meredydd. Be 'dwi haws, meddyliai.

"Ddim be?"

"Treisio Bethan."

"Felly y deallais oddi wrth y rheithgor. Dydd da."

Aeth drwy'r drws gan adael Meredydd yn syllu'n anghrediniol ar ei ôl. Trodd at y twrnai.

"Dydi'r diawl ddim hyd yn oed yn fy nghredu i."

Ceisiodd y twrnai achub rhywfaint o gam y bargyfreithiwr, ond yr oedd yntau wedi'i siomi'n ddirfawr gan ei agwedd sarhaus a'i bwysigrwydd annymunol. Ond gan mai ef ei hun oedd wedi argymell i Feredydd mai hwn oedd y dyn gorau, yr oedd yn rhaid iddo'i amddiffyn.

"O na, un fel'na ydi o," meddai, "mae ganddo'i ffordd ei hun o weithio pethau. Roedd o'n dy goelio di o'r dechrau un."

Gwyddai'n iawn nad oedd y geiriau'n tycio dim. Ceisiodd droi'r stori.

"Meredydd, yli, aros yma am funud. Rydw i am bicio

at y plismyn i edrych os ydi dy bethau'n barod i ti eu cael yn ôl. Fydda i ddim eiliad.''

Prysurodd y twrnai bach o'r cyntedd gan roi clep ar y drws ar ei ôl.

Pwysodd Meredydd ar sil y ffenest wrth ei ymyl. Ni wyddai beth i'w feddwl. Beth petai pawb fel y crachyn bargyfreithiwr yna? Os oedd hwnnw'n gwrthod ei gredu, yna pa siawns oedd ganddo i ddisgwyl i neb arall wneud? Nid oedd wedi meddwl am hyn o gwbl o'r blaen. Credasai y byddai popeth yn iawn unwaith y byddai'r rheithgor wedi dyfarnu o'i blaid, ac y câi ddathlu'i ryddid mewn llawenydd. Ond sylweddolai'n awr mai breuddwyd diniwed oedd hynny i gyd, Meredydd Parri wedi cael ei brofi'n ddieuog ac yn cael mynd adre'n hogyn da a chael croeso mawr. Gobaith mul. Y cyfan a ddaeth o'r achos oedd amheuon. Ni fyddai neb byth yn hollol siŵr ar ôl heddiw. A'r jarffyn o ddyn papur newydd yna. Beth oedd ar ben y penci? Onid oedd y tri mis olaf yma wedi bod yn ddigon o boen heb i hwnnw agor ei geg fawr? Y nefoedd wen, a oedd yna rywun a'i coeliai?

Wrth i ias sydyn o gryndod ei gerdded sylweddolodd ei fod yn chwys drosto. Rhoes ei law dros ei dalcen ac ymbalfalodd yn ei boced am sigarét. Duw, Duw, yr oedd wedi rhoi'r gorau i smocio ers chwe mis. Ochneidiodd.

Edrychodd drwy'r ffenest. Gwelodd y coed am y tro cyntaf ers tri mis. Yr oedd y ddwy blanwydden yn croesawu mis Mai ac yn prysuro i ddeilio, a'r glaswellt odanynt yn tyfu'n braf ar y lawntiau.

Tri mis. Tri mis o boeni ac o ddioddef pob sarhad. Tri mis o gael ei holi a'i groesholi'n ddiddiwedd, tri mis o gael ei ddyrnu a'i gicio. Nid oedd erioed wedi dychmygu y gallai neb ddioddef y fath iselder, na cholli diddordeb ym mhopeth i'r fath raddau dychrynllyd. Deuai arswyd arno pan gofiai iddo fod yn rhy isel ei ysbryd hyd yn oed i ddymuno marw, pan na wnâi ddim ond gorwedd yn y gell a syllu i ben draw unman. Ond yn awr, dylai popeth fod ar ben. Yr oedd popeth yn iawn i fod. Fe fyddai popeth yn iawn petai rhywun yn ei gredu. Fe fyddai popeth yn iawn petai heb glywed y sgrech honno gynnau, sgrech a glywsai unwaith o'r blaen.

Pam yn enw'r nefoedd y daeth Bethan yma heddiw? Petai'n gall, fe fyddai wedi aros yn ddigon pell i ffwrdd. Ar ôl y driniaeth a ddioddefodd echdoe, byddai rhywun yn meddwl na fyddai arni fyth dragwyddol eisiau gweld y lle eto. Yr oedd ei amddiffynnydd ef wedi'i thrin yn gïaidd wrth ei chroesholi, wedi pardduo'i chymeriad a'i chyhuddo mewn geiriau diamwys o fod yn hwran. Sylweddolodd Meredydd yn sydyn pam roedd Bethan yn y Llys heddiw. Yr oedd wedi dod i dalu'n ôl. Nid i dalu'n ôl am rywbeth a ddigwyddodd dri mis yn ôl ond i dalu'n ôl am echdoe. Mae'n siŵr ei bod yn meddwl bod echdoe wedi bod yn werth ei ddioddef er mwyn ei weld ef yn cael ei dynnu'n gareiau gan y Barnwr cyn cael chwe neu saith mlynedd efallai. Ond nid felly y bu. Nid felly y bu o gwbl. Caeodd ei lygaid eto wrth gofio am y sgrech hir honno, yr un sgrech yn union ag a glywodd ar hanner nos rewllyd ym mis Chwefror. Ceisiodd beidio â meddwl ond gwrthodai'r sŵn fynd o'i glustiau. Yr oedd hunllef yn dod yn ôl.

''Meredydd.''

Trodd Meredydd oddi wrth y ffenest i weld Gwyndaf Pritchard yn sefyll yn ei ymyl a golwg bryderus arno.

''Wyt ti'n iawn?''

''Ydw.''

''Tyrd, mi awn ni i nôl dy bethau, ac mi awn am beint. Mi gawn un ar y slei yn yr Erddig. Mi gawn lonydd i sgwrsio i fyny'r grisiau, ac yna mi awn ni adref am fwyd. Mi gei gysgu acw heno. Ond peint yn gyntaf. Peint a phregeth. Rwy'n meddwl bod angen pregeth go hir arnat ti. Pregeth go hir.''

Am ugain munud i chwech bob nos Iau fe fyddai Now Tan Ceris yn mynd am beint. Yr oedd dau dŷ tafarn yn

Hirfaen, ond ni thywyllai Now ddrws Gwesty Sant Aron, oherwydd yr oedd y lle yn rhy grand a rhy ddrud, heb sôn am eu hen gwrw nhw. Roedd hwnnw fel dŵr pwll.

Yr Wylan Wen oedd tŷ potas Now.

Bob prynhawn Iau fe ddeuai yn y Landrofar i Hirfaen i gael ei bensiwn a'i neges, ei betrol a'i beint. Yr oedd Tan Ceris gryn filltir i fyny o'r pentref, ac er mai cerdded a wnâi Now ar nos Sadwrn, nid oedd yn gyfleus iddo gario'r holl neges i fyny i'w gartref, felly câi'r Landrofar ddod i lawr bob dydd Iau.

Yr oedd Now wedi'i gweld hi. Buasai'n gweini hanner ei oes yn fferm Aberaron yr ochr arall i'r pentref, ond ar ôl i'w frawd yng nghyfraith fynd yn fethedig, daeth yn ôl adref i ffermio'r tair acer ar hugain o dir a oedd ynghlwm wrth Dan Ceris, a phan fu farw'r brawd yng nghyfraith daliodd Now ati gyda'r tyddyn tan y dydd rhyfedd hwnnw bedair blynedd yn ôl pan ddisgynnodd ei chwaer yn farw wrth ei ochr yn y gegin. Penderfynodd Now y noson honno nad oedd am weithio diwrnod arall. I be ddiawl yr âi o i lardio, dim ond i ddisgyn yn gelain yr un fath â Jenat yn y diwedd? Mi wertha fo'r sioe i gyd a'i lordio hi tra bydda fo. A gwerthu a fu.

Bellach, yr oedd y rhan fwyaf o'r tir ym mherchnogaeth ei gymydog o Geris Uchaf, ond yr oedd y rhan isaf o'r tyddyn wedi talu'n well o'r hanner i Now. Cafodd ganiatâd i godi tai arno, ac o'r herwydd cafodd bris uchel amdano. Chwyddodd y darn gwaelod goffrau Now yn arw. Erbyn heddiw yr oedd stad dai newydd Maes Ceris ar y tir hwnnw, ar ochr y lôn uchaf rhwng Hirfaen a Phenerddig.

Parciodd Now y Landrofar wrth ddrws yr Wylan Wen. Rhoddodd glo ar ddrws ochr chwith y cerbyd a chofiodd gloi drws y dreifar ar ôl dod allan. Yr oedd yn bwysig cloi. Yr oedd yn cloi bob amser yn awr, byth oddi ar yr adeg y dwynodd y diawliaid 'na'i neges o'r Landrofar a gwerthu popeth o dan ei drwyn yn y dafarn am hanner y pris. Yr oedd yn dal i gael ei brofocio hyd heddiw am hynny. Fe dalai'n ôl i'r giwaid rhyw ddiwrnod, doedd dim byd yn sicrach.

Yr oedd drws y dafarn ar agor. Nid oedd neb yn y parlwr bach nac yn y bar mawr ar y dde. Yr oedd yn rhy gynnar i fawr neb ddechrau llymeitian. Trodd Now i'r chwith ac i'r bar bach.

"Dyma fo. Fydd 'na fawr o drefn rŵan."

Cyfarchiad arferol Gwilym Siop Gig.

"Mi fydd 'na well trefn nag yn yr hen siop Pen Stryd 'na," atebodd Now. "Mi fasa'n llawer haws gen i roi dy blydi cig di am 'y nhraed nag yn 'y mol."

"Ho ho! Ffraeth heno, Owen Jones. Ydych chi wedi cloi y moto?"

Wil Aberaron, ei hen fistar. Mistar i fod, ond cyfaill mynwesol.

"Ar hynny o gyflog ges i gen ti, fedra i ddim fforddio goriad heb sôn am glo. Peint bob un, Robin. Tyrd, gwna siâp arni."

Tynnodd Robin Williams y tafarnwr yn hamddenol ar ei sigarét. Rhoddodd winc slei ar Wil Aberaron a Gwilym Siop Gig a dywedodd wrth Now:

"Reda i ddim i ti. Mi cei nhw'n fy amser i."

Plygodd o dan y cownter i estyn gwydryn.

"Hy!" meddai Now, "rwyt ti'n rhedeg digon i Saeson."

"Dim uffar o beryg." Llanwodd y gwydryn â chwrw. "Hwda, llynca dipyn ar hwnna a chau dy geg. Tala."

Lluchiodd Now arian ar y bar.

"Mwy."

"Y?"

"Mwy."

"Wyt ti'n dechra mynd 'run fath â'r peth Sant Aron 'na? Oes 'na ddigon o arian wedi'u gwneud i ti?"

"Isio peint fy hun sydd arna i. Mi gei di dalu."

"Wel sôn am ddigwilydd-dra. Gobeithio tagi di."

Eisteddôdd Now wrth y bwrdd gyda'r ddau arall. Tynnodd ei bwrs baco o boced ei gôt a dechreuodd rowlio smôc.

"Sôn am gloi," meddai Wil Aberaron, "cofia gloi heno Now. Mae 'na ddyn peryg yn rhydd a mae o'n treisio merchaid meddan nhw. Mi fasa'n sobor o beth tasa fo'n dy gamgymryd di am Gladys Drofa Ganol ac yn dy ruthro di gefn nos.''

"Am be mae'r dyn 'ma'n sôn, 'dwch?''

"Chlywaist ti ddim?'' gofynnodd Gwilym. "Am y boi Maes Ceris 'na?''

"Pwy foi Maes Ceris?''

"Wel hogyn Wil Parri. Maen nhw wedi'i ollwng o'n rhydd.''

"Meredydd?''

"Ia, hwnnw.''

"Duw annwyl.'' Llyfiad ar draws y sigarét a'i chau'n gelfydd ag un law. "Duw annwyl.'' Cymerodd lwnc a thaniodd ei sigarét. Am ennyd, bygythiodd fflam fechan ar ei blaen fynd am ei drwyn, a disgynnodd gwreichionyn bychan ar ei law. Chwythodd ef i ffwrdd a chymerodd lwnc arall.

"Dyna fo, mi ddeudis i'n do?''

Edrychodd y ddau arall arno.

"Wel naddo wir,'' meddai Wil pan welodd nad oedd Now am egluro'r hyn a ddywedasai, "ddeudist ti ddim.''

Llyncodd Now gegiad arall, a dechreuodd nodio.

"Roeddwn i'n iawn. Hen hogyn iawn y cefais i o bob amser. Un o'r goreuon. Mi wyddwn i'n iawn na wnâi o byth frifo neb. Wnaeth o ddim byd i'r hogan 'na siŵr iawn. Hen beth wirion ydi honno. Tynnu ar ôl ei mam. Mi fydda honno'n dangos ei chlunia i rywun wela hi pan oedd hi'n ifanc, ond y munud y trïai rhywun hi, mi fyddai'i chân hi'n newid. Welist ti rioed mor handi y bydda hi'n dechra ar ei strancia.''

"Ha, ha,'' meddai'r tafarnwr, "peth newydd clywed bod 'na ddynes wedi bod yn ormod o lwyth i ti.''

"Fûm i ddim ar ei chyfyl hi.''

"Naddo 'dwi'n siŵr."

Aeth Now ar ôl y stori.

"Pryd daeth o'n rhydd?"

"P'nawn heddiw," ebe Wil. "Roedd hi allan yn arw yno. Roedd yr hogan a'i brawd a'i mam yn gweiddi am y gora. Mi fydd 'na le rŵan, gewch chi weld. Mae'r hen hogyn na'n ddigon gwirion i rywbeth."

"Pa hogyn?" gofynnodd Now.

"Yr Huw Gwastad Hir 'na. Brawd yr hogan 'na."

"O, hwnnw? Isio diawl o gweir sydd arno fo."

Gwagiodd Wil ei beint a chododd at y bar.

"Yr un fath eto, Robin," meddai. "Mae'n beryg iddo wneud rhywbeth gwirion rŵan 'sdi. Yn ei wylltineb. Dial ar y boi bach 'na."

"Waeth iddo fo heb," meddai Gwilym. "Os ydi'r jiwri wedi deud . . ."

"Deg ohonyn nhw oedd yn deud," meddai Robin Williams ar ei draws, "roedd 'na ddau yn anghytuno. Tyrd, Now, gwagia hwnna iti gael un arall. Estyn wydryn Gwilym, Wil."

"Mae'n siŵr eu bod nhw wedi'i chael hi'n anodd dod i benderfyniad," ebe Gwilym. "Maen nhw'n deud i mi ei bod yn rhaid iddyn nhw adael iddo fo fynd yn rhydd os nad ydyn nhw'n berffaith siŵr o'u petha."

Estynnodd Now ei wydryn gwag i Wil.

"Mi gefais i gynnig mynd ar jiwri unwaith," meddai.

"Be ti'n feddwl, cynnig?" gofynnodd Wil. "Nid mater o gynnig ydi o. Gwneud iti fynd maen nhw. A pha'r un bynnag, chei di ddim mynd os nad wyt ti'n ddeiliad ar dŷ."

"Yfa fwy a gwranda fwy a siarad lai," meddai Now. "Mi roddodd rhen wraig fy mam Tan Ceris 'cw yn enw Jenat a fi cyn iddi farw. Rydw i'n berchen ar Dan Ceris ers y dydd y collais i 'Mam. A phan yr oeddwn i'n aros acw yn Aberaron, roedd fy nghyfeiriad i yn Nhan Ceris o hyd. I fanno daeth y llythyr."

"Llythyr?"

"Wel ia, llythyr i ddeud wrtha i am fynd ar jiwri. Dês i ddim chwaith."

"Dêst ti ddim?" meddai Robin. "Paid â malu awyr. Chei di ddim gwrthod debyg iawn. Mae'n rhaid iti fynd os ydyn nhw'n deud."

"Fuo ddim rhaid i mi fynd."

"Sut buost ti mor glyfar?" gofynnodd Gwilym.

"Mi sgwennis lythyr atyn nhw yn deud nad oeddwn i ddim yn gall."

"Gan y gwirion ceir y gwir," meddai Wil wrth ei beint. "Faint sydd 'na ers i Wil Parri a'i wraig foddi?"

"Aros di", meddai Now, "rhyw ddeunaw mis mae'n siŵr. Ia, rhyw fis cyn Dolig cyn llynadd oedd hi'n te?"

"Tair wythnos ar ôl Wil Drofa Ganol", meddai'r cigydd. "Rarglwydd mawr, sgwn i be fydd gan Gladys i'w ddeud. Rŵan y cofis i amdani hi."

"Be oedd amdani hi?" gofynnodd Now.

"Wel, mae hi ryw fudr berthyn i'r petha Gwastad Hir 'na. Roedd hi'n bwrw drwyddi yn y modd mwya bora heddiw ar gownt hogyn Wil Parri. Deng mlynadd oedd o am ei gael, medda hi. Fydda pymtheg arall ddim gormod iddo fo, chwaith, medda hi wedyn. Duw a helpo'r creadur bach. Chaiff o fawr o groeso'n ôl gan y ddynes drws nesa."

Ugain munud i chwech. Yr oedd ganddi ugain munud i gerdded o un pen i'r pentref i'r llall a chyrraedd adref cyn y newyddion chwech ar y teledu. Yr oedd y cena yn y jêl bellach, mwyaf tebyg, ac yno'r oedd ei le fo, y fo a phawb arall yr un fath ag o.

Wedi bod yn Uwch y Traeth yn rhoi'r byd yn ei le gyda'i chyfnither yr oedd Gladys Davies, ac yr oedd yn gwingo eisiau mynd adref ers meityn. Fel arfer, byddai wrth ei bodd yn Uwch y Traeth gyda'i chyfnither, pan fyddai'r ddwy am y gorau'n sodro pawb o'r pentref yn eu lleoedd. Ond nid oedd ganddi fawr o stremp i straea heddiw; yr oedd ei meddwl ym Mhenerddig. Yr oedd sôn bod y Barnwr yn ddyn cas, gorau oll. Beth a ddigwyddai i'r tŷ yn awr tybed? Ei werthu, mae'n siŵr. Gobeithio y byddai ei chymydog nesaf yn well na'r hen un.

Caeodd Gladys Davies y giât fach ar ei hôl a throdd am y pentref. Cerddodd yn frysiog ar hyd y ffordd gul heibio i'r tai a'r bythynnod glan môr â'u gerddi taclus o boptu. Ar ôl pasio'r tro ger Neuadd Hirfaen yr oedd y ffordd yn llydan a syth am dri chan llath i'r sgwâr, gyda phalmantau bob ochr iddi. Yr oedd rhes tai Ffordd y Môr ar hyd yr ochr chwith, a'r neuadd a siop gwerthu nialwch Ifas Felin Uchaf ar y dde. Chwaraeai rhai o fechgyn y pentref â phêl-droed ar y maes chwarae wrth ochr y siop, a hogyn Huws plismon yn eu canol yn rhegi nerth ei ben. Yr hen sinach bach annifyr iddo, meddai Gladys Davies wrth ei thraed, y fo oedd wedi dwyn ei hafalau y llynedd, ac nid oedd ei dad wedi gwneud dim ynglŷn â'r peth er ei fod yn blismon; wyddai hi ddim be ddeuai o'r hen fyd 'ma wir. Yr oedd tŷ'r plismon dros y clawdd am y cae chwarae, — mi fyddai'n rheitiach i'r crymffast fod adra'n gwrando ar iaith ei blentyn nag yn treulio'i holl amser ym Mhenerddig. Doedd o byth ar gael pan fyddai'i angen o, dyn a ŵyr pam eu bod yn talu'r fath gyflog iddo am wneud cyn lleied.

Yr oedd moto Now Tan Ceris o flaen drws Yr Wylan Wen. Hen beth gwirion, yn yfed a meddwi. Clywodd lais Gwilym Siop Gig yn chwerthin yn y dafarn wrth iddi basio'r drws. Hy! Mi fyddai'n well iddo godi llai am ei gig nad oedd ddim gwerth ei gael pa'r un bynnag na robio pensiwnïars tlawd er mwyn iddo gael pres i slotian. Tybed faint o garchar mewn gwirionedd . . .? Fe gâi glywed mewn dau funud.

Dau dŷ a chapel Hebron wedyn ac yr oedd Gladys Davies wedi cyrraedd y sgwâr. Yma deuai y briffordd o Benerddig, o'r chwith ac o'r dde. I'r chwith, heibio i dai

Stryd Erddig, Gwesty Sant Aron a Garej Wil Drofa Isaf, yr oedd Penerddig ddeuddeng milltir i ffwrdd ar hyd lôn wastad, lydan a âi drwy bentref Llanaron bum milltir o Hirfaen. Yr oedd milltiroedd o'r ffordd hon wedi'u lledu a'u sythu'n ddiweddar, a filltir union o sgwâr Hirfaen, lle croesai Afon Aron o dan y ffordd, codwyd pont newydd sbon.

Wyth milltir oedd i Benerddig ar hyd y ffordd i'r dde o'r sgwâr, ond yr oedd hon yn ffordd gulach a mwy troellog na'r ffordd arall, gyda llawer o elltydd ar ei hyd, a'r allt gyntaf yn cychwyn o'r sgwâr ei hun. Ar ôl cyrraedd pen yr allt hon, yr oedd tir gwastad am tua hanner milltir, ond wedyn yr oedd yr allt fawr ar ochr Mynydd Ceris yn cario'r ffordd i grombil y bryniau. Hon oedd y Lôn Ucha, ond ar ôl lledu a gwella'r Lôn Isa, ni ddefnyddid llawer arni gan y drafnidiaeth leol er bod y siwrnai i Benerddig yn fyrrach.

Yr oedd Drofa Ganol, hen gartref Gladys Davies, filltir i fyny'r ffordd fach arall a ddeuai i'r sgwâr gyferbyn â Ffordd y Môr. Ar hyd hon oedd yr Eglwys a'r fynwent a Thai'r Eglwys. Yna âi'r ffordd gul i fyny'r llethrau heibio'r Maen Hir a dwy neu dair o ffermydd a dod i gyfarfod y Lôn Ucha ar ben Allt Ceris.

I'r dde yr aeth Gladys. Yr oedd yn rhaid iddi gymryd mwy o bwyll yn awr oherwydd yr oedd yn cwyno gan ei brest ac nid oedd wiw brysio i fyny allt o unrhyw fath. Yr oedd y llythyrdy a siop Harri Jôs wedi cau a cherddodd Gladys ar hyd y palmant cul nes cyrraedd Siop Pen Stryd, lle cadwai'r Gwilym wirion 'na'i hen gig di-flas. Peth rhyfedd iddyn nhw wneud i ffwrdd â chrogi hefyd, dyna fyddai haeddiant yr hen hogyn Wil Parri 'na. Diolch i Dduw na welai mohono eto, fyth, gobeithio.

Yr oedd Gladys Davies yn chwythu cryn dipyn erbyn iddi gyrraedd pen yr allt. Dyna oedd unig ddrwg y tai newydd 'ma, heblaw gorfod byw y drws nesaf i'r dihiryn hogyn 'na, sef bod yr allt o'r pentref yn ei lladd braidd. Trodd Gladys Davies o'r ffordd fawr i ffordd y stad, ac ymhen munud yr oedd yn agor drws Arwelfa, 23 Maes Ceris.

Edrychodd ar gloc y gegin. Tri munud yn sbâr. Taniodd ei theledu lliw newydd, anrheg iddi hi ei hun o arian yswiriant bywyd Wil druan, ac eisteddodd ar flaen ei chadair i rythu'n ddisgwylgar ar y sgrîn. Nid oedd amser i dynnu ei chôt.

Pam aflwydd oedd yn rhaid i fiwsig y rhaglen newyddion fod mor hir? Eisiau newyddion roedd pobl, siŵr, nid eisiau clywed hen ganu gwirion. Petai yna gyngerdd yn rhywle, fyddai 'na neb yn deud newyddion ar ddechrau hwnnw debyg iawn . . . o'r diwedd.

"Noswaith dda. Yn Llys y Goron Penerddig brynhawn heddiw cafwyd Meredydd Parri, pump ar hugain oed o Hirfaen, ger Penerddig, yn ddieuog o dreisio Bethan Hefina Hughes o'r un pentref. Bu cryn gythrwfl yn y Llys pan gyhoeddwyd y dyfarniad. Am fwy o fanylion, drosodd at ein gohebydd ym Mhenerddig, Meirion Gwyn.''

Yr Arglwydd Mawr. Yr oedd ei cheg yn agored led y pen a'r glafoer heb iddi sylwi yn ffos i lawr ei gên. Yr Arglwydd Mawr. Eisteddodd yn ôl yn ei chadair yn hollol ddiymadferth. Yr Arglwydd Mawr.

2

Safai Meredydd ar ganol llawr y gegin, ei wyneb yn welw,
a'i ddyrnau wedi'u cau'n dynn. Petai wedi ystyried hyn
o'r blaen, ni fyddai wedi bod yn gymaint o sioc iddo.
Dywedasai'i dwrnai wrtho beth amser yn ôl bod yr heddlu
wedi cael gwarant i chwilio'r tŷ ond ni roes lawer o sylw i
hynny ar y pryd. Fe chwiliwyd y tŷ, bob modfedd ohono.
Yr oeddynt hyd yn oed wedi codi'r carpedi.

Gwylltiodd yn sydyn. Trodd, a cherddodd yn ei hyll
tua'r cyntedd, ond cyn iddo gyrraedd y drws baglodd ar
draws plyg yng ngharped y gegin a thrawodd ei ben ar
ochr y drws wrth ddisgyn yn glep i lawr.

"Damia, damia, damia."

Dyrnodd y llawr yn ei gynddaredd cyn codi a rhuthro at
y ffôn. Trodd y deial yn ffyrnig. Daeth ateb ar unwaith.

"Bore da. Gwyndaf Pritchard a'i Bartneriaid."

"Ydi Mr. Pritchard i mewn?"

"Pwy sy'n galw, os gwelwch yn dda?"

"Meredydd Parri, Hirfaen."

"O, bore da, Mr. Parri. Hanner munud."

Deg eiliad oedd yr hanner munud, amser hir iawn.

"Ia, Meredydd?"

"Mae . . . mae . . . mae . . ."

"Be sy'n bod? Wyt ti'n iawn?"

"Mae'r lle 'ma â'i din am 'i ben."

Bu saib byr.

"O." Yr oedd llais y twrnai'n dawel. "Mi ddylwn fod
wedi dy rybuddio. Mi anghofiais rhwng popeth."

"Maen nhw wedi codi'r carpedi a phob dim."

"Yli, oes 'na rywbeth ar goll?"

"Duw, Duw, wn i ddim."

"Weli di rywbeth wedi ei dorri?"

"Be wn i?" Ystyriodd am funud. "Na, go brin. I be
oedd isio codi'r carpedi a symud y gwelyau?"

"Llyfra budron."

28

"Be?"

"Tasa nhw wedi dod o hyd i lyfra neu lunia budron yn y tŷ, meddylia'r sbort y basa nhw wedi'i gael am dy ben di yn y Llys. Ydi matres dy wely di wedi'i hagor?"

"Iesu bach."

"Cofia nad oeddat ti ddim i fod i ddod yn ôl, er na fyddai hynny ddim wedi gwneud rhithyn o wahaniaeth mewn gwirionedd. Yr un fyddai'r llanast tasa ti gartref ar y pryd. Nid er mwyn cael golwg bach ffwr â hi o gwmpas y lle yr aethon nhw i'r drafferth o gael gwarant i chwilio'r tŷ. Mi elli fentro bod pob dalen o bob llyfr sydd acw wedi'i throi. Wedi rowlio'r carpedi maen nhw?"

"Na, dim ond eu lluchio'n ôl i'w lleoedd rywsut rywsut."

"Oes arnat ti eisiau help i roi dy bethau mewn trefn? Mi ddaw Margaret draw ar unwaith."

"Na, mi fydda i'n iawn."

"Oedd gennyt ti arian yn y tŷ?"

"Dydw i ddim yn cofio. Rhyw buntan ne' ddwy, ella."

"Ia. Reit. Yli, ti sydd i benderfynu wyt ti'n mynd i godi helynt am hyn. Os nad oes dim wedi'i dorri na'i ddwyn, mi fyddwn i'n dy gynghori i anghofio amdano. Cofia, mae gen ti bob hawl i roi cwyn yn eu herbyn nhw, ond fyddai gen ti fawr o obaith ennill. Ac nid yw'n beth rhy ddoeth i'w tynnu nhw i dy ben."

"Wna i ddim cyboli efo nhw."

"Dyna sydd orau'n siŵr o fod. Wyt ti'n siŵr nad wyt ti isio help yna?"

"Ydw. Mi ddo i i ben reit handi unwaith y ca i ddechra."

"Dyna ti, 'ta. Galwa os bydd rhywbeth. Hwyl."

"Hwyl."

Rhoes Meredydd y ffôn yn ei ôl. Teimlai'n well ar ôl y sgwrs. Yr oedd Gwyndaf Pritchard yn iawn wrth gwrs. Nid oedd i fod yma. Dylai fod mewn cell yn Walton. Yr oedd cael tŷ i drefn, er cased ganddo oedd hynny, yn ganmil gwell na cherdded cell yn ddiddiwedd a dibwrpas.

29

Cerddodd at ddrws y gegin. Lle dechreuai? Y gegin mae'n siŵr. Byddai'n rhaid iddo gario pob dodrefnyn i'r cyntedd neu i'r gegin fach cyn y medrai roi'r carped yn ei ôl yn ei le iawn.

Pwy fu yma, tybed? Rhyw dditectifs dieithr, mae'n siŵr. Yr oedd ei stumog yn troi wrth iddo ddychmygu amdanynt yn chwilio pob congl o'r tŷ i geisio dod o hyd i unrhyw beth a'i collfarnai. Petai'n casglu lluniau budron fe fyddai'r giwaid wedi cael mêl ar eu bysedd, ac fe fyddai dyfarniad y rheithgor ddoe wedi bod yn wahanol. Nid oedd dim dwywaith am hynny. Daeth cryndod drosto'n sydyn wrth iddo feddwl mor agos y bu arno mewn gwirionedd. Un comic bronnau ar y silff lyfrau neu wrth ochr ei wely, ac fe fyddai yng ngharchar heddiw. Cael a chael fu hi.

Yr oedd Margaret Pritchard, gwraig ei dwrnai, yn chwaer i'w fam. Diolch amdanynt. Gwyndaf Pritchard a'i cadwodd yn ei synhwyrau yn ystod y tri mis diwethaf, ac ef a weithiodd fel blac i'w gael yn rhydd. Gwyndaf Pritchard yn gweithio a chwysu, a'r twmpath pwysig yna o Gaer yn cael y clod. Yn yr Erddig brynhawn ddoe cafodd y twrnai bach ac yntau ystafell iddynt eu hunain, a buont yno am tuag awr a hanner yn sgwrsio. Neu'n hytrach bu ef yno am awr a hanner yn gwrando ar Gwyndaf Pritchard yn bwrw drwyddi. Siaradasai'r twrnai yn dawel a phwyllog, a chyn iddynt fynd oddi yno llwyddasai i godi calon Meredydd a thynnu llawer o'r chwerwder a'i cerddai ohono. Erbyn heddiw, nid oedd ganddo ofn wynebu neb.

Aeth carped y gegin i'w le 'n daclus pan gafodd yr ystafell yn wag. Tynnodd y glanhawr o'r twll dan grisiau yn y cyntedd. Fe ddeuai Hannah Ifans o Dai'r Eglwys i lanhau unwaith yr wythnos, ond nid oedd wedi bod o gwbl er yr adeg y llusgwyd ef i'r ddalfa wrth gwrs. Mae'n siŵr ei bod wedi dychryn am ei bywyd pan ddaeth y sôn am yr helynt i'w chlustiau. Fe fyddai'n rhaid iddo'i chael yn ôl ar bob cyfrif.

Gadawodd y glanhawr yn y cyntedd. Fe fyddai'i angen

yn y llofftydd toc. Gwthiodd y cadeiriau a'r teledu yn ôl i'w lleoedd, ac aeth i'r cyntedd i nôl y cwpwrdd recordiau. Nid oedd wedi clywed cerddoriaeth ers tri mis. Agorodd y cwpwrdd. Yr oedd y diawliaid wedi bod yn prowla yma hefyd. Arferai gadw ei recordiau mewn trefn, ond yn awr yr oeddynt blith draphlith yn y cwpwrdd. Tynnodd un a oedd â'i phen i lawr allan. Consierto ffidil Beethoven. Siort orau. Beethoven amdani. Ymhen hanner munud yr oedd yn canu a chwibanu bob yn ail gyda cherddorion Berlin. Dyna braf. Dyna ryddid. Trodd sŵn y peiriant yn uwch er mwyn iddo'i glywed yn iawn wrth glirio'r ystafelloedd eraill, ac er mwyn i Gladys Drofa Ganol gael cyngerdd o'r drws nesaf.

Chwarddodd wrth feddwl am ei gymdoges. Gwelsai'r llenni yn cael eu symud yn llechwraidd y tu ôl i ffenest ei chegin pan ddaeth ei fodryb ag ef adref gynnau. Bu'n uchel iawn ei chloch ar ei gownt, meddai ei ewythr. Yr oedd hi'n gwybod erioed mai dihiryn oedd hogyn Wil Parri ac y byddai mewn helynt yn hwyr neu'n hwyrach. Wel, Gladys Davies, dyna iti ail, rydw i adra'n ôl i dy boenydio di.

Byddai'n rhaid iddo fynd i lawr i'r pentref i negeseua ar ôl cinio, gan nad oedd ganddo fwyd yn y tŷ, ond ychydig o frechdanau a dorrodd ei fodryb iddo ar gyfer ei ginio. Cliriasai Margaret Pritchard yr holl fwyd a oedd yn y tŷ ers talwm. Duw, dyna ryfedd. Pam nad oedd hi wedi clirio ar ôl y plismyn, tybed? Mae'n rhaid ei bod yn gwybod eu bod wedi bod yma, ac eto, petai'n gwybod, fe fyddai wedi dod ar eu holau'n syth bin . . . Doedd y peth ddim yn gwneud synnwyr.

Clywodd sŵn car yn aros y tu allan, ac ar ôl clep sydyn ar y drws, sŵn traed dynes yn dod tua'r tŷ yn frysiog. Daeth cnoc ar y drws, ac aeth ato a'i agor. Stwffiodd ei fodryb Margaret i'r tŷ cyn iddo'i agor i'w hanner.

''Be ar wyneb y ddaear sy'n digwydd yma? Mi ffoniodd Gwyndaf gynnau i ddweud dy fod mewn llanast yma ac mi ddois ar f'union. Tydw i ddim yn dallt, ddim yn dallt o gwbl. Wyddost ti 'mod i wedi bod yn tacluso ar ôl y plismyn am ddiwrnod cyfan ryw bythefnos ar ôl iddyn nhw fynd â thi i mewn? Fûm i ddim yma wedyn. Mae'n rhaid eu bod nhw wedi bod yma ar f'ôl i wedyn, yli. Go damia nhw, pam na fasan nhw wedi gadael i Gwyndaf wybod? Mi faswn i wedi sbario'r holl helynt yma i ti.''

Tynnodd ei chôt a'i lluchio dros ganllaw'r grisiau a rhuthrodd am y gegin fach. Aeth Meredydd ar ei hôl.

''Hei, pwyll,'' meddai. ''Steddwch am funud. Waeth gen i amdanyn nhw. Roeddwn i wedi gwylltio'n gacwn pan ddois i i'r tŷ gynnau, ond erbyn hyn rydw i wedi dofi. Nhw gafodd yr ail yn y diwedd.''

Nid eisteddodd ei fodryb.

''Mi ddois â mymryn o fwyd efo mi. Mi wna i ginio ac mi gei di fynd i siopa yn syth wedyn. Mae gen ti dipyn o waith prynu. Roedd hi'n dal i sbecian.''

''Pwy?''

''Y ddynes drws nesaf.''

''Mae hi wedi gordro'i harch yn barod. Un â pherisgop yn sownd ynddi.''

''Paid â siarad fel 'na. Mi wyddost . . .''

''Duw, peidiwch â rwdlan. Fydda 'na ddim mymryn o gollad ar ôl yr hen sgriwan hyll.''

''Meredydd!''

''Magi!''

Chwarddodd y ddau. Aeth ei foryb i'r gegin fach a dechreuodd hwylio cinio iddynt.

''Efallai ei bod â'i chlust am y pared â ni yn gwrando ar bob gair yr wyt ti'n ei ddeud amdani,'' meddai wrtho.

''Fymryn o bwys gen i.''

''Nac ydi mwn. Roedd y dyn Tan Ceris 'na yn cofio atat ti.''

''Now?''

''Ia, hwnnw. Mi stopiodd o fi'n un swydd ar ben yr allt 'na. Nabod y car medda fo. Roedd o eisiau dy longyfarch yn arw, a roedd o'n deud na fu 'rioed cyn falched ganddo fo glywed dim na chlywed neithiwr dy fod yn rhydd. A mi wyddwn i ar ei wyneb o ei fod yn meddwl hynny hefyd. Chwarae teg iddo fo 'tê?''

"Hen beth iawn ydi Now. Un o'r goreuon.''

Yr oedd Meredydd yn dechrau mynd yn anniddig ac yn ysu eisiau gofyn cwestiwn arall. Ceisiodd swnio'n ddidaro.

"Welsoch chi neb arall mae'n siŵr?''

Ond yr oedd ei fodryb yn ddigon craff iddo

"Yli, roeddwn i'n meddwl bod Gwyndaf wedi dyrnu digon i dy ben di neithiwr. Paid â dechra hel meddylia. Mi wnaiff fyd o les i ti fynd allan i'w canol nhw pnawn.''

"Ydi'r hogan 'na'n dal i strancio?''

"Gad iddi, does gen ti ddim syniad . . .''

"Rydw i'n dad iddi, yn tydw?''

"Nid dyna'r peth. Dim ond merch fedr ddallt yn iawn. Dim ond merch fedr ddirnad . . .''

"Ia, mwn.''

Eisteddodd Robin Hughes, Gwastad Hir, wrth fwrdd y gegin, a oedd wedi ei osod ar gyfer cinio. Agorodd y papur newydd. Yr oedd hanes y Llys ddoe, a'r sôn amdanynt eu hunain a wnaeth ei deulu, ar draws y dudalen gyntaf, ond gan ei fod wedi cael hwnnw i frecwast anwybyddodd Robin Hughes ef ac ymgladdodd yn y tudalennau canol. Yr oedd wedi alaru ar yr holl fusnes. Ni fedrai gymryd arno nad oedd y cwbl wedi bod yn siom aruthrol iddo, a Bethan, doedd waeth cyfaddef yn hwyr mwy na'n hwyrach, oedd wedi ei siomi fwyaf. Yr oedd wedi anghofio faint o weithiau yr oedd hi wedi bod mewn rhyw helynt neu'i gilydd gyda hogiau Hirfaen neu Lanaron, a rhai Penerddig hefyd petai'n mynd i hynny. Ac yn awr, hyn.

Pan ddaethai'r heddlu yno'r noson honno ym mis Chwefror a dweud wrtho bod ei ferch wedi ei threisio gan Meredydd Parri, a'i bod yn ysbyty Penerddig, ei unig awydd oedd lladd y cythraul, ond fel yr âi'r amser ymlaen, ac fel y deuai mwy o ffeithiau i'r wyneb, ac yn enwedig fel yr oedd stori Bethan yn newid o hyd ac o hyd, daeth i sylweddoli nad oedd pethau fel y dymunid iddo ef eu credu. Erbyn ddoe, ni welai unrhyw fai ar y rheithgor yn gwrthod yr achos. Yr oedd y dystiolaeth a glywsai ddydd Mawrth, yr unig ddiwrnod iddo fod yn y Llys o gwbl, yn ddigon iddo benderfynu hynny. Mae'n siŵr fod peth bai ar hogyn Wil Parri, ond nid oedd yn iawn iddo feichio'r holl fai, o bell ffordd. Siawns na fyddai hyn yn wers iddi, ac am yr hogyn Huw yna . . . Ysgydwodd ei ben mewn anobaith.

Edrychai ei wraig Bet ddeng mlynedd yn hŷn heddiw. Nid oedd wedi trafferthu gyda'r powdrach a'r tacluso gwallt heddiw. Yr oedd mor wahanol heddiw. Ddoe, yr oedd yn peintio a phowdro ac yn darogan i'r hollfyd sut yr oedd y Barnwr yn mynd i roi taw ar y dihiryn yna. Ddoe yr oedd wedi gofalu bod pob cydyn ar ei phen yn cydym-ffurfio â phatrwm plastig y perm a gawsai'n arbennig ar gyfer mynd i'r Cwrt Mawr. Ddoe oedd dydd y prysur bwyso.

Yr oedd mor wahanol heddiw. Symudai'n arafach ar hyd y gegin. Yr oedd wedi ceisio gwneud cinio, ond ni wyddai sut yn y byd yr oedd gan neb stumog i fwyta heddiw. Yr oedd Gladys wedi ffonio ben bore i gydym-deimlo, ond bu raid i Bet roi'r ffôn i lawr. Ni fedrai ateb cyfnither ei mam. Yr oedd y dyn bara wedi galw, ond ni fedrai Bet ddweud un dim wrtho. Yr oedd y byd ar ben.

Daeth Huw y mab i mewn. Tynnodd ei grysbas a'i hongian ar gefn y drws.

"Cinio'n barod?" chwyrnodd.

"Ydi, dim ond ei roi o ar y platia," ochneidiodd ei fam. "Gwaedda ar dy chwaer."

Aeth Huw drwodd i'r gegin orau lle gorweddai ei chwaer ar ei hochr ar y soffa yn gori ar ei surni. Disgynnai ei gwallt tywyll hir ar hyd ei hwyneb a gwasgai hances yn ei llaw. Edrychai'n syth i'r tân ac ni chymrodd arni glywed neb yn dod i mewn.

"Cinio."

"Mi ddo i munud."

"Mae o'n barod rŵan."

"Mi ddo i rŵan."

"Tyrd 'ta."

Cododd Bethan yn anfoddog ac aeth at y drych uwchben y grât i wneud ei gwallt. Estynnodd ei chrib oddi ar y silff ben tân ond ailfeddyliodd. Daeth y dagrau'n ôl i'w llygaid a dilynodd ei brawd yn sorllyd drwy'r drws ac i'r gegin.

Plygodd Robin Hughes y papur newydd a rhoes ef o'r neilltu. Daeth gwg i'w lygaid pan welodd ddagrau ei ferch, ond ymataliodd rhag dweud dim. Petai'n dweud ei feddwl byddai'n storm yn syth. Rhoes ei sylw ar ei blât. Ych a fi.

"Os wyt ti'n mynd i'r dre pnawn 'ma, cofia am washers. Mae tap y beudy yn o ddrwg rŵan," meddai wrth Huw.

"Mm."

"A thyrd â chalan tra byddi di yno. Does 'na ddim min ar yr hen gryman 'na ac mae'r hen galan wedi mynd i rywle."

"Mm."

"Wyddost ti ddim ble mae'r hen un, mwn?"

"Mm."

"Yn lle?"

"Dwn im."

"Pam na ddeudi di'n iawn 'ta?"

Yr oedd y llifeiriant dagrau am y bwrdd ag ef yn dechrau dweud ar Robin Hughes. Yr oedd y pigo bwyta a wnâi ei ferch yn dechrau dweud arno hefyd, heb sôn am y snwffian o gyfeiriad ei wraig, a'r ebychiadau a roddai ei fab fel atebion iddo. Rhwng hyn oll a'r bwyd pitw a baratoisai'i wraig iddo, yr oedd yn prysur golli'i limpyn.

"Pam na fwyti di'n iawn, dŵad?" gofynnodd yn

35

chwyrn i'w ferch. "'Ta wyt ti am strancio tan ddydd y Farn?''

"Robin!''

Llamodd y fam i amddiffyn ei merch.

"Gad lonydd i'r hogan. Cofia . . .''

"Mi ladda i'r llarpad,'' meddai Huw ar ei thraws yn sydyn.

Gwylltiodd ei dad.

"Wnei di ddim o'r fath beth. Ylwch, gwrandwch, y tri ohonoch chi. Mae hi wedi bod yn ddigon o lanast yma'n barod heb i chi'i gwneud hi'n waeth. Mae'r peth drosodd. Drosodd am byth. Anghofiwch o.''

"Dim peryg yn y byd . . .'', dechreuodd Huw, ond cyn iddo gael cyfle i ymhelaethu yr oedd dwrn ei dad wedi disgyn ar y bwrdd nes bod y llestri i gyd yn dawnsio. Disgynnodd y botel sôs ar blât Bethan a'i hollti, a theimlodd Huw gynhesrwydd y ffa cochion ar ei gôl.

"Robin!'' sgrechiodd ei wraig, "cymer bwyll. Yli'r llestri 'ma.''

"Llestri o ddiawl. Mae'n amser deud y gwir yma. Mi wyddoch o'r gora nad oedd ond 'chydig o fai, os oedd 'na o gwbl, ar yr hogyn 'na. Dyna'r gwir plaen, a phan dderbyniwch chi o mi fydd yn haws dod i drefn yn y lle 'ma.''

Edrychodd y ferch yn llygadrwth arno. Beth oedd o'n ei ddweud? Ei thad ei hun. Daeth y dagrau yn eu holau a dechreuodd ochneidio'n uchel ddireol. Sgrechiodd coesau'i chadair ar y llawr llechen wrth iddi'i gwthio'n ôl. Cododd gan gicio'r gadair o'r ffordd nes bod honno'n clecian ar hyd y llawr. Rhedodd o'r gegin, a chlywsant hi'n rhuthro i fyny'r grisiau i'w llofft ac yn ei lluchio'i hun ar ei gwely. Dechreuodd weiddi crïo dros y lle.

Yr oedd ei mam yn dal wrth y bwrdd yn pwyso ei dwy benelin arno ac yn cuddio'i hwyneb yn ei dwylo. Wylai'n ddilywodraeth.

"Ylwch be 'dach chi wedi'i wneud rŵan,'' gwaeddodd Huw ar ei dad.

"Cau dy geg. Cauwch eich cega, y blydi lot ohonoch chi."

Aeth drwy'r drws cefn fel tarw.

———————

Taniodd y car ar y cynnig cyntaf ac yr oedd sŵn y peiriant yn ddigon i atgoffa Meredydd o'r hyn a oedd o'i flaen: wynebu pobl. Fydda i ddim elwach o oedi, meddai wrtho'i hun, a gollyngodd y brêc. Daeth y car yn araf o'r garej a throdd am y ffordd fawr a heibio i dŷ Gladys Drofa Ganol. Helô, neb adref. Wedi mynd i hogi'i thafod tua'r pentref, mae'n siŵr. Am beth fyddai'r sgwrs tybed?

Bu'n rhaid iddo aros am ennyd cyn troi i'r ffordd fawr er mwyn gadael i Gareth Hughes fynd heibio yn ei fan, a chododd yr heddwas ei law yn ddigon cyfeillgar arno pan welodd ei gar. Ef a aeth â Bethan o'r Llys ddoe meddai Gwyndaf Pritchard. Ef yn ogystal oedd yr unig un a ymddangosai fel petai'n ei gredu pan oedd i mewn yng ngorsaf yr heddlu ym Mhenerddig yr adeg y digwyddodd yr helynt. Nid oedd Gareth Hughes wedi ei wawdio na'i regi o gwbl fel y gwnaethai'r gweddill o'r heddlu.

Pan gafodd y ffordd yn glir trodd i'r chwith ac i lawr yr allt i'r pentref. Arhosodd o flaen Siop Pen Stryd. Doedd ciwaid y llinellau melyn ddim wedi darganfod Hirfaen eto, a châi siopwyr mewn ceir lonydd i barcio ble y mynnent. Fodd bynnag, anaml iawn yr âi Meredydd â'i gar i'r pentref pan fyddai'n siopa; yr oedd yn llawn gwell ganddo gerdded, ond heddiw yr oedd ganddo ormod o neges i'w gludo heb gar.

Edrychodd drwy ffenest chwith y car i mewn i siop Gwilym. Nid oedd gan y cigydd ond un cwsmer, Ann Hughes, Tŷ Capel Hebron, dynes fach wastad nad oedd ganddi air drwg am neb ond y rhai a fyddai'n ddigon gwirion i faeddu ei chapel.

Daeth Meredydd o'r car a cherddodd i mewn i'r siop.

Safai Ann Hughes wrth y cownter yn aros am gig yr oedd
Gwilym yn ei gyrchu o'r oergell iddi. Trodd ei phen pan
glywodd sŵn y drws yn agor. Agorodd ei llygaid fymryn
bach yn fwy pan welodd pwy oedd cwsmer diweddaraf
Gwilym.

"O, helô, Meredydd."

Teimlai Mrs. Hughes yn annifyr braidd ac ni wyddai'n
iawn ble i edrych na beth i'w ddweud. Ond yn naturiol
ddigon ni fedrai ei anwybyddu, oblegid yr oedd yr hogyn
yn aelod yn Hebron, er mai pur anaml . . .

"Sut ydych chi, Mrs. Hughes?"

Arhosodd Meredydd ar ganol y cwestiwn. Mae'n siŵr
na ddylai ddweud "ers talwm?" Nid ei bai hi oedd hynny.

Safodd y ddau wrth ochrau'i gilydd yn edrych ar y
lluniau cigoedd ar y mur. Daeth y cigydd at y cownter.
Gwridai'r mymryn lleiaf.

"Wnaiff hwnna, Mrs. Hughes?"

"O, neis iawn."

Talodd Ann Hughes yn frysiog am y cig. Fel arfer
byddai wedi troi ei thrwyn arno ond gwell oedd mynd
adref reit fuan heddiw.

"Da boch chi'ch dau."

Gwenodd Meredydd arni.

"Ta ta, Mrs. Hughes."

Aeth y wraig allan yn ffrwcslyd.

"Ia, Meredydd?"

Yr oedd yn anodd gwybod beth i'w ddweud. Nid oedd
"croeso'n ôl" na dim felly'n gweddu rywfodd. Aeth y
gwrid ychydig yn fwy.

Dechreuodd Meredydd ddweud ei neges. Ymhen
ychydig, gwelodd Gwilym ei gyfle i dorri'r ias.

"Nefi! Oes 'na barti i fod?"

"Syniad iawn."

"Wyt ti am wadd llawer?"

"Na, neb ond y ddynes drws nesaf."

Yr oedd yn anodd gwybod faint i chwerthin. Fe fu bron i
Gwilym ddweud wrtho y câi noson dda ond iddo

chwarae'i gardiau'n iawn, ond sylweddolodd yn sydyn na fyddai hynny'n beth call iawn i'w ddweud, yn enwedig ar ôl yr amgylchiadau . . .

"Sut le gefaist ti?"

Baglodd y geiriau o'i enau.

"Wel, mi welais ei well."

"Do, mae'n siŵr. Hidia befo, mi gei anghofio amdano fo rŵan. Anghofio am bob cell a phob wardar."

Dyna ryfedd, yr oedd yn haws siarad am hyn nag am unpeth arall.

"Roedd 'na le yno ddoe, roeddwn i'n clywed."

"Oedd, braidd."

"Fydda i ddim yn credu mewn gwneud hen dwrw a hen lol. Mi fydda'n well iddyn nhw fod wedi mynd adra'n dawel. Wyt ti'n iawn rŵan?"

"Mi wnaf ar hynna."

Talodd Meredydd am ei archeb. Buasai'n haws nag y meddyliasai. Pawb arall a deimlai'n annifyr, nid ef ei hun. Cafodd focs i ddal ei neges gan y cigydd a chariodd ef i'r car.

Yn awr amdani. Yn siop Harri Jôs y bu ei deulu erioed yn siopa. Yn siop Harri Jôs yr arferai ef siopa ar ôl colli'i rieni ac yn siop Harri Jôs yr oedd am ddal i gael ei neges. Yr oedd gwraig Harri Jôs yn chwaer i Robin Gwastad Hir.

Agorodd ddrws y siop.

Haleliwia, Gladys Drofa Ganol.

Safai'i gymdoges wrth y cownter â'i chefn ato. Siaradai dros y lle.

"Mae gen i ofn cofiwch. Oes wir. Peth mawr ydi bod ar eich pen eich hun cofiwch. Pan fydd 'na dwrw allan yn y nos mi fydd 'y nghalon i yn rhoi tro. A dwn i ddim be'r ydw i'n mynd i'w wneud rŵan."

Trodd i edrych pwy ddaeth i mewn a rhoes ei chalon lam pan welodd Meredydd yn edrych i fyw ei llygaid. Trodd yn ôl yn chwyrn at y siopwr.

"Petai Wil druan yn fyw mi fyddai'n iawn arna i. Ond

mae'r Bod Mawr yn mynd â phobl dda o'r byd yma'n tydi ac yn gadael i giaridyms grwydro'r lle 'ma fel mynnon nhw.''

Rhuthrodd heibio i Meredydd a thrwy'r drws a'i gau yn glep ar ei hôl. Yr oedd y siopwr yn goch at ei glustiau ac yn dechrau chwysu. Aeth Meredydd at y cownter.

''Ydych chi'n syrfio ciaridyms yma?''

Nid oedd arlliw o wên yn ei wyneb na'i lais.

''O, ie.''

Ceisiodd y siopwr wenu. Ni fu erioed mewn casach lle, ac ni ddychmygodd y byddai hwn yn dod i'w siop byth eto. Nid nad oedd Harri Jôs heb fod yn hanner disgwyl y newyddion ddoe, oblegid yr oedd yn ddyn a gadwai lygad a chlust yn agored, ac yr oedd wedi hen arfer ers talwm â'r storïau cochion am Bethan a ddeuai i'w sylw yn ysbeidiol. Ond ni ddychmygodd y byddai Meredydd yn dal i fod yn gwsmer iddo ar ôl yr holl strach. Beth oedd ar ben yr hogyn?

Daeth o'i fyfyrdodau.

''Be gymri di Meredydd?''

Nid oedd yn rhy gyfeillgar, rhag ofn.

Gosodasai Harri Jôs ei siop yn daclus, gyda silffoedd ar hyd tair ochr iddi, a chownter bach o flaen y silffoedd gyferbyn â'r drws. Edrychodd Meredydd braidd yn ffwndrus o'i gwmpas. Nid oedd ond un peth amdani.

''Mi ddechreuwn ni yn y pen yma a mi weithiwn ni'n ffordd drwodd. Hwnna, hwnna, a hwnna odano fo. Be 'di hwnna?''

''Be? Hwnna?''

''Ia.''

''Nytmeg.''

''O.''

''Wyt ti eisiau peth?''

''Go brin rywsut.''

''Ia.''

Erbyn gorffen un wal dechreuai ddod yn amlwg nad oedd y straeon a glywsai Harri Jôs ymhell o'u lle.

"Te. Wyt ti eisiau bagiau, 'ta peth rhydd?"

"Te rhydd."

"Beth am flawd?"

"Na."

"Siwgwr mân?"

"Na."

Erbyn gorffen yr ail wal yr oedd yr hogyn yn iawn siŵr.

"Sebon 'molchi. Pa'r un?"

"Yr un lleia drewllyd."

"Call iawn. Sebon golchi?"

"Ia, trïwch beth o hwnna."

"Tatws. Mae gen i datws cynnar. Jyrsis."

Erbyn gorffen y drydedd wal yr oedd Harri Jôs yn gwybod erioed mai hen hwran fach wyllt oedd merch ei frawd yng nghyfraith.

"Ydych chi'n cuddio rhywbeth o dan y cownter?"

Yr Arglwydd Mawr! Roedd o'n gofyn am lyfrau budron!

"Be wyt ti'n ei feddwl?"

"Wel, oes gennych chi rywbeth nad ydw i wedi ei gael? Doedd 'na ddim byd yn y tŷ, a waeth imi gael bob dim rŵan mwy na gorfod dod i lawr eto bora fory. Mi fydd 'na lawar i siopwr yn cadw petha cyffredin fel siwgr o dan y cownter."

"O."

Ochenaid o ryddhad. Yr oedd yr hogyn yn iawn wedi'r cyfan.

"Na, fedra i ddim meddwl am ddim arall, — os nad oes angen paraffîn arnat ti."

"Na, mi wna i heb hwnnw. Reit, cyfrwch."

Yr oedd y bil yn anferth. Ni fu neb erioed yn fwy dieuog.

"Croeso adra, Meredydd. Rydw i'n bur falch er mi wyddost na ddylwn i ddim deud hynny falla a minna'n perthyn iddi hi."

Gwenodd Meredydd.

"Diolch, Harri Jôs."

41

Buddugoliaeth lwyr.

Dechreuodd gario hanner siop Harri Jôs i'w gar. Ac yntau'n rhoi'r ail focs yng nghefn y car clywodd sŵn cyfarwydd y fan lefrith yn dod i lawr yr allt. Trodd tuag ati ac ysgydwodd ei law. Arafodd y fan ac aros wrth ei ymyl.

"Gwyn, wnei di alw acw'r un fath ag arfar fory?"

"O'r gora."

Aeth i ffwrdd yn ffyrnig, a gorfu i Meredydd neidio'n ôl rhag i'r fan fynd dros ei draed. Beth oedd ar ben y lembo? Daeth Harri Jôs allan.

"Roeddat ti'n gofyn amdani rŵan."

"Pam felly?"

"Mae o'n mynd efo Bethan ers deufis."

"O."

Daeth ias o gryndod drosto. Ni wyddai hynny. Ni ddychmygodd am hynny. Am dri mis buasai'n creu darlun o ferch wedi'i difetha am byth, a dyna hi, fis ar ôl y noson erchyll honno, yn dechrau jolihoetian wedyn. Hi'n cael hwyl fawr efo Gwyn llefrith ac yntau'n dioddef yn Risley. Sut aflwydd y gwelodd ddim ynddi erioed?

"Nid yw'n rhaid iddo alw acw," meddai, hanner wrtho'i hun.

"Mae o'n siŵr o wneud iti," meddai Harri Jôs wrth osod bocs arall yn y car. "Os gwrthodith o, mae o'n gwybod y bydd ei gardia fo yn ei ddisgwyl o nos fory. Na, mi gei dy lefrith, mi elli fod yn siŵr o hynny. Mae gen ti un bocs eto. Mi af i'w nôl rŵan."

"Na, mi caria i o. Diolch yn fawr, Harri Jôs."

"Croeso, 'ngwas i, diolch i ti. Fyddi di ddim angen dim eto'n hir iawn."

"Gawn ni weld."

Aeth am ddrws y car, ond cofiodd ei fod eisiau stampiau a phapur sgrifennu o'r llythyrdy. Daeth tinc uchel o'r gloch uwchben y drws wrth iddo'i agor. Nid oedd neb yno ond y postfeistr.

"Ie?"

Sych ofnadwy.

"Llyfr o stampiau a phapur sgwennu ac amlenni os gwelwch yn dda."

Yr oedd posib dysgu rhywbeth bob dydd. Dyma'r tro cyntaf iddo sylwi bod pad sgrifennu'n gallu gwneud cymaint o glec wrth gael ei luchio ar gownter. Rhoes bapur punt i Richard Ellis y postfeistr.

"Oes 'na ddigon yn fanna?"

Dim ebwch.

Cyfrodd y postfeistr newid iddo a lluchiodd hwy ar y cownter o'i flaen. Ni ddywedodd Meredydd air. Gafaelodd yn ei neges a'i newid ac aeth allan. Twll dy din dithau hefyd, meddyliodd.

Caeodd ddrws y car â chlep. Y postfeistr drama. Fe gâi'i stampiau i gyd ym Mhenerddig o hyn ymlaen. Fe gâi Ellis Post gadw'i siop siafins, yr hen lipryn iddo fo.

Taniodd y car. Yr oedd angen petrol arno. Y tu allan i Westy Sant Aron yr oedd horwth o lori gwrw ar draws y ffordd yn ceisio bagio i gefn y gwesty. Arhosodd Meredydd y tu ôl i gar dieithr i aros i'r lori fynd o'r ffordd. Edrychai ymlaen am weld Wil Drofa Isa eto. Caent ddigon o hwyl gyda'i gilydd bob amser.

Llwyddodd y lori i fynd oddi ar y ffordd fawr ond yr oedd y car a oedd o flaen Meredydd yn gwrthod tanio. Edrychodd Meredydd o'i gwmpas. Nid oedd brys arno.

Aeth ei drem heibio i'r car o'i flaen a gwelodd gar melyn yn cael petrol yn y garej. Cynhyrfodd drwyddo. Car Gwastad Hir, a safai Huw o'i flaen yn edrych ar Wil yn llenwi'r car â phetrol.

Beth oedd i'w wneud? Yr oedd y car o'i flaen wedi tanio ac yn cychwyn. Nid oedd ganddo amser i feddwl. Na, ni fedrai byth ddianc, dyna fyddai'r peth gwirionaf i'w wneud. Ni fyddai byth yn medru setlo'n ôl yma pe byddai ofn Huw Gwastad Hir neu rywun arall arno. Trodd i'r garej ac arhosodd y tu ôl i gar Huw.

Gwelai Huw yn edrych arno. Ni cheisiodd osgoi ei drem. Synhwyrai bod Wil Drofa Isa'n ysu am weld un ohonynt yn mynd.

43

"Ei roi i lawr, Huw?" gofynnodd Wil.

"Wel ia siŵr Dduw. Mi wyddost o'r gora."

Cerddodd Huw heibio i'r dyn garej a daeth at ffenest car Meredydd. Plygodd ei ben i mewn i'r car ac edrychodd ym myw llygaid Meredydd.

"Aros di'r basdad. Aros di. Rwyt ti'n mynd i'w chael hi. Ei chael hi go iawn."

Yr oedd Meredydd yn welw. Ceisiai'i reoli ei hun ond teimlai gryndod yn dod drosto ar ei waethaf. Yr oedd ei wddf yn llawn o boer.

"Taw achan."

Ni fedrai feddwl am un dim arall i'w ddweud.

"Mi gei di 'daw achan.' Y basdad."

Rhoes Huw ben-glin i ddrws y car cyn troi'n ôl a mynd am ei gar ei hun. Gwyliodd Meredydd ef yn swagro i mewn i'r car, a'i lygaid yn mynd yn fach wrth i'w feddwl restru popeth anllad y medrid ei wneud i Huw. Sgrialodd y car melyn o'r garej ac am bont Aron, gyda siâp anferth Huw i'w weld yn ysgwyd i'w wneud ei hun yn fwy cyffyrddus yn y car.

"Mi ddylis i y basa hi'n racsiwns yma," cyfarchodd Wil Garej ef. "Pam na fasat ti'n aros nes basa fo wedi mynd?"

"Pam dylwn i? Dydw i ddim eisiau'i osgoi o. Does arna i ddim o'i ofn o."

"Rarglwydd, mae o bedair gwaith gymaint â thi."

"Ffeuan o bwys gen i. Wyt ti eisiau busnes?"

"Y?"

"Llenwa'r car 'ma, yn lle sefyll fel mul yn fanna. Trïo dynwared y pwmp petrol 'na wyt ti?"

"Dwyt ti ddim wedi newid dim y llabwst."

Estynnodd Wil ei law.

"Gad imi ysgwyd llaw efo ti. Croeso adra. Roeddwn i'n falch ar y diawl."

"Diolch, Wil."

Buasai Wil a'i dad yn bennaf ffrindiau.

Ar ôl cael petrol aeth Meredydd yn ôl adref. Na, meddyliai wrth fynd heibio i'r llythyrdy, pam dylwn i brynu fy stampiau yn y dre? Mi af i fama i'w nôl nhw, tasa ddim ond i bryfocio'r hulpyn yna. Yr oedd Gladys Drofa Ganol ar ganol yr allt. Ha! ha! beth am gynnig reid iddi hi? Nefi, na, gwell peidio. Mae'i chalon hi'n ddrwg meddan nhw, — medda hi. Mi fydda'n goblyn o beth petai hi'n disgyn yn gelain yn y car.

"Be ar wyneb y ddaear? Wyt ti wedi mynd o dy go? Mae gen ti ddigon o fwyd i dy gadw tan ddydd dy bensiwn," ebe'i fodryb Margaret pan welodd y bocsiau a gariai Meredydd i'r tŷ.

"Diplomatics, Mrs. Pritchard," meddai Meredydd. "Llwgrwobrwyo, mewn geiriau eraill."

"Llwgrwobrwyo be?"

"Pan welodd Harri Jôs fi yn ei siop, roeddwn yn euog. Dim dadl. Dim dwywaith. Euog. Pan oedd 'na lond un bocs o neges ar y cownter, roedd peth amheuaeth. Pan oedd 'na lond dau focs, roedd eich annwyl ŵr yn dwrnai da iawn ac yn agos iawn i'w le bob amser. Pan oedd 'na lond tri bocs, roeddwn yn ddieuog. A phan lanwodd y pedwerydd bocs. roeddwn wedi cael y cam mwyaf a gafodd neb erioed. Rhyddid am ddeg darn ar hugain. Hi! hi! Ydych chi'n meddwl 'mod i'n ddiawl drwg?"

"Meddwl?"

"Hei, mi fu'n agos imi gynnig reid yn ôl i fyny i Drofa Ganol, ond mi ailfeddylis i. Roedd gen i ofn y bydda hi'n defnyddio 'nghar i fel hers."

"Be haru ti, dŵad? Callia. Paid â siarad mor ysgafn am betha mor ddifrifol."

"A pha'r un bynnag, dydi'r perisgop ddim yn barod eto."

"Meredydd!"

"Magi!"

———

Tynnai am ddeg o'r gloch pan droai Meredydd yn y sgwâr am Yr Wylan Wen. Bu wrthi drwy'r gyda'r nos yn

45

cael y tŷ i drefn ac nid oedd eisiau mynd am beint yn rhy gynnar rhag ofn na fyddai llawer o groeso iddo yn y tŷ potas. Siawns nad âi dros ben llestri mewn cwta hanner awr.

Rhyw ddwsin o gwsmeriaid a'u diddorai'u hunain yn y dafarn pan gyrhaeddodd Meredydd. Yr oedd y parlwr bach yn dywyll, ac yfai'r rhan fwyaf o'r cwsmeriaid yn y bar mawr wrth chwarae dominos neu ddartiau, gyda dau neu dri yn pwyso ar y bar gan sgwrsio. Aeth Meredydd i'r bar bach lle'r arferai fynd. Yr oedd yn hwnnw dri chwsmer, Gwilym Siop Gig a John ei fab, a weithiai yn un o fanciau'r dref, ac Eifion Hughes Tŷ Capel Hebron, a weithiai ar y Sir. Eisteddai'r tri wrth y bwrdd bach yng nghornel yr ystafell, ac yr oedd yn amlwg eu bod newydd sôn am Meredydd. Aeth y tri'n rhy ddistaw pan welsant ef yn dod i mewn, a thueddai llygaid i wibio gormod o un peint i'r llall. Y cigydd a stwyriodd gyntaf.

"Duwch, Meredydd ylwch. Be gymri di?"

"Na, mi wna i hwn."

"Dim peryg. Robat Wilias, pan fyddwch chi'n barod," gwaeddodd ar y tafarnwr. "Mae o fel blydi malwan heno," meddai'n uchel wrth Meredydd er mwyn i Robin Williams ei glywed, "tasa gen i sgert, mi fydda yma fel bwlad, ac mi fydda wedi 'ngwneud i efo'i lygaid cyn y bydda fo hanner ffordd yma." Damia, meddyliodd wrth ei deimlo'i hun yn cynhesu o embaras, ddylwn i ddim bod wedi deud hynna, yn enwedig . . .

Ond nid oedd Meredydd i'w weld yn malio. Daeth Robin atynt.

"A mi ddoist allan?" meddai.

"Do, mi ddois."

"Cael a chael oedd hi, roeddwn i'n dallt."

"Ia."

"Ia."

Estynnodd y tafarnwr wydryn o dan y bar a rhoes ef o dan y pwmp. Yr oedd rhwng dau feddwl. Yr oedd eisiau dweud rhywbeth arall ond efallai na ddylai fusnesa.

46

Llanwodd y gwydryn, ac wrth gau'r tap penderfynodd Robin. Nid oedd yn deg peidio â dweud, a pha'r un bynnag, yr oedd Meredydd yn well cwsmer yn y pen draw na'r lembo arall hwnnw, er ei fod yn gwario llai yno. Yr oedd y llall mewn rhyw helynt byth a hefyd, y munud y byddai wedi cael rhyw ddau beint neu dri.

"Sut wyt ti'r Arab?"

Daeth bloedd Dafydd Garej o'r bar mawr pan oedd Robin ar drosglwyddo'r peint o'r pwmp i Meredydd. Cynhyrfodd gymaint nes y trodd hanner y cwrw ar hyd ei fraich ac i lawr ei drowsus. Gwylltiodd y tafarnwr yn gandryll.

"Go damia ti. Pam na siaradi di'n gall yn lle rhuo dros y blydi lle? Yli be wnest ti imi'i wneud. Mae'r llawr 'ma'n un afon. Duw Duw, wyt ti'n meddwl bod pawb yn hollol fyddar yma? Yli gwaith sychu llawr sy gen i ar d'ôl di'r llarpad gwirion."

Yng nghanol bonllefau ffug-gydymdeimladol o'r bar mawr i bryfocio mwy arno, aeth Robin at y sinc i estyn cadach llawr. Chwyrnai fwyfwy gyda phob ebychiad o'r bar mawr, a phan ddaeth o hyd i'r cadach fe'i lapiodd yn daclus am wyneb Dafydd.

"Hwda'r twmpath, mi ro i ti floeddio."

"Go damia."

Poerodd Dafydd y blewiach o'r cadach o'i geg a chymrodd arno anelu'r botel ddŵr soda at din y tafarnwr wrth i hwnnw blygu i sychu'r llawr. Dim ond mewn union bryd y gwelodd law'n dod o'r tu ôl iddo'n barod i roi pwniad i'w fraich. Rhoes y botel yn ôl ar y bar a throdd ei sylw at Meredydd.

"Sut le oedd 'na yn Risley?"

"Oedd 'na far yno?"

"Welist ti wyneb Bet Gwastad Hir ddoe?"

"Doedd yr hen blismyn 'na ddim yn edrych ryw lawen iawn chwaith."

"Paid ag yfed gormod."

"Mae bod heb ddim yn hir yn gwneud iti feddwi ynghynt."

Rhoes Meredydd ochenaid o ryddhad. Yr oedd y rhain yn adnabod Bethan; yr oedd y rhain yn deall.

Cadwodd Robin y cadach llawr ac ail-lanwodd wydryn Meredydd.

"Iechyd da iti."

"Faint ydi o?" gofynnodd Gwilym.

"Mi wna i am hwn. On ddy hows. Croeso adra was."

"Diolch, Robin. Iechyd."

Daeth y tafarnwr at Meredydd a phwysodd dros y bar.

"Gwrando am funud," meddai, "cymar bwyll."

"Be 'dach chi'n ei feddwl?"

"Huw Gwastad Hir."

"Be oedd am hwnnw?"

"Mi fu yma gynnau. Tua hanner awr wedi saith. Mae o amdanat ti."

"Mi wn i."

"Ia, ond mi fydda'n werth iti'i weld o heno. Roedd tempar y fall arno fo ac ar ôl iddo gael rhyw ddau beint dyma fo'n dechra rhegi dros y lle a dy ddamio di a deud ei fod o'n mynd i dy ladd di. Mi aeth yn ddrwg yma ac mi helias i o allan. Rydw i wedi deud wrtho fo nad ydi o ddim i ddŵad ar y cyfyl eto os cyffyrddith o ben ei fys ynot ti."

"Mi welis i o pnawn."

"Pnawn oedd hynny. Doedd 'na ddim cwrw yn 'i geubal o pnawn. Mae o'n mynd yn wirion bost yn 'i ddiod, ac mae o'n hen uffar slei. Gwylia fo. Roeddwn i'n meddwl y bydda'n fuddiol iti wybod."

"Diolch, Robin."

Aeth Meredydd i eistedd at y tri arall wrth y bwrdd bach, a cheisiodd gymryd arno wrtho'i hun nad oedd yn poeni am Huw Gwastad Hir. Cyfarchodd ŵr y Sir.

"Oes trefn, Eifion Hughes?"

"Go lew, wsti."

Pur swil a thawedog fyddai Eifion Hughes bob amser.

Fel rheol gadawai i bawb arall gynnal y sgwrs, er y byddai'n porthi bob hyn a hyn a hyd yn oed yn rhoi ei big i mewn ambell dro.

"Roedd y musus yn deud ei bod hi wedi dy weld."

"Do, roedd y ddau ohonom ni am y gorau'n gwneud y dyn cig 'ma'n gyfoethocach, tasa hynny'n bosib."

"Digon cyndyn o dalu ydi'r diawl beth bynnag," meddai John am ei dad, gan roi pwniad bach i Eifion Hughes.

"Yli'r uffar," bytheiriodd ei dad, "mi dalis ddigon am dy fagu di, wiriona'r oeddwn i."

"Peidiwch â'i roi o fel 'na," meddai Meredydd, "mi fydd pobl yn cam-ddallt ac yn cael syniada."

"Sut aeth hi tua'r pen draw 'na?" gofynnodd John.

Yr oedd yn bosib cael hwyl am ben Risley yn awr. Dechreuasai'r lle fynd ymhell bell i'r gorffennol yn barod, a medrai Meredydd siarad am ei brofiadau heb gynhyrfu na gwylltio, ac ysai ei gynulleidfa am y stori. Yr oedd cyfrinachau o hyd, wrth gwrs, — nid oedd arlliw o sôn am yr iselder, na'r hunanladdiad a fu yn yr arfaeth; nid oedd ei gwmni eisiau gwybod am hynny, a pha'r un bynnag, ei gyfrinach ef ei hun oedd honno, nad oedd i'w rhannu â neb, dim ond i'w chladdu am byth mewn ebargofiant. Medrai chwerthin am ben hyd yn oed y warderiaid a'i dyrnodd ac a'i ciciodd erbyn hyn, — yr oeddynt hwy yn dal i fod yn Risley o hyd.

Ac yna'n sydyn heb iddo sylweddoli hynny yr oedd yn ugain munud i un-ar-ddeg. Dyma'r tro cyntaf ers talwm i hanner awr ddiflannu mor sydyn.

"Gwagiwch nhw a chliriwch hi," gwaeddodd Robin Williams, "mae gen i isio mynd i 'ngwely."

Gyda chôr o leisiau'n rhuo awgrymiadau iddo am yr hyn i'w wneud ar ôl mynd i'w wely, gwagiodd y dafarn a chafodd Robin gloi'r drws yn ddiolchgar.

"Wyt ti am gael dy waith yn ôl?" gofynnodd John i Meredydd ar ôl iddynt ffarwelio â gŵr y Tŷ Capel ar y sgwâr.

"Wn i ddim be sy'n digwydd yn iawn, a deud y gwir, dydw i ddim wedi cael llawer o amser i feddwl am y peth," atebodd Meredydd. "Ond chefais i ddim sac, am wn i. Rwy'n siŵr imi glywed Dewyrth Gwyndaf yn deud ar ryw gyfri mai wedi f'atal i ar gyflog llawn ne' rywbeth y maen nhw. Mae'n siŵr y clywa i rywbeth cyn dechra'r wythnos."

"Siawns na chlywi di," ategodd Gwilym. "Mi fydda'n biti iti golli dy waith, yn enwedig ar ôl iti gael dy ollwng yn rhydd. Mi fydda cael sac a thitha'n ddieuog yn gosb ryfadd ar y naw, 'ddyliwn i."

"Mae'n rhyfedd meddwl am ailddechra gweithio rywsut," meddai Meredydd wrth iddynt gyrraedd Pen Stryd, "does 'na na phlan na map wedi bod yn 'y meddwl i ers cantoedd."

Aeth Gwilym a'i fab i'r tŷ yn ddigon swnllyd. Am eiliad daeth ton o eiddigedd dros Meredydd wrth ddychmygu am y ddau'n cael cwmni ei gilydd a'u teulu, a swper wedi'i baratoi, tra byddai'n rhaid iddo ef wneud popeth ei hun a siarad â'r wal.

Rhoes y peth o'i feddwl. Nid oedd syniadau felly ond yn codi'r felan arno, a chawsai hen lond bol ar y tri mis o hunandosturi a dioddefasai eisoes heb sôn am ddechrau hel meddyliau plentynnaidd eto. Aeth ei feddwl yn ôl at ei waith.

Ar ôl graddio'n rhesymol dda mewn pensaernïaeth, cawsai waith yn syth ym Mhenerddig gyda ffyrm Idwal Roberts. Mwynhâi ei waith yn fawr: yr oedd i gyd yn lleol a châi fyw gartref. Gobeithiai, wrth gerdded i fyny'r allt am Faes Ceris, y byddai'n cael llythyr drannoeth gan y ffyrm yn ei wahodd i ailddechrau gweithio ben bore Llun.

Yr oedd yn braf cael cerdded wrth ei bwysau a meddwl. Meddyliai rhywun yn gliriach o'r hanner wrth gerdded, dim ond gadael i'w drwyn ei dywys a . . .

Meddyliodd iddo weld rhyw symudiad wrth lidiart Llwybr Uwchlaw'r Môr wrth iddo fynd heibio iddi. Trodd ei ben yn syth i ddwrn Huw Gwastad Hir. Rhwng sydynrwydd yr ergyd a'i nerth yr oedd wedi saethu wysg ei gefn i ganol y ffordd cyn iddo fedru dirnad yr hyn a ddigwydd- asai. Rhuthrodd Huw arno cyn iddo gael ei wynt ato a rhoes ddyrnod iddo yn ei fol â holl nerth ei fraich. Plygodd Meredydd yn ei hanner i gyfarfod pen-glin Huw a ddaeth i fyny i'w drawo yng nghanol ei wyneb nes ei fod yn llyfu'r llawr. Ni theimlodd mo Huw'n ei godi a'i drawo drachefn yn ei wyneb, na theimlo llaw yn disgyn yn glep ar ei war. Un ddyrnod arall ar ganol ei dalcen ac yr oedd yn hedfan ar draws y ffordd ac yn disgyn yn swp wrth y llidiart.

"Cymer hynna i ddechra," meddai Huw gan roi cic iddo yn ei asennau, "mi welwn ein gilydd eto."

Diflannodd i lawr tuag at y pentref.

Ymhen hir a hwyr stwyriodd Meredydd. Ni fedrai ddirnad dim am ychydig. Yna dechreuodd deimlo'r oerfel a chaledwch y ddaear odano. Ymbalfalodd yn y tywyllwch, a daeth o hyd i'r llidiart.

Y boen. Beth oedd yn bod? Pam yr holl boen? O ble daeth y dŵr cynnes? Pa ddŵr cynnes? Ceisiodd ei godi ei hun a llifodd rhywfaint o'r dŵr cynnes i'w geg. Gwaed. O ble daeth y gwaed? O, 'mhen i. O, 'mol i. Beth yw'r golau yna? Pam na stopith y boen yma? Beth a ddigwyddodd? Ble'r ydw i?

"Wedi meddwi mae o."

"Ia, dŵad? Well iti edrych yn iawn i wneud yn siŵr."

"Mi af allan i gael gweld yn iawn."

"Cymer bwyll. Gwylia iddo fo dy ruthro di."

"Ydych chi'n iawn?"

"Pwy ydych chi?"

"Dydi o ddim yn atab."

"Mi af ato fo 'ta. Mi gawn wybod wedyn siawns."

Daeth Wil Garej o'r car gan adael ei wraig yn rhythu drwy'r ffenest i'r tywyllwch ar ei ôl. Buasai'r ddau ym Mhenerddig, fel yr arferent fynd ar nos Wener, yn edrych am y ferch a'i gŵr, a chael rhyw wydraid neu ddau yn yr Erddig ar ôl hynny. Gan fod yr Erddig ym mhen uchaf y dref, yr oedd yn hwylusach dod adref ar hyd Lôn Ucha na mynd trwy Lanaron, a Mair, gwraig Wil, a welodd y peth 'na yn symud wrth iddynt ddod at y llidiart. Yr oedd Wil wedi stopio'r car y munud hwnnw.

"Hei," meddai'n betrus pan ddaeth at y peth, "pwy ydych chi?"

Dim ateb.

"Ydych chi'n iawn?"

Am uffar o gwestiwn dwl, meddyliodd. Clywodd ychydig o riddfan a chrygu.

Aeth Wil yn nes ato. Gafaelodd ynddo, a throdd ef tuag ato'n araf.

"Be sy'n bod?"

Y nefi wen, gwaed. Llond y lle ohono.

"Be sy wedi digwydd? Pam na ddeudwch chi rywbeth? Ydych chi isio . . . Arglwydd Mawr! Meredydd!"

Mewn chwinciad yr oedd ei wraig wrth ei ochr.

"Meredydd ddeudist ti? O'r annwyl, be mae o wedi'i wneud?"

"Wn i ddim. Tyrd â fo i'r car, mae o'n gwaedu fel mochyn. Mi awn â fo at y doctor."

"Well iti alw Hughes Plismon."

"Ia, dŵad?"

"Wel, ia, sbïa golwg sydd arno fo."

"Tyrd â fo i'r car gynta i ni gael gwell golwg arno fo."

Yn araf bach, llwyddasant i hanner cario Meredydd i'r car. Pwysai'n drwm arnynt, a chlywent ef yn griddfan yn ddistaw a di-ball. Caeasant ddrws cefn y car arno ac aethant i mewn eu hunain, a rhoes Wil olau.

"Iesu annwyl!"

Ni welent ddim o wyneb Meredydd, dim ond gwaed a baw yn gacen drosto, gyda'r un gymysgedd yn ei wallt a'i ddwylo. Yr oedd hynny o'i grys a oedd i'w weld yn garpiau amdano a llifai'r gwaed dros ei ên ac i lawr ei frest. Yr oedd golwg ddychrynllyd arno.

"Trïa gael y gwaed o'i lygaid a'i geg o."

Plygodd Mair dros y sedd a rhwbiodd lygaid Meredydd yn ysgafn â'i hances. Hanner agorodd Meredydd ei lygaid. Edrychai'n syth o'i flaen a daliai i gwyno'n barhaus. Tynnodd Mair yr hances dros ei wefusau.

"O'r nef, be wna i?"

"Aros yn llonydd, Meredydd. Mi awn â thi at y doctor rŵan hyn. Be'n y byd mawr ddigwyddodd?" gofynnodd Wil.

"Wn i ddim."

Daeth ei gof yn ôl yn raddol. Gwilym Siop Gig. Dechrau gweithio ben bore Llun. Llwybr Uwchlaw'r Môr. Huw Gwastad Hir.

"Huw . . . baglu ddarum i."

Edrychodd Mair ar ei gŵr.

"Be mae o'n 'i ddeud?"

"Baglu medda fo. Mae golwg felly arnat ti," meddai Wil wrth Meredydd. "Tasa ti wedi baglu o Benerddig dros Fynydd Ceris ac yn ôl wedyn fydda 'na ddim golwg waeth arnat ti. Be ddigwyddodd?"

"Fawr o ddim."

Caeodd Wil ei geg yn dynn. Trodd yn ei ôl a thaniodd y car.

"Hughes Plismon a Doctor Griffith."

"Na." Y gair eglur cyntaf i ddod o enau Meredydd.

"Na?" gofynnodd Mair. "Wyt ti wedi gweld yr olwg sydd arnat ti? Mae'n rhaid i ni gael doctor a phlismon."

"Ddim o'u heisiau nhw. Mi a' i adra. Mi fydda i'n iawn."

"Wil, paid â gwrando arno fo," meddai Mair wrth ei gŵr.

"Doeddwn i ddim ar feddwl gwneud," atebodd yntau wrth droi'r car ar hyd Ffordd y Môr. Arhosodd o flaen tŷ'r heddwas a llamodd o'r car ac at ddrws y tŷ. Pwysodd ar y gloch fel pe bai'n deiar lori eisiau ei newid.

Daeth gwraig yr heddwas i'r drws.

"Ydi Gareth i mewn?"

"Pwy sydd yna? O, helô, William dewch i mewn. Oes 'na rywbeth yn bod?"

"Ydi Gareth yma?" Yr oedd Wil yn dechrau colli ei

limpyn, ond cyn iddo gael cyfle i ychwanegu dim yr oedd Gareth Hughes wedi dod i'r drws.

"Be sy, Wil?"

"Mae Meredydd, hogyn Wil, yn y car. Mae golwg uffernol arno fo."

"Be mae o wedi'i wneud?" Yr oedd yr heddwas hanner ffordd i'r car yn barod.

"Duw a ŵyr. Mae o'n gwrthod deud."

Yr oedd golau'r tŷ lawer mwy llachar na'r golau bach yn y car, a phan ddaethant â Meredydd i'r gegin sylweddolasant ar unwaith pa beth a ddigwyddasai iddo. Estynnodd gwraig Gareth Hughes wadin a dŵr cynnes ac ymolchoddd ei wyneb. Dechreuasai peth o'r gwaed galedu ar ei wyneb yn barod ond ar ôl golchi cyson â'r wadin llwyddodd i gael trefn ar ei wyneb.

Nid oedd mor ddrwg ag y tybiasent ar y dechrau. Yr oedd archoll ar ei dalcen ac ar ochr ei wyneb, ond o'i drwyn y daethai'r rhan fwyaf o'r gwaed. Yr oedd ei lygaid yn iawn.

Edrychodd Gareth Hughes arno.

"O'r gorau. Pwy ddaru?"

"Pwy ddaru be?"

"Dy leinio di."

"Nid dyna . . ."

"Yli. Pwy ddaru?"

"Hidiwch befo."

"Mae o fel mul," meddai Wil. "Ddeudith o dragwyddol wrthat ti."

"Does dim angen iddo fo."

Aeth yr heddwas o'r gegin i'w swyddfa, a chododd y ffôn. Yn Llanaron y trigai'r meddyg a bu'r heddwas yn aros am ychydig i rywun ateb y ffôn yno. Pan atebwyd y ffôn eglurodd gwraig y meddyg ei fod yn Hirfaen yn barod ac y'i galwai hi ef ar radio'i gar i roi'r neges iddo.

Yr oedd gan yr heddwas un alwad arall i'w gwneud. Unwaith eto bu'r ffôn yn canu am ychydig ac yr oedd y llais a atebodd yn bur flin.

"Helô, Robin? Gareth Hughes sy 'ma. Mae'n ddrwg gen i eich styrbio . . . Isio gwybod rhywbeth . . . fuo Huw Gwastad Hir acw heno . . . Ia . . . Ia . . . O ia . . . mae o wedi gwneud . . . dipyn . . . Na, mi fydd yn iawn . . . Robin, wnewch chi beidio â chymryd arnoch . . . ia, dyna sydd orau . . . diolch . . . Hwyl.''

Rhoes Gareth Hughes y ffôn yn ei ôl. Daliodd i eistedd ble'r oedd am funud gan dynnu ei wefl yn ôl ac ymlaen â'i fys a'i fawd. Yr oedd Huw Gwastad Hir yn mynd yn ormod o lanc.

3

"Wyddoch chi rywfaint o'i hanes o, Sister?"

"Ddim llawer, mae arna i ofn. Mae o yma ers pum wythnos. Hen lanc yn byw ar ei ben ei hun. Dim teulu agos, hyd y gwyddom. Nid oedd ei feddyg wedi ei weld ers blynyddoedd, ac fe'i gyrrodd yn syth yma. Peidiwch â dychryn wrth ei weld, Inspector, mae golwg ddrwg iawn arno."

"Wnaeth o ddim deud pam ei fod eisiau gweld yr heddlu?"

"Na, dim ond gofyn imi'ch ffonio ar unwaith a gofyn imi ofalu peidio â deud wrth neb arall, ac na wnâi neb ond Inspector neu Superintendant y tro."

"Rhyfedd iawn. Oes 'na rywun wedi bod yn edrych amdano?"

"Na, neb. Ond fe ffoniodd rhywun neithiwr."

"O?"

"Do. Ei nai medda fo. Ond mae Mr. Evans yn dweud nad oes ganddo nai. Pan ddwedodd y nyrs wrtho neithiwr fod ei nai wedi bod yn holi yn ei gylch fe gynhyrfodd yn lân, a bu'n bur wael drwy'r nos. Fe ofynnodd imi'ch galw bore heddiw."

"Beth yw ei salwch, Sister?"

"Canser."

Cododd y gair arswyd ar yr Arolygydd, a daeth ias sydyn drwyddo wrth synhwyro'r pendantrwydd a'r terfynoldeb yn llais y Sister. Cododd o'i gadair.

"Diolch yn fawr, Sister. Mi af i'w weld rwân."

"Y ffordd hon, Inspector. Mae o mewn stafell ar ei ben ei hun."

Lediodd y Sister ef o'i hystafell ac i ystafell fach gyferbyn. Nid oedd ond un gwely ynddi.

"Mi gaeaf y llenni i chi gael llonydd," meddai'r Sister gan dynnu llen ar draws y ffenest rhwng yr ystafell a'r cyntedd. Nid oedd yr Arolygydd ond yn ei lled-glywed, oherwydd yr oedd ei lygaid a'i sylw'n gwrthod mynd oddi ar y gwely. Teimlai ei waed yn fferru.

Yr oedd y gobennydd claerwyn a gynhaliai'r ddrychiolaeth yn y gwely yn gwneud iddo edrych yn waeth rywfodd; nid oedd eu glendid yn gweddu i'r hyn a oedd yn weddill o ben orffwys arnynt. Ceisiodd yr Arolygydd guddio'i sioc a throdd ei olygon oddi ar yr wyneb at y gwely. Dangosai siâp y cynfasau nad oedd dim o'r claf ar ôl.

Er ei waethaf âi ei lygaid yn ôl at yr wyneb. Gwelsai lawer marwolaeth o bob math yn ystod ei yrfa, yn gyrff maluriedig mewn gweddillion moduron, yn gyrff wedi eu treisio, yn gyrff wedi eu curo'n bob siâp gan wallgofrwydd llofruddiaeth, yn gyrff wedi hanner pydru ar ôl bod ar goll am wythnosau. Ond yr oedd hwn yn wahanol. Peidio â bod mewn munudau o orffwylltra a wnaethai'r lleill, marwolaethau sydyn, annisgwyl, annaturiol. Ond yr oedd trefn natur yn difa hwn fesul tipyn o flaen llygaid na fedrent wneud dim i'w hatal, dim o gwbl, heblaw ei bigo'n awr ac yn y man i leddfu poen.

Gorweddai'n hollol lonydd yn y gwely a'i ddau lygad fel pe'n ymwthio allan o'r tyllau dyfnion o dan ei dalcen. O boptu'r llygaid yr oedd erchylltra'r croen llwyd-felyn crebachlyd am yr esgyrn, a'r pantiau o danynt, lle dylai'r bochau fod yn gwneud i'r esgyrn ymddangos yn anferth. Yr oedd ei geg yn agored a'i anadliad yn fyr a chlywadwy. Nid oedd ei wddf ond sypyn o groen.

Teimlai'r Arolygydd yn swp sâl. Pa ddiben, meddyliai, oedd cadw hen bobl yn fyw fel hyn, pa synnwyr oedd mewn gadael iddynt ddioddef, i ddim pwrpas yn y byd?

"Faint yw ei oed?" sibrydodd.

"Bron yn ddeugain."

"Y nefoedd wen."

Credasai'n sicr mai hen ŵr a orweddai yn y gwely. Teimlodd ei stumog yn troi'n waeth. Ceisiai ei orau glas ddal rhag chwydu.

"Ceisiwch beidio â'i styrbio, Inspector."

Gollyngodd yr Arolygydd anadliad hir.

"Mi wnaf fy ngorau," meddai. "Fydda i ddim yn hir, gobeithio."

"Dyna chi."

Cerddodd y Sister at y gwely.

"Mr. Evans," meddai, "mae Inspector Roberts wedi dod."

Daeth rhyw ebwch o'r gwely.

"Pwyswch ar hwn os byddwch fy eisiau," meddai'r Sister wrth yr Arolygydd, gan bwyntio at fotwm bach gwyn ar y wal yn ymyl y gwely. "Mi'ch gadawaf rŵan."

"Diolch, Sister."

Ceisiai'r Arolygydd guddio'i ddychryn wrth iddo eistedd ar y gadair ger erchwyn y gwely. Trodd y pen tuag ato'n araf ac edrychodd y llygaid syn arno.

"Harri Evans? Inspector Roberts ydw i. Emrys Roberts."

"Lle 'dach chi?"

Yr oedd y llais yn floesg a distaw.

"Sut?"

"Inspector yn lle?"

"O. Bae Colwyn. Yn y pencadlys. Roeddwn newydd orffen gwaith ym Mangor pan ffoniodd y Sister, ac mi ddeuthum yma'n syth."

Arhosodd yr Arolygydd ennyd. Nid oedd arno eisiau holi'r dyn rhag ofn iddo'i gynhyrfu. Ond ni ddeuai dim o'r gwely ond anadlu sydyn a llafurus.

"Be sy'n eich poeni chi?"

Edrychodd y claf draw.

"Blydi canser."

Arhosodd yr Arolygydd eto. Nid oedd diben gwthio.

"Pam eich bod wedi gofyn i'r Sister . . .?"

"Ers faint ydych chi'n blismon?"

"Sut? — O, dwy flynedd ar hugain."

"Ble'r oeddych chi bum mlynedd yn ôl?"

"Bum mlynedd yn ôl? Rhoswch chi, — yng Nghaernarfon."

"O, Caernarfon?"

58

"Ia."

"Mi fûm yn byw yng Nghaernarfon am gyfnod."

"O."

"Do'n Duw."

"Pa bryd?"

"Hidiwch befo. Glywsoch chi sôn am siop Jenkins yn Wrecsam?"

"Siop Jenkins?"

"Gwerthu modrwya."

Clywsai'r Arolygydd sôn am siop emau Jenkins yn Wrecsam, ond ni fedrai'n ei fyw ei dwyn i'w gof. Ond yr oedd Harri Evans yn siarad eto.

"Bum mlynedd yn ôl oedd hi. Mi fu hi'n helynt yno. Mi ddwynwyd gwerth pum mil ar hugain o bunnau o sdwff oddi yno, ac mi saethwyd y dyn. Mi fu bron iddo fo â marw."

Wrth gwrs. Cofiai'r Arolygydd yn awr. Ni ddaeth y gemau byth i'r fei ac yr oedd yr achos yn dal heb ei ddatrys.

"Be wyddoch chi amdano?"

"Gawsoch chi hyd iddyn nhw?"

"Naddo."

"Naddo. Dim peryg."

Bu saib eto. Edrychai'r dyn yn syth o'i flaen. Tynnodd law o dan gynfas a chynhyrfodd yr Arolygydd drwyddo. Ni welai ond pric o fraich yn cynnal ychydig o esgyrn ac ewinedd mewn croen melyn a thameidiau ohono yma ac acw bron yn ddu. Penderfynodd yr Arolygydd y munud hwnnw y llyncai wenwyn cyn yr âi fyth i'r fath stad. Ni fyddai ef fyth farw fel hyn. Ni wnâi hyd yn oed ei awydd am glywed stori'r claf droi ei feddwl oddi wrth yr atgasedd a'r ffieidd-dra a deimlai at y salwch a droes ddyn ddeng mlynedd yn iau nag ef ei hun yn sgerbwd byw.

Yr oedd llygaid Harri Evans yn awr wedi hanner cau. Arhosodd Emrys Roberts yn amyneddgar gan geisio rhoi'i sylw ar yr hyn a wyddai am y digwyddiad hwnnw yn Wrecsam.

"Rydych chi wedi dod o hyd iddyn nhw rŵan."

Prin glywed y geiriau a wnaeth yr Arolygydd.

"Be ddwedsoch chi?"

Ond fe wyddai'n iawn nad oedd angen iddo ofyn y cwestiwn.

"Fi oedd un ohonyn nhw."

Syllodd yr Arolygydd arno. Yr oedd ei eiriau mor annisgwyl fel na wyddai beth i'w ddweud. Aeth yr erchylltra o flaen ei lygaid yn eilbeth yn ei feddwl gyda sydynrwydd y newydd. Daliai'r claf i syllu o'i flaen â llygaid hanner caeëdig, ac nid ymddangosai fel un newydd ddweud newydd mor syfrdanol. Yr oedd un edrychiad ar lonyddwch tawel y gŵr yn ddigon i'r Arolygydd wybod ei fod yn dweud y gwir, er mor anhygoel y swniai. Ac eto, pam? Pam dweud wrtho ef, a'i gael yno'n un swydd i ddweud wrtho? Cyffes ar wely angau? Petai'r olygfa o'i flaen heb fod mor ysgeler byddai'r syniad yn chwerthin-llyd.

Estynnodd lyfr a beiro o'i boced.

"Cadw dy blydi llyfra."

Yr oedd y bloesgni o'r gwely'n sarrug.

"Mae'n ddrwg gen i. Sgwenna i ddim."

Cadwodd y llyfr. Yr oedd ganddo filoedd o gwestiynau i'w gofyn ond nid oedd ganddo syniad ble na sut i ddechrau.

"Dydych chi ddim yn 'y nghoelio i."

Troesai'r llygaid i edrych ym myw ei lygaid ef. Nodiodd yr Arolygydd.

"Mi'r ydw i'n eich coelio."

Trodd y llygaid yn ôl i syllu o'i flaen eto.

"Be wnaethoch chi â'r gemau?"

"Wn i ddim."

"Wyddoch chi ddim?"

Caeodd y llygaid. Am funud cyfan bu'r Arolygydd yn edrych a gwrando ar anadlu a griddfan isel y dyn. Ni feiddiai ofyn dim.

Toc, lled-agorodd y ddau lygad unwaith eto.

"Roedd 'na ddau ohonom ni."

"Oedd, oedd."

"William Hughes oedd enw'r llall." Daeth cuwch dros y llygaid. "William Hughes o ddiawl."

Ni ddywedodd yr Arolygydd air.

"Fo gadwodd y gemau. Roedd yn rhy beryg gwneud dim â nhw oherwydd yr helynt ynglŷn â'r saethu. Roedd holl blismyn y wlad yn chwilio. Roeddem ni wedi gwahanu ar ôl y peth, a welis i mono fo am dros chwe mis. Mi ddaeth ryw ddiwrnod a rhoi mil o bunnau i mi. Mi ofynnis am fy siâr o'r gemau a dyma fo'n deud ei bod yn dal rhy beryg i'w symud nhw. Pan ddeudis i nad oeddwn i'n fodlon ar hynny dyma fo'n troi ata i a deud mai fi oedd wedi creu'r helynt am mai fi saethodd y siopwr."

"Oedd hynny'n wir?"

"Oedd."

"Be wnaethoch chi â'r gwn?"

"Duw Duw, peidiwch â gofyn hen betha mor wirion. 'Dewch chi byth â fi i'r cwrt, felly be ddiawl 'di'r gwahaniaeth ble mae'r gwn?"

Dechreuai'r dyn gynhyrfu, a melltithiodd yr Arolygydd ei hun am fod yn ormod o blismon. Ei unig obaith oedd gadael i hynny oedd yn bosib o'r stori ddod o enau'r claf yn ei ffordd ei hun. Ceisiodd siarad yn dawel a didaro.

"Na dydi o ddim gwahaniaeth am y gwn. Be ddigwyddodd wedyn?"

"Mi ddarum i fygwth mynd at y glas, ond dyma fo'n deud y gwnâi o'n siŵr mai fi fydda'n ei chael hi waethaf ar gownt y saethu. Roedd hi wedi canu arna i wedyn. Fedrwn i wneud dim. Welis i mono fo am ryw hanner blwyddyn arall ar ôl hynny."

"Be ddigwyddodd pan welsoch chi o'r eildro?"

"Yr un peth. Mil o bunnau arall a bygythiad efo fo pan snwyrodd o fi'n gwingo. Dyna'r adeg y diflannodd o."

"Diflannu?"

"Ia, welis i mono fo wedyn. Mi chwilis bobman amdano fo ond doedd o ddim yn bod. Y llarpad."

"Sut nabodoch chi o yn y lle cynta?"

"Ar ôl dod allan, mi ges i waith mewn tafarn yn Lerpwl. Roedd o'n mynychu honno ac mi wnaeth ffrindia efo fi am ein bod ein dau yn Gymry. Cyn bo hir mi gynigiodd waith i mi am fwy na dwywaith y cyflog yr oeddwn i'n ei gael yn y dafarn."

"Oedd o'n byw yn Lerpwl?"

"Oedd, mewn rhyw fflat crand. Ar ei ben ei hun."

"Be gawsoch chi'n waith ganddo fo?"

"Gwneud mwclis."

"Mwclis?"

"Ia. Roedd o'n prynu cadwyna bach wrth y cannoedd a'r ddau ohonom ni'n gosod cerrig a gwydra ynddyn nhw."

"Be fydda fo'n ei wneud wedyn?"

"Eu gwerthu nhw."

"I bwy?"

"Ddim syniad. I ryw warws medda fo unwaith."

Yr oedd llygedyn o oleuni. Yr oedd Harri Evans wedi bod i mewn felly. Nid oedd angen gofyn pam, câi wybod hynny ym Mae Colwyn.

"Yn Walton buoch chi?"

"Ia."

Digon.

"Ryw ddiwrnod mi ofynnodd i mi a fyddwn i'n hoffi gwneud fy ffortiwn. Roeddem ni'n ffrindia calon erbyn hynny. Roedd ganddo blan da medda fo. Pan eglurodd o, mi ddychrynis am 'y mywyd. Fedrwn i dragwyddol wneud peth felly medda fi. Yn hollol, medda ynta, fydd 'na neb yn dy gysylltu â'r peth, dyna pam mai rhywun fel ti sydd ora i'r gwaith. Mi fu'n dyrnu'r peth i 'mhen i am hydoedd ac o'r diwedd mi lwyddodd i 'mherswadio i."

"Beth am y gwn?"

"Rhag ofn, medda fo. Doeddwn i ddim i'w danio ar unrhyw gyfri. Ond pan welodd dyn y siop 'i betha fo'n mynd mi fethodd â dal ac mi ruthrodd ni. Mi bwysis inna'r trigar."

"I ble'r aethoch chi?"

"I Landudno. Mi aeth o'n ôl i Lerpwl a'm siarsio i nad oeddwn i fynd i gysylltiad ag o ar unrhyw gyfri; y deuai o i gysylltiad â mi. A hynny fu. Mi gefais fy nwy fil, a dyna hi. Capwt. Wrth geisio dod o hyd iddo fo y trawodd fi pa mor ddwl roeddwn i wedi bod."

"Yn ei drystio fo?"

"Naci'n Duw. Wel ia, hefyd. Ond nid hynny'n benna."

"Be 'ta?"

"Ei goelio fo. Nid William Hughes oedd 'i enw fo siŵr Dduw."

"O. Be oedd 'i enw fo?"

"Be uffar wn i?"

"O, felly?"

Nid oedd amheuaeth ym meddwl yr Arolygydd nad oedd yn clywed y gwir. Bu saib am ychydig. Dywedasai'r siarad gryn dipyn ar Harri ac yr oedd ei anadl yn uwch ac yn amlach. Gadawodd yr Arolygydd lonydd iddo am dipyn, a meddyliai'n galed am yr hyn a glywsai. Byddai'n rhaid cael llawer mwy rywfodd.

"Fedrwch chi 'i ddisgrifio fo? Sut ddyn oedd o?"

Anwybyddodd Harri Evans ei gwestiwn.

"Tan 'rwythnos dwytha."

"Sut?"

"Tan 'rwythnos dwytha."

"Ia?"

"Mi fu yma'r wythnos dwytha."

"Yma?"

"Roeddwn yn y ward fawr acw. Nos Sadwrn oedd hi, yn o gynnar. Roedd 'na ddyrnaid o bobl wedi dod i edrych am eu teuluoedd ac roeddwn i'n hepian cysgu. Mi agoris 'yn llygaid a fanno'r oedd o'n cerdded ar hyd y ward yn chwilio pob gwely. Roedd o wedi pasio f'un i a phan ddaeth o'n ôl mi edrychodd yn syn tuag at 'y ngwely i a mi ddaeth at draed y gwely i chwilio am f'enw i. Pan welodd o 'mod i'n effro ac yn 'i wylio fo mi aeth oddi yma fel siot.

Mi ddaru nhw'n symud i yma ben bore drannoeth.''

"A fo oedd o? Rydych chi'n siŵr?''

Nodiodd y claf yn araf.

"Fo oedd o. Mi wyddwn i ar 'i wep o ac ar 'i gerddediad o.''

"Pam?'' Daeth y cwestiwn fel fflach.

"Mae o rom bach yn gloff.''

"O?''

"Fydda fo ddim chwaith.''

"O?''

"Na fydda. Ddim tan ar ôl i'r peth ddigwydd. Wedyn aeth o'n gloff.''

"Ddeudodd o sut aeth o'n gloff?''

"Y cwbwl ddeudodd o oedd ei fod o wedi cael damwain.''

"Sut ddamwain?''

"Ddim cliw.''

"Fuo fo yma wedyn?''

"Ar ôl nos Sadwrn? Naddo am wn i. Ond mi ffoniodd yr uffar neithiwr.''

Yr oedd yn blino eto. Gwelai'r Arolygydd nad oedd fawr o ddiben holi mwy yn awr. Câi gyfle eto. Yr oedd yn well holi tipyn ar y tro yn yr amgylchiadau. Ond yr oedd yn rhaid iddo gael gwybod un peth.

"Be 'di'ch amcan chi?''

"Y?''

"Pam eich bod wedi deud hyn wrtha i rŵan?''

"Pam ddiawl wyt ti'n feddwl?''

Caeodd y llygaid eto.

"Tasa gen i bres, ella na fyddwn i ddim wedi mynd yn sâl. Yr uffar iddo fo. Dos rŵan. 'Dw i wedi blino.''

Cododd yr Arolygydd.

"Ydych chi . . .?''

"Migla hi.''

Cerddodd yr Arolygydd at y drws. Cyn mynd allan, trodd i edrych ar y gwely. Gorweddai Harri Evans â'i lygaid ynghau a'i geg yn llydan agored, ac yr oedd ei anadliad llafurus yn swnio'n uwch a mwy anghyson nag oedd pan ddaeth ef i mewn gynnau.

Yr oedd Harri Evans eisiau dial.

Caeodd yr Arolygydd y drws ar ei ôl yn araf, a dyna pryd y sylweddolodd ei fod yn chwys domen. Sychodd ei wyneb a'i ddwylo â'i hances ac aeth at ystafell y Sister. Curodd y drws. Yr oedd y Sister ar y ffôn ac amneidiodd arno i ddod i mewn. Eisteddodd yr Arolygydd ar yr un gadair â'r tro cynt.

"Wel, Inspector," meddai'r Sister pan orffennodd ei neges ar y ffôn, "ydych chi am fynd â ni i mewn?"

"Na, mi gewch un cyfle eto," gwenodd yr Arolygydd. "Ond mae arnaf ofn bod raid imi ofyn cymwynas."

"Ar bob cyfrif."

"Mi gefais stori ryfedd iawn gan Harri Evans. Mae'n bosib nad oes dim byd ynddi ond rwyf bron yn sicr ei fod yn dweud y gwir. Fyddai ganddo'r un rheswm dros beidio, goelia i. 'Daf i ddim i'ch poeni â'r manylion, ond rwy'n teimlo mai'r peth gorau i'w wneud yw gosod dau ddyn yma."

Agorodd llygaid y Sister yn llydan.

"Ydi o rioed mewn peryg?"

"Na, go brin. Ond rwyf eisiau gwybod pwy fu yma'n edrych amdano nos Sadwrn, a phwy a ffoniodd neithiwr."

"Nos Sadwrn?"

"Ia."

"Chlywais i ddim fod neb wedi bod yn edrych amdano. Dyna beth rhyfedd."

"Nac ydi. Nid arhosodd ddim na deud dim wrtho, dim ond edrych arno a mynd."

"Dyna'r hyn a'i cynhyrfodd felly. Fe fu'n ddifrifol wael nos Sadwrn a bu raid inni ei symud i'r ward fach."

"Y nyrs a atebodd y ffôn neithiwr. Ydi hi ar gael?"

"Mi fydd yma heno."

"Mi fyddaf eisiau gair efo hi."

"Yn y ward ydych chi am roi'ch dynion?"

"Na, rwyf am roi côt porter neu gôt wen iddyn nhw. Fe

65

fydd un yma o gwmpas y ward ac un arall yn y cyntedd ac allan. Y peth pwysig yw nad oes neb o gwbl i wybod eu bod yma, ond y rhai sy'n rhaid gadael iddyn nhw wybod. Ond yn sicr nid oes neb o'r tu allan i wybod eu bod yma.''

''Rwy'n gweld. O'r gorau, Inspector, fe wnawn yn siŵr y bydd popeth yn iawn iddynt.''

Cododd yr Arolygydd.

''Diolch, Sister. Mae'n rhaid imi ofyn ichi f'esgusodi rŵan. Rhaid imi fynd.''

Yr oedd ganddo lawer o waith i'w wneud, llawer iawn.

———————

Edrychodd ar y cloc uwchben drws y ward. Pum munud wedi saith. Aethai'r ymwelwyr i gyd i mewn a cherddodd i'r ward. Gwelodd yn syth nad oedd yn y gwely. Teimlodd ei galon yn dechrau curo ychydig yn gyflymach. Yr oedd y llenni ar draws ffenest y ward fach a'r drws wedi'i gau. Cerddodd heibio iddo ac i ganol y ward fawr. Edrychodd o amgylch. Nid oedd neb tebyg iddo yn un o'r gwelyau. Cerddodd yn ôl at y drws. Gwelai nyrs a doctor mewn côt wen yn sefyll ger un o'r ystafelloedd bychain, ac yr oeddynt yn edrych i'w gyfeiriad.

Daeth y nyrs ato. Gwenodd yn foesgar arno.

''Mae golwg ar goll arnoch chi. Gaf i eich helpu?''

''O, chwilio am rywun oeddwn i. Dydi o ddim yma.''

''Beth yw ei enw?''

''Ei enw?'' Yr oedd braidd yn ffrwcslyd. ''O, Harri Evans.''

''Mr. Evans? Mae yn y ward fach. Mae arna i ofn ei fod yn bur wael. Mae'r doctor efo fo'n awr. Mi af i ofyn a gewch chi fynd i'w weld wedyn.''

''Na, mae'n olreit, diolch. 'Da i ddim i'w styrbio os ydi o'n wael. Mi alwa i eto. Nos da.''

Cerddodd heibio iddi ac am y drws. Sylwodd y doctor yn y gôt wen ei fod braidd yn gloff.

———————

Edrychodd yr Arolygydd ar ei oriawr. Pum munud wedi saith. Cymrodd lymaid arall o'r coffi llugoer. Yr oedd wedi blino'n lân. Buasai wrthi bron drwy'r nos neithiwr a thrwy'r dydd heddiw'n gweithio, heb ddim ond teirawr o gwsg yn y bore bach. Rhoddasai'r pendragon ef i oruchwylio'r holl achos yn syth ar ôl iddo ddweud ei stori brynhawn ddoe, a bu wrthi ers hynny'n ddyfal yn darllen cannoedd o ddogfennau'n ymwneud â'r lladrad.

Buan iawn y cafodd hanes Harri Evans, ynghyd â'i lun pan oedd yn rhywbeth amgenach na'r sgerbwd a orweddai ym Mangor. Cawsai Harri Evans ddeunaw mis o garchar am yrru'n beryglus saith mlynedd yn ôl pan oedd yn byw yng Nghaernarfon, a chawsai ei ryddhau ymhen blwyddyn. Nid oedd dim yn ei record a awgrymai y byddai'n troi'n lleidr, ond yr oedd y disgrifiad niwlog a gawsai'r heddlu gan y siopwr o Wrecsam o'r ddau a fu'n ei siop yn awgrymu y gallai Harri Evans fod yn un ohonynt. Ac wrth gwrs, nid oedd arlliw o ddim am neb o'r enw William Hughes, yno nac yng nghofnodion Heddlu Lerpwl.

Yr oedd wedi gwneud hynny a allai erbyn hyn. Cyn y gallai wneud mwy byddai'n rhaid iddo gael mwy o wybodaeth, ac nid oedd hynny i'w gael ond o lygad y ffynnon. Yr oedd yn gas ganddo feddwl am fynd i'r ward honno eto, ond nid oedd ganddo ddewis. Yr oedd hefyd wedi teipio datganiad o'r hyn a glywsai'r diwrnod cynt, a gobeithiai gael llofnod Harri Evans arno. Fe ffoniai'r ysbyty i drefnu i fynd yno ben bore drannoeth.

"Ward Peris, os gwelwch yn dda."

"Hanner munud."

67

"Ward Peris."

"Helô. Inspector Roberts o Fae Colwyn sy 'ma."

"O, Inspector, roeddem ni'n mynd i'ch ffonio. Mae un o'n doctoriaid newydd am gael gair â chi."

"Helô, Inspector?"

"Ia."

"John Hughes sy 'ma. Mae o wedi bod."

"Be?"

Sythodd yr Arolygydd yn ei gadair. Deffrodd drwyddo.

"Dyn cloff. Mi ofynnodd am Harri Evans, ond mi aeth allan y munud y clywodd o ei fod yn y ward fach. Wnaeth o ddim aros i'w weld. Mae Dewi wedi cael dau lun ohono fo, a rhif ei gar."

Yr oedd hyn yn anhygoel.

"Bendigedig. Ffoniwch am rywun i ddod yna'n eich lle a dewch yma'n syth bin. Da iawn chi. Ydi'r Sister yna?"

"Ydi. Sister."

"Helô."

"Sister Davies?"

"Na, mae hi gartref heddiw. Sister Evans ydw i."

"Mi ddeuda i be sydd, Sister. Isio trefnu i ddod draw bore fory ydw i. Mae arna i ofn y bydd raid imi gael sgwrs arall efo Harri Evans. Dim ond gair neu ddau, a'i gael i arwyddo rhywbeth os gwnaiff o."

"Mae arna i ofn na fydd hynny'n bosib, Inspector. Mae o'n anymwybodol."

"O."

Yr oedd hyn yn annisgwyliadwy. Gwelodd yr Arolygydd y llygaid syn a'r geg lydan agored unwaith eto a daeth cryndod drosto am ennyd. Rhwbiodd ei dalcen.

"Wnewch chi adael i mi wybod pan ddaw ato'i hun, os gwelwch chi'n dda, imi gael dod draw yn syth?"

"Mae arna i ofn na ddaw o ddim, Inspector."

68

4

Dyma'r tro cyntaf i Meredydd fynd i'r Erddig ohono'i
hun ac ar ei ben ei hun. Tueddai'r Erddig i fod yn westy
pobl fawr, er yr arferai llawer o'r trigolion lleol ei fynychu
pan fyddai eu teuluoedd gyda hwynt. Ond fe wnâi'r tro
heno am ryw lasiad neu ddau i basio'r amser.

Ni theimlasai mor unig erioed ag y gwnaethai drwy'r
dydd heddiw. Bu'r felan yn ei gerdded o'r munud y'i
deffrowyd ar doriad gwawr gan y poenau'n ei ben a'i ochr,
a bu'n teimlo cywilydd ohono'i hun drwy'r dydd.
Meddyliai bod pawb yn gwybod am yr helynt neithiwr a'u
bod i gyd yn siarad amdano ac yn cael hwyl am ei ben.
Bu'n cerdded y tŷ drwy'r bore'n ochneidio a melltithio
bob yn ail, ond diflasodd yn llwyr ar hynny erbyn canol
dydd, ac aeth allan yn ei hyll gyda'r car ar ôl cinio ar hyd y
lôn ucha a thrwy Benerddig i'r wlad. Bu'n crwydro
Gwynedd yn ddiamcan drwy'r prynhawn.

Bu'n helynt braidd cyn iddo ddod adref neithiwr am ei
fod yn gwrthod cydweithredu â Gareth Hughes a'r lleill a
oedd yn nhŷ'r heddwas. Yr oeddynt hwy ar dân eisiau dod
â Huw Gwastad Hir i gyfrif ond gwrthodasai Meredydd
wneud dim â hynny. Gwylltiasai Wil Garej yn gacwn am
ei styfnigrwydd a dywedasai wrth yr heddwas am roi gwŷs
i'r llarpad yn syth bin ac uffar o gweir iddo fo efo hi. Ond
gwyddai'r heddwas nad oedd ddiben yn y byd gwneud
hynny pan nad oedd tystion na chydweithrediad
Meredydd ar gael. Yr oedd yr heddwas yntau wedi ei
siomi, ond er hynny deallai pam nad oedd ar Meredydd
eisiau gwneud dim, a chydymdeimlai â'i ddyhead. Ni
wylltiodd fel y gwnaeth Wil, ond penderfynodd y munud
hwnnw nad oedd Huw Gwastad Hir yn mynd i ddod
ohoni ar chwarae bach. Fe gâi dalu'n hwyr neu'n
hwyrach.

Wrth ddychwelyd i Benerddig o'i grwydro bu bron i
Meredydd â throi ar hyd y lôn isa, ac adref drwy Lanaron.

Ond ail-feddyliodd ar y munud olaf a daliodd i fynd ymlaen i'r dref. Trodd i'r Stryd Fawr lydan ac aeth ar ei hyd a throi wedyn i fynd heibio i'r ysbyty a Neuadd y Dref ac i fyny'r Allt Fawr i'r Hen Dref, lle deuai'r lôn ucha o Hirfaen. Daeth lwmp i'w wddf wrth iddo fynd heibio i adeiladau'r Llysoedd a Swyddfa'r Heddlu, a gwibiodd rhannau o'r achos blith draphlith drwy'i feddwl.

Safai'r Erddig ger tro mawr yn y ffordd i Hirfaen. Hen blasdy oedd, gyda rhannau ohono'n hen iawn, ac fe'i troesid yn westy ddechrau'r ganrif. Y tu ôl iddo yr oedd y gerddi eang a roesai i'r plasdy ei enw, a'i henw i'r dref hithau.

Cerddodd Meredydd i'r parlwr moethus. Yr oedd trwch y carpedi'n rhoi awyrgylch distaw i'r lle ac fel pe'n ceisio boddi sŵn y gerddoriaeth ysgafn a ddeuai o'r tyllau bach yma a thraw yn y nenfwd. Nid oedd ond ychydig bobl yno ac ni roes yr un ohonynt fawr o sylw iddo.

Y tu ôl i'r bar eisteddai merch ar stôl yn darllen. Yr oedd y llyfr a'i dwy benelin ar y bar, a gorffwysai ei gên ar ei dwylo. Cododd ei phen pan ddaeth Meredydd at y bar a bradychodd ei llygaid ei syndod am ennyd pan welodd y clais ar ei dalcen uwchben ei lygad dde a'r plaster ar ochr ei wyneb. Cofiodd mai ef oedd yr un a ddaethai yno nos Iau gyda'r twrnai a oedd yn gyfeillgar â Morgan Ellis, perchennog Yr Erddig. Hi a gariasai ddiod iddynt i fyny i'r parlwr bach ar y llofft.

"Sut olwg sydd ar y llall?"

"Y?"

"Paid ag edrych mor ddifrifol, wir, mi ddaw 'na haul ar fryn eto, wsti. Be gymri di?"

"O, glasiad."

"Glasiad. Glasiad o be?"

"Hwnna."

Dyma'r tro cyntaf ers talwm iawn i neb dieithr beidio â'i alw'n chi, a hoffai Meredydd yr agosatrwydd yn ei llais. Edrychodd yn fanylach arni gan geisio peidio â rhythu. Yr oedd hi'n iau nag ef o dipyn, meddyliai, a gadawai i'w gwallt tywyll dyfu at ei hysgwyddau.

"Dyna ti."

Yr oedd rhyw gynhesrwydd yn y llygad a'r llais. Estynnodd Meredydd arian.

"Gymrwch chi un?"

"Pwy ydi 'chi'?" Gwenai wrthi'i hun. "Na, dydi o ddim yr un blas yr ochr yma." Aeth â'i arian i'r drôr ac estynnodd ei llyfr. Na chei, 'mach i, meddyliodd Meredydd, mi gei siarad, mae gen i flys siarad, rydw i wedi laru ar 'y nghwmni fy hun.

"Be 'dach chi'n ei ddarllen?"

"Chi?"

Gwenodd Meredydd.

"Oreit, be wyt ti'n ei ddarllen?"

"*Pigau'r Sêr.*"

"O."

"Wyt ti wedi'i ddarllen o?"

"Droeon."

"Do'n wir?"

"Oes golwg anllythrennog arna i?"

"Mae golwg bocsar arnat ti. Be wnest ti i dy wyneb?"

"Ffeit."

"Ych a fi. Frifist ti o?"

"Wnes i ddim rhoi pen 'y mys arno fo."

"Nefi lon. Brawd yr hogan 'na oedd o?"

Rhythodd Meredydd arni.

"Sut gwyddost ti am . . .?"

"Tasa modd imi beidio â gwybod am dy helyntion di'r wythnos yma . . ."

"O, ia." Petrusodd. "Peth rhyfadd na fyddat ti wedi'i gluo hi o dan y bar 'ma pan ddois i mewn."

"Hy, mi lapiwn i di. Frifodd o lawer arnat ti?"

"Naddo, fawr." Petrusodd eto. "Be 'di d'enw di?"

Edrychodd y ferch arno â llygad chwerthinog.

"Yli. Mae 'mos i wedi deud nad ydw i ddim i fynd yn bersonol gyda'r un o'r cwsmeriaid. Ond . . ."

71

Clywodd Meredydd besychiad bach pwysig Saesneg wrth ei ochr. Trodd, a gwelodd ddyn bach mwstas mawr yn edrych yn anghymeradwyol arnynt. Trodd Meredydd yn ôl a rhoes ei sylw ar ei ddiod tra bu'r dyn bach yn hel llond ei hafflau o ddiodydd poethion iddo ef a'i gyfeillion ar un o'r byrddau ym mhen draw'r ystafell. Grwgnachai o dan ei fwstas bod y gwasanaeth ym mhobman yn mynd yn waeth a bod yna ddigon o dafarndai budron yn y dref i rai nad oeddynt ffit i fod mewn lle fel Yr Erddig, gan edrych yn syth ar blaster Meredydd.

"Mae 'na bobl neis iawn yn mynychu'r Erddig, fel y gweli di," meddai'r ferch wrth Meredydd gan edrych i lygaid y dyn wrth roi'r newid iddo. "Dyna ti, Pero, i ffwr â thi," meddai wrth y dyn gan wenu'n garedig arno.

"Inglish," chwyrnodd hwnnw'n sarrug wrth droi o'r bar a chychwyn am ei fwrdd.

Yr oedd Meredydd yn prysur wella.

"Oeddat ti wedi planio i gael hwnna yma rŵan?"

Edrychodd y ferch yn hurt arno.

"Planio? Planio be?"

"I ti gael peidio â deud dy enw wrtha i."

"O, do. Mae o a fi'n fêts mawr. Mi fydda i'n swatio yn 'i fwstas o bob tro y bydda i isio mwytha."

"Paid â throi'r stori."

"Veronica Maud."

"Y?"

Llygadrythai arni.

"Dyna ti wedi'i gwneud hi rŵan."

"Be?"

"Sbeitio f'enw i."

"Wnes i ddeud dim."

"Doedd dim rhaid iti. Roedd dy wep di'n ddigon."

Trodd ei chefn ato.

"Doeddwn i ddim . . ."

Ni chymrai sylw ohono. Wel myn uffar, meddai wrtho'i hun, be nesa? Gwagiodd ei lasiad.

"Glasiad arall, Veronica, os gweli di'n dda."

Trodd y ferch ato a'i gwefusau'n dynn, ond methodd ag ymatal a chwarddodd yn braf.

"Yr hen ddiawl fach gastiog. Be 'di d'enw di?"

Yr oedd hi'n dal i chwerthin wrth lenwi ei wydryn.

"Einir."

"Mi faswn i'n meddwl wir Dduw. Ble'r wyt ti'n byw?"

"Yma."

"Ym Mhenerddig?"

"Yn Yr Erddig. Gweithio fel blac drwy'r dydd a chysgu yma'n y nos. Gofyn pa lofft a mi hitia i di."

"Pa lofft?"

"Y gynta ar y chwith ar ôl mynd drwy'r cwt glo. Oes gen ti ffansi talu am dy gwrw?"

Rhoes Meredydd arian ar y bar.

"Ers faint wyt ti'n gweithio yma?"

"Pum mis."

"Ble mae dy gartra di?"

"Holi ar mwya'n twyt?"

"Does 'na un dim arall i'w wneud yma."

"Pam na ddinoethi di fi efo dy lygad yr un fath â mae'r petha crand 'ma'n ei wneud, a chymryd arnat dy fod yn hen foi iawn parchus ar yr un pryd?"

"Sut gwyddost ti nad ydw i wedi gwneud hynny ers meitin?"

"Nac wyt."

Yr oedd ei llais yn dawel a phendant.

Gwridodd Meredydd fymryn wrth iddo sylweddoli'n sydyn bod y sgwrs wedi mynd ychydig yn rhy bersonol heb yn wybod iddo bron. Edrychodd ar ei wydryn. Synhwyr-odd y ferch ei anniddigrwydd a theimlodd ei hun yn cynhyrfu'r mymryn lleiaf. Penderfynodd mai'r hyn a oedd orau i'w wneud oedd ateb ei gwestiwn.

"Ym Mhorthmadog mae 'nghartra i. Mae 'nhad a 'mam yn dal i fyw yno."

Edrychodd Meredydd arni eto.

"O fanno y doist ti yma?"

"Ia."

Dychmygai Meredydd iddo sylwi ar ychydig o dristwch yn ei llais.

"Mi 'dw i'n ama 'mod i'n busnesa gormod."

Edrychodd y ferch arno a rhoes chwerthiniad byr a ddaeth â'r cynhesrwydd yn ôl i'w llygaid yn syth.

"Hen ferch ddylat ti fod," meddai wrtho. "Dal dy wynt. Gwaith yn galw."

Cafodd Meredydd hoe i feddwl tra bu Einir yn gwerthu diodydd i dri a ddaethai i'r bar. Ni welsai neb dieithr mor gyfeillgar ers llawer dydd. Ni fyddai fymryn gwaeth o ddal i gynnal y sgwrs oblegid, Duw a ŵyr, yr oedd arno ddigon o angen cwmnïaeth. Yr oedd unigrwydd yng nghanol pobl yn waeth o'r hanner na'r unigrwydd yn Risley.

Daeth Einir yn ôl ato. Yn sydyn teimlai Meredydd ei hun yn mynd yn swil. Chwiliodd am rywbeth i'w ddweud.

"Gweithio gartra oeddat ti?"

"Swyddfa Nawdd Cymdeithasol."

"Laru wnest ti?"

Daeth y tristwch yn ôl i'w llygaid.

"Ffrae."

"O, felly."

Nid oedd ganddo syniad beth i'w ddweud. Cymerodd lymaid o'i gwrw i guddio'i dawedogrwydd.

"Roeddwn i wedi dyweddïo. Mi aeth hi'n ffliwt."

"O. Biti."

Yr oedd yn hanner golygu'r hyn a ddywedai.

"A mi ddois yma. Mae'n iawn yma, ond 'mod i'n laru yma ambell dro, pan fydd hi'n ddistaw."

"Yn y bar hwn fyddi di o hyd?"

"Na, ym mhobman. Yn un o'r baria neu'r lle bwyta, neu wrth y ddesg fel rheol. Mi fydda i'n llnau'r llofftydd os bydd un o'r merchad yn sâl, ond gwneud hynny o ran sbort y bydda i. Does dim rhaid i mi medda Mr. Ellis, ond waeth gen i wneud hynny ddim."

"Fyddi di'n gweithio'n hwyr?"

"Bob sut. Tan hanner awr wedi wyth heno. Mi ddaw Mr. Ellis yma wedyn."

"Pwy ydi'r Mr. Ellis 'ma?"

"Y dyn biau'r drol."

"Ydi o'n flin?"

"Na, mae o'n hen foi iawn. Hidia befo," ychwanegodd a gwên lond ei llygaid, "larpith o mohono ti."

"Be fyddi di'n ei wneud ar ôl gorffen?"

"Aros i mewn yn y llofft neu'n y parlwr yn edrych ar y bocs. Mi fydda i'n mynd am dro ar hyd y gerddi weithiau. Mae'n dawel braf yno."

Gorffennodd Meredydd ei gwrw am ei fod ofn gofyn ei gwestiwn nesaf. Petai hi'n gwrthod, byddai'r felan yn ei hôl yn syth. Ond wedyn, nid oedd disgwyl iddi dderbyn a hithau'n gwybod am ei helyntion diweddar.

"Llanwa fo eto."

Llanwodd Einir ei wydryn a thalodd yntau amdano heb ddweud gair o'i ben. Cymrodd lymaid.

"Be wnei di ar ôl gorffen heno?"

Edrychodd Einir ym myw ei lygaid.

"Pam?"

Pam? Be uffar ddeuda i?

"Mae gen i isio bwyd a rydw i wedi laru ar 'y nghwmni fy hun."

Yr oedd yn goch at ei glustiau.

"Isio rhywun i siarad efo hi wyt ti?"

"Na, nid hynny. Nid hynny o gwbl."

Llyncodd ei boer a chododd ei wydryn gan edrych ar y bar.

"Oreit."

"Y?"

"Mi ddo i. Ble'r awn i?"

"Rywle."

Yr oedd y sioc o ddarganfod nad oedd y byd ar ben wedi'r cyfan wedi tynnu Meredydd oddi ar ei echel yn lân.

"Ble'r hoffet ti fynd?"

"Ddim syniad. Mae'r lle 'ma'n ddiarth i mi."

"A fama'r wyt ti'n cuddio, ia?"

Trodd Meredydd a gwelodd Idwal Roberts, ei gyflogwr, a'i wraig yn cerdded tuag ato.

"Rydw i wedi bod yn chwilio amdanat ti drwy'r dydd. Mi ffoniais bora ddoe, — doeddat ti ddim adra. Roeddwn i ffwr bnawn ddoe a mi ffoniais neithiwr. Doeddat ti ddim adra neithiwr chwaith, na phnawn heddiw. Lle ddiawl wyt ti'n cadw?''

Gafaelodd yn gadarn yn Meredydd a'i droi i'w wynebu.

"Dangos dy wyneb. Duw, roeddwn i'n meddwl ar yr holl straeon dy fod yn siwrwd. Roedd plismon Hirfaen wedi gweld dy fodryb bora ac wedi deud wrthi dy fod wedi bod mewn cwffas. Pam na fasat ti wedi lladd y diawl? Dos efo Megan i'r bwr bach 'cw inni gael seiat. Be gymri di?''

Damiodd Meredydd wrtho'i hun. Gwelai'r noson yn cael ei difetha'n llwyr, — nid nad oedd yn falch o weld ei gyflogwr, oherwydd yr oedd wedi dechrau mynd i boeni braidd am ei waith pan welodd nad oedd llythyr iddo bore. Ond nid oedd ddim gan Idwal Roberts siarad am ddwy awr neu dair yn ddi-stop, ac yr oedd siŵr o fod eisiau clywed ei hanes yn Risley ac yn y Llys. Edrychodd ar y cloc uwchben y bar. Yr oedd yn chwarter wedi wyth yn barod. Gwyddai ar wyneb Einir ei bod yn chwerthin yn ei llawes wrth synhwyro'i benbleth. Yr oedd yn rhaid iddo ddweud, a dweud yn awr.

"Iawn. Ond mae arna i ofn y bydd raid imi ei gluo hi mewn rhyw chwarter awr. Mae 'mol i'n galw.''

"Perffaith,'' meddai'r pensaer, "rydym am gael pryd o fwyd ein hunain. Rydw i newydd archebu wrth y ddesg. Mi gei ddod efo ni. Mi dala i am fwyd iti. Mi gei sdecan. Er y bydda un oer ar dy hen wep di'n gwneud mwy o les ella.''

"Ond . . .''

"Mi a'i draw i archebu iti rŵan.''

"Mae gen i . . .''

Yr oedd Idwal Roberts wedi mynd. Edrychodd Meredydd mewn anobaith ar Einir. Yr oedd yn amlwg ei bod yn cael hwyl iawn am ei ben.

"Be sydd, Meredydd?"

Yr oedd yn haws cael synnwyr gan wraig y pensaer.

"Roeddwn i wedi addo mynd ag Einir . . ." meddai gan bwyntio ati.

"Wel aros di 'ta," meddai Mrs. Roberts, "mi a'i ar ei ôl o. Chaiff o ddim difetha dy noson di debyg iawn."

Aeth o'r bar ar ôl ei gŵr.

"Am be wyt ti'n chwerthin, yr hen ddiawl fach?"

"Biti na fyddat ti wedi edrych yn y drych 'na gynnau. Mi fyddat wedi cael ffatan ar dy din."

"Hidia befo. Mi fydda i oddi yma fel siot hanner awr wedi wyth."

"Yli, anghofia fo. Dos efo nhw. Mi gei fynd â mi allan eto. Go iawn rŵan."

"Dim peryg yn y byd."

Dychwelodd Mrs. Roberts i'r bar dan ysgwyd ei phen.

"Mi ddeudis i wrtho fo."

"Gobeithio nad oedd o wedi digio."

"Chynhyrfodd o'r un blewyn."

Trodd Mrs. Roberts at Einir.

"Gobeithio eich bod yn hoff o sdêc. Mae o wedi gordro un i chitha hefyd."

Eisteddai Morgan Ellis, perchennog Yr Erddig, yn y swyddfa fach y tu ôl i'r ddesg groesawu yn y neuadd. Yr oedd bron yn hanner awr wedi wyth ac yn amser iddo fynd i'r parlwr ffrynt yn lle Einir. Gorffennodd dacluso'r papurau a chlodd hwynt yn y cwpwrdd.

Clywodd sŵn wrth y drws allan ac aeth o'r swyddfa i weld beth oedd yn digwydd. Yr oedd gŵr yn fagiau lond ei hafflau'n bustachu ei ffordd drwy'r drws troi ac yn ceisio dod â'r bagiau gydag ef yr un pryd. Brysiodd Morgan Ellis i'w gynorthwyo.

"Ydi hi'n rhy hwyr i fwcio?"

"Na, na, dewch i mewn."

Cariodd Morgan Ellis rai o fagiau'r dyn at y ddesg ac aeth y tu ôl iddi ac estyn y llyfr arwyddo a oedd ym mhen arall y ddesg.

"Un noson?"

"Na, mae'n bosib y byddaf yma am ryw wythnos."

Yr oedd rhywbeth yn gyfarwydd yn ei wyneb. Gwyliodd Morgan Ellis y dyn wrth iddo ysgrifennu yn y llyfr, a darllenodd yr ysgrifen ar ei phen i lawr fel y deuai o'r ysgrifbin. Richard Jones. Pedwar ar ddeg rhywbeth neu'i gilydd, Lerpwl.

"Diolch, Mr. Jones."

Yr oedd Morgan Ellis yn sicr iddo weld y gŵr o'r blaen. Yr oedd yn ddyn cymharol dal a llydan, tua deugain oed, a gwallt syth du wedi'i dorri'n fyr.

"Ydi ystafell naw ar gael?"

Cododd Morgan Ellis ei ben ac astudiodd wyneb Richard Jones yn fanylach.

"Ystafell naw? Rhoswch chi . . . ydi . . . ydi, mae hi'n wag. Yr ydych wedi bod yma o'r blaen felly?"

"Do. Tua phum mlynedd yn ôl, bellach. Oes gobaith am fwyd?"

"Oes, ar bob cyfrif. Pryd fyddwch chi eisiau'ch bwyd?"

"Mewn rhyw dri chwarter awr. Mi ddof i lawr i'r bar ar ôl molchi mymryn. Mi gaf weld y fwydlen yno."

"Iawn, dyna chi. Mi ddof â'r bagiau i fyny i chi'n awr."

"Diolch."

Wrth gerdded at y lifft sylwodd Morgan Ellis fod ei westai newydd braidd yn gloff.

Wedi iddo ymolchi ac eillio, aeth Richard Jones i lawr i'r bar a'i bapur newydd yn ei law. Nid oedd llawer yn y bar, dim ond rhyw bymtheg yma a thraw wrth y byrddau yn siarad â'i gilydd ac yn cymryd dim sylw'n y byd o neb arall. Y tu ôl i'r bar, byseddai'r perchennog ei ffordd yma ac acw drwy'r llyfr a adawsai Einir ar ei hôl. Cadwodd y llyfr pan welodd Richard Jones yn dod tuag ato.

"Popeth yn iawn?"

"Siort ora, diolch. Peint o lager, os gwelwch yn dda."

Aeth Richard â'i beint at un o'r byrddau bach ac eisteddodd yn y gadair esmwyth. Daeth Morgan Ellis â'r fwydlen iddo ac edrychodd drwyddi'n frysiog cyn archebu.

"Oes gennych chi datws wedi'u berwi?"

"Oes oes."

"Iawn. Sdêc a thatws berwi. Mi gymra i gawl gynta."

"Diolch yn fawr. Rhywbeth arall?"

"Dim diolch."

Aeth y gŵr drwodd i'r gegin i roi'r archeb. Agorodd Richard y papur newydd, a'i osod ar ei lin. Buan yr aeth y print ar y papur i bob man o flaen ei lygaid wrth i'w feddwl ddechrau crwydro.

Yr oedd yr holl amau a'r poeni a'r methu cysgu drosodd, drosodd am byth. Yr oedd y cynllun wedi gweithio. Teimlai'i hun yn dechrau ymlacio'n barod, a sugnodd ei lager yn fyfyriol. Rhoes ei law yn ei boced i estyn ei sigarennau, a thaniodd un gan chwythu'r mwg o'i geg mewn ochenaid hir o ryddhad. Cawsai ei broblem fawr ei datrys yn y modd mwyaf annisgwyl. A Harri ei hun a fu'n gyfrifol am ei datrys iddo.

Harri Evans. Nid oedd neb yn ei lawn synnwyr yn disgwyl i ddyn ymhell dan ei ddeugain oed farw, os nad oedd am ei lofruddio neu rywbeth gwallgof felly, ond yr oedd canser wedi dod i'r adwy ym Mangor, ac unrhyw funud yn awr, os nad oedd wedi digwydd eisioes, byddai canser Harri yn peidio â'i boeni byth mwy. Ac ni fyddai wedi dweud dim; ni fyddai neb yn cael twymyn i weiddi cyfrinachau'n anfwriadol ynddi pan oedd salwch Harri Evans arnynt.

Ar Harri'r oedd y bai i gyd. Harri a ddifethodd yr holl sioe. Petai Harri heb saethu'r siopwr hwnnw byddai'r cynllun wedi gweithio'n berffaith ac ni fyddai'r holl stŵr wedi'i chreu. Byddai'r heddlu wedi rhoi'r gorau i chwilio amdanynt ynghynt ac ni fyddai ef wedi gorfod claddu'r diemwntiau ar ôl eu gwahanu oddi wrth y modrwyau a'r cadwynau. Oni bai am Harri ni fyddai'n gloff heddiw. Ond wedyn, oni bai am Harri, byddai wedi gorfod rhannu'r ysbail.

Yr oedd wedi rhyfygu'n arw ac wedi mentro'n wirion mewn gwirionedd pan benderfynodd na fyddai Harri'n cael ei siâr wedi'r cyfan. Dyna haeddiant yr hen lembo blêr, ond yr oedd y penderfyniad wedi gofyn am feiddgarwch aruthrol. Nid nad oedd wedi ymbaratoi'n drwyadl; yr oedd wedi gofalu o'r dechrau un na fyddai'r neb a fyddai'n ei ddewis yn bartner yn gwybod un dim amdano, dim hyd yn oed ei enw. Llyncasai Harri'r cwbl heb ofyn dim, a phan benderfynodd ef ddiflannu o fywyd Harri heb i hwnnw gael ei ran o'r diemwntiau, ni fedrai Harri wneud dim yn ei gylch, dim o gwbl. Ni allai fynd at yr Heddlu, oblegid ef a saethodd y siopwr, ac ef felly yr oedd yr Heddlu ei eisiau yn anad neb arall. A hyd yn oed pe bai'n ddigon gwirion i fynd at yr Heddlu, ni fyddai neb fymryn elwach gan nad oedd William Hughes yn bod o gwbl. Ond yn awr yr oedd siomedigaethau Harri Evans i gyd ar ben. Daeth yr amser i godi'r diemwntiau.

Tarfwyd ar ei feddyliau gan sŵn o'r bwrdd gyferbyn. Cododd y pedwar a eisteddai o amgylch y bwrdd hwnnw ac aethant heibio iddo wrth fynd o'r ystafell. Dyn a dynes canol oed, a bachgen a merch ychydig dros eu hugain oed, fe dybiai. Sylwodd Richard fod olion cwffas ar y bachgen. Siaradai'r dyn fel melin bupur wrth i'r pedwar fynd heibio. Taniodd Richard sigarét arall a dechreuodd chwilio'r papur newydd am rywbeth difyr i dynnu ei sylw. Drannoeth fe gâi fynd am dro i Hirfaen i edrych am ei ffortiwn.

Edrychodd y nyrs ar ei horiawr. Chwarter wedi naw. Yr oedd yn dawel yn y ward fach, heb ddim i'w glywed ond y talpiau byr o anadl a lyncai Harri Evans i hynny o ysgyfaint oedd ganddo ar ôl. Edrychodd y nyrs arno, ac yna'n ddisymwth nid oedd sŵn o fath yn y byd i'w glywed.

5

Bob tro y deffroai, câi Richard Jones bigiad o boen yn ei droed dde, — dim ond brathiad sydyn, ond yr oedd yn beth digon poenus. Ond, o ystyried bod ei droed yn llawn hoelion i'w dal wrth ei gilydd, nid oedd yn ddrwg arno mewn gwirionedd. Yr oedd ganddo lawer i ddiolch amdano i feddygon Ysbyty Penerddig.

Cododd o'r gwely ac eisteddodd ar yr erchwyn ac ysgwyd ei droed am ychydig iddi ddod ati'i hun. Yna cododd ac aeth at y ffenest i agor y llenni. Ystafell naw oedd yr orau'n y gwesty i gael golygfa ohoni,—fe welai Benerddig bron i gyd o'r ffenest.

Tyfasai'r dref lawer er pan fu yma'n blentyn. Nid oedd fawr iawn o newid yn yr Hen Dref ar ochr y bryn, ond i lawr ar y gwastadedd lle'r ymdroai'r afon Aron i lawr ei dyffryn, adeiladwyd llawer o dai a swyddfeydd. Ac yr oedd y dref yn dal i dyfu. Pan fu yma bum mlynedd yn ôl nid oedd hanes o'r ysgol fawr ar ochr bellaf yr afon. Yn haul y bore edrychai'n newydd sbon danlli.

Nid oedd y bont i'w gweld o'r ffenest gan fod adeiladau'r Stryd Fawr ar y ffordd. Cofiodd Richard iddo daflu cwch wedi'i naddu o'r bont ynghanol y dref i'r afon pan ddaeth yma ers talwm gyda'i fodryb Janet pan arhosai dros wyliau'r haf yn Nhan Ceris, ac yna mynd adref yn y bws dybyl decar drwy Lanaron a'i drwyn eiddgar yn fflat ar ffenest y bws wrth iddi fynd dros Bont Aron ger Hirfaen i edrych a welai'r cwch, a'r siom ofnadwy o fethu â gweld arlliw ohono'n unman. Yna rhuthro i lawr drwy'r pentref ar ôl bwyd ac at y bont drachefn, ac i lawr hyd lannau'r afon i'r traeth, ac yn ôl i fyny gan geisio edrych o dan bob torlan, ond nid oedd hanes o'i gwch, dim ond ei fodryb a'i ewythr yn gweiddi a dwrdio wrth ddod i'w gyfarfod, wedi bod yn chwilio'r pentref amdano. Fe fyddai'n braf cerdded o'r bont yn y dref ar hyd glannau'r afon i'r môr. Efallai y gwnâi hynny cyn mynd oddi yma.

Wrth ymolchi, ystyriai a oedd yn ddoeth ffonio i Fangor, ac wrth feddwl, deuai i gydnabod bod hynny'n anochel. Bu Harri mor agos ato un cyfnod fel na fedrai'n awr wneud dim heb feddwl amdano. Efallai bod Harri wedi marw. Nid oedd ddewin a'i cadwai o'r ffôn cyn diwedd y bore. Ond penderfynodd ffonio o'r ciosg yn y neuadd yn hytrach na defnyddio ffôn yr ystafell. Nid oedd gofal yn costio dim.

Ar ôl ymolchi ac ymwisgo aeth i lawr i'r ystafell fwyta. Synnodd weld cynifer o bobl yno'n brecwasta, gryn ddwsin ohonynt. Ni chlywsai ddim o'u sŵn yn ystod y nos na'r bore, ac yr oedd wedi cymryd yn ganiataol mai ef oedd yr unig westai yn Yr Erddig y bore Sul hwnnw. Sylwodd mai ef ei hun oedd yr unig un heb gwmni yno. Eisteddodd wrth un o'r byrddau a daeth wyneb Harri i'w feddwl eto. Rhoes ochenaid fer, a chododd o'r bwrdd ac aeth o'r ystafell ac i'r ciosg yn y neuadd.

"Ward Peris os gwelwch yn dda."

"Ward Peris."

"O, helô. Holi ynglŷn â pherthynas ydw i. Harri Evans."

"Hanner munud, os gwelwch yn dda."

Saib fer, yna llais newydd.

"Pwy sy'n galw, os gwelwch yn dda?"

"Sut? O, holi ynglŷn â Mr. Harri Evans ydw i."

"Rydw i'n dallt hynny. Pwy sy'n siarad, os gwelwch yn dda?"

"John Evans o Langefni. Rwy'n nai iddo fo."

"Rwy'n gweld. Mae arna i ofn . . . rhoswch funud . . . oes gan Mr. Evans berthnasau agosach na chi, Mr. Evans?"

"Na, ddim hyd y gwn i."

"Ie, roeddem yn amau. Mae arna i ofn mai newydd drwg sy gen i, Mr. Evans. Fe fu'ch ewythr farw ychydig wedi naw neithiwr."

"O, mae'n ddrwg gen i glywed."

"Mae'n bosib y medrwch ein helpu, Mr. Evans, ynglŷn â'r trefniadau."

"Trefniadau?"

"Wel, gan mai chi yw'r perthynas agosaf, efallai eich bod yn gwybod rhywbeth am y trefniadau i'w gladdu . . ."

"O, rwy'n gweld." Be ddeuda i? "Ie, wel, wn i ddim . . . O, mae gen i gefnder yn Aberystwyth. Mi ffonia i o rŵan hyn, mae'n bosib ei fod o'n gwybod rhywbeth. Mi'ch ffoniaf yn ôl toc."

"Dyna chi. Pan fyddwch yn ffonio'n ôl, ffoniwch y rhif hwn."

Rhoes y llais rif iddo ond ni wrandawai. Yr oedd yn ei felltithio'i hun. Byddent yn disgwyl un o deulu Harri yno'n awr. A phan na ddeuai neb byddent yn dechrau amau bod rhywbeth o'i le. Byddent yn galw'r heddlu. A byddai ymchwiliadau.

Rhoes y ffôn yn ei ôl dan regi. Duw, Duw, roedd yn amlwg ers wythnos i neithiwr bod Harri'n darfod, i beth oedd eisiau holi mwy? Dyna lanast, smonach iawn. Daeth. o'r ciosg yn fflamio wrtho'i hun am fod mor flêr. Gwelodd bapurau Sul ar werth ar y ddesg ac aeth i brynu un i geisio anghofio'i ffwlbri a'i flerwch. Aeth yn ôl i'r ystafell fwyta.

"Roeddem yn meddwl eich bod wedi dianc."

"Sut? O, na, cofio'n sydyn fy mod eisiau ffonio ddarum i."

Gwenodd Morgan Ellis.

"Dyma ni, Mr. Jones, wnaiff y bwrdd hwn?"

"Iawn, diolch."

Archebodd ei frecwast ac agorodd y papur. Na, nid oedd mor ddrwg siŵr iawn. Nid oedd neb a fedrai gysylltu'r alwad ffôn i Fangor ag ef; byddent eisiau gwybod pam y bu i rywun ddweud celwydd wrthynt, ond dyna fo, rhyngddynt hwy a'u pethau. Yr oedd y peth wedi digwydd ac nid oedd ddiben iddo ferwi mwy'n ei gylch, ond byddai'n wers iddo i beidio â bod mor flêr eto.

Ar ôl brecwast aeth i'w lofft i nôl ei gôt ac aeth allan i'r maes parcio wrth ochr y gwesty. Er ei bod yn fore heulog cadwai ias awel o'r gogledd bawb rhag tybio bod yr haf wedi dod. Aeth Richard i'w gar a'i danio, a daeth o'r maes parcio'n araf gan droi i'r chwith tua Hirfaen. Yr oedd am fynd am dro i'r pentref i gael teimlo'r wefr o fynd heibio i'w ffortiwn.

Wrth yrru tua Hirfaen meddyliodd am y tro olaf y bu'r ffordd hon, ar siwrnai a oedd wedi'i pharatoi'n ofalus gyda llond blwch o ddiemwntiau'n guddiedig yn y car. Cofiai am y mesur manwl yng nghornel y cae, — deg troedfedd o'r polyn trydan yn un gwrych; deg troedfedd o ganol y goeden yn y gwrych arall, a phymtheg troedfedd o waelod y garreg fawr yng nghornel y cae lle cyfarfyddai'r ddau wrych, a'r mesur wedyn o'r polyn ac o'r goeden i'r garreg rhag ofn i rywbeth ddigwydd i un ohonynt cyn iddo gael cyfle i ddychwelyd i godi'r blwch. Cofiodd eto am y tyllu gofalus a'r ail-lenwi, a'r glaw a'r gwlybaniaeth, a'r foment erchyll honno pan sylweddolodd bod y car hwnnw ar yr ochr anghywir i'r ffordd, ac nad oedd modd ei osgoi. Ond yr hyn a arhosodd fwyaf yn ei gof oedd yr ychydig funudau afreal hynny pan ddywedwyd wrtho yn yr ysbyty mai dyn marw a yrrai'r car arall, dyn a oedd wedi marw o drawiad ar ei galon wrth yrru ei gar i lawr Allt Ceris am Hirfaen. Nid oedd Richard byth wedi dod dros y sioc honno'n iawn.

Pan oedd tua hanner y ffordd i Hirfaen sylwodd gyda siom bod Mynydd Ceris ar goll mewn niwl. Dyna bechod, meddyliai, ni châi weld yr olygfa hyfryd o ben Allt Ceris. Ar ddiwrnod braf byddai Llanaron i'w weld yn glir yn y pellter, a'r afon yn ymnyddu ar waelod y dyffryn tua'r môr heibio i bentref Hirfaen a swatiai ar waelod yr allt, a dim i dorri ar undonedd tawel y môr am filltiroedd hyd at ei orwel.

Bu'n rhaid iddo arafu'r car ymhell cyn cyrraedd y Mynydd, oblegid daeth y niwl ar ei warthaf yn sydyn. Arafodd i ddim bron; nid oedd brys arno, ac yn sicr nid oedd am gael damwain mewn car eto, ac yn sicrach fyth nid oedd am gael damwain ar lôn ucha Hirfaen.

Ymhen rhyw bum munud neu ddeg gwelodd y ffordd fach a âi i sgwâr Hirfaen yn disgyn o'r ffordd fawr ar y dde iddo, a gwyddai ei fod ar ben Allt Ceris. Nid oedd dim i'w weld ond niwl, ac aeth i lawr yr allt yn araf yn y drydedd gêr gan ddychmygu am y gwr dieithr hwnnw'n marw a disgyn ar lyw ei gar yn yr union le hwnnw.

Fel y deuai i lawr yr allt, yr oedd y niwl yn rhyw fygwth clirio, a dechreuai ddod i fedru gweld y cloddiau o boptu'n gliriach. Ar y tro mawr ar waelod yr allt daeth fan yr heddlu i'w gyfarfod. Cafodd gip ar y gyrrwr a thybiai iddo'i weld o'r blaen.

Dechreuodd ei galon guro'n gyflymach wrth iddo fynd heibio i ffordd Tan Ceris ar y chwith. Yr oedd yn gymaint ag y gallai wneud i'w atal ei hun rhag aros yn y fan a'r lle a llamu dros ben y cloddiau a thyrchu i nôl ei ffortiwn. Ac yna dychrynodd. Yr oedd wedi gweld dau siâp mawr annisgwyl dros y gwrych ar yr ochr chwith, un wrth ochr y llall. Be gebyst? Arafodd y car ac arhosodd ar ochr y ffordd. Craffodd drwy'r ffenest. Yr oedd y gwrych ar ei ffordd. Agorodd y drws a safodd ar hiniog y car iddo gael gweld yn well. Tŷ gwydr. Ffensi. Gerddi taclus. Tai. Tai ym mhobman. Disgynnodd yn ôl i'r car a'i lygaid yn serennu yn ei ben. Teimlai ei fron yn mynd yn dynn i gyd a meddyliodd ei fod am fygu. Agorodd y ffenest wrth ei ochr. Curai ei galon fel gordd.

Yr oedd yn laddar o chwys fel y gyrrai'n araf ymlaen. Daliai i weld toau tai yr ochr arall i'r gwrych, a phan ddaeth at y fan lle'r oedd y ffordd fach garegog y parciodd ei gar arni pan oedd yn cuddio'r gemau, nid oedd hanes ohoni, dim ond tua deg troedfedd o wrych yn amlwg o'i daclusrwydd yn fwy newydd na'r gweddill ohono. Am nad ai'r ffordd fach i unman ond i ganol y caeau, yr oeddynt wedi ei chwalu o fodolaeth ac wedi cau'r bwlch ar ochr y ffordd fawr.

Darfu'r tai. Ac yna gwelodd Richard y ffordd newydd

sbon yn mynd i'r chwith. Gwelodd y ddau arwydd gwyn bob ochr i'r ffordd, a'r geiriau Maes Ceris mewn llythrennau breision arnynt. Gwelodd y palmantau taclus a'r polion lamp concrid.

Mewn hunllef trodd y car ar hyd y lôn. Ymhen ychydig lathenni yr oedd ganddo ddewis o droi i'r chwith i ganol tai neu i fynd yn syth ymlaen i ganol tai. Tua'r chwith yr oedd y diemwntiau ac i'r chwith yr aeth Richard.

Yr oedd y tai newydd bob ochr i'r ffordd gyda waliau brics isel o'u hamgylch. Wrth fynd ymlaen, gwelai Richard nifer o ffyrdd llai yn troi i'r dde bob hyn a hyn a mwy o dai ar eu hyd a chyn bo hir yr oedd y ffordd yr oedd Richard arni ei hun yn troi i'r dde, ac ar ôl troi gwelodd Richard ffordd Tan Ceris y tu ôl i'r tai i'r chwith iddo. Cyraeddasai ben draw'r stad.

Troai'r ffordd i'r dde eilwaith ar ôl rhyw ganllath a gyrrodd Richard yn araf i geisio darganfod unrhyw beth cyfarwydd, ond nid oedd hanes o'r hen wrychoedd na'r coed na dim, a chyn iddo lawn sylweddoli hynny, yr oedd wedi troi i'r dde unwaith eto ac wedi cyrraedd yn ôl i'r fan y cychwynnodd. Daeth y gwirionedd yn don rewllyd drosto; yr oedd caeau Tan Ceris yn dai i gyd, ac yr oedd y diemwntiau ar goll. Yr oedd yr holl baratoi a'r cynllunio, y mentro a'r poeni, wedi bod yn ofer.

Wedi'i syfrdanu'n llwyr, aeth Richard o gwmpas y stad eto. Chwiliodd am bolyn trydan; nis gwelodd, dim ond digon o bolion concrid a lampau culion ar eu pennau. Chwiliodd am olion gwrychoedd, ond yr oedd yr holl le yn rhy hyll o daclus i ganiatáu hynny. Daeth yn ôl i'r man cychwyn heb fod fymryn elwach ar ôl ei siwrnai.

Am y trydydd tro, dechreuodd fynd o gwmpas eto, ond yn wylltach y tro hwn. Nid oedd ganddo syniad beth i'w wneud. Be 'dw i haws, meddyliodd, a thrawodd y brêc yn ffyrnig â'i droed. Arhosodd y car yn stond. Gwelodd Richard un o'r ffyrdd bychain y tu ôl i'r car a bagiodd iddi'n ffyrnig er mwyn troi'n ôl a dychwelyd i'r gwesty. Pan oedd ar ganol bagio, clywodd sgrech. O'r Arglwydd

Mawr, meddyliodd, be wnes i rŵan? Trodd ei ben a gwelodd ddynes mewn côt a het las yn pwyso ar y car a'i llaw ar ei chalon. Llamodd o'r car.

"Be sydd? Ydych chi'n iawn?"

Ni ddywedai'r wraig air, dim ond ochneidio a dal ei llaw ar ei chalon.

"Ydych chi wedi brifo?"

Llyncodd y ddynes ei phoer.

"O Dduw annwyl," meddai rhwng ochneidion. "O Dduw annwyl."

Dadebrodd yn sydyn a dyma hi i'w wddf yn syth.

"Be s'arnoch chi'r lembo gwirion? Pam na drychwch chi ble 'dych chi'n mynd? O Dduw annwyl Dad mi fu bron i mi â'i chael hi. Mi riportia i chi tasa hynny'r peth ola' wnawn i. Dydych chi ddim ffit i fod ar lôn yng nghanol pobl. Rhoswch chi i mi weld Huws Plismon. Mi gewch chi ffein am hyn mi wna i'n siŵr o hynny, a mi rho i chi'n jêl. Ydych chi wedi meddwi 'dwch?"

Ceisiai Richard ymddiheuro ond yr oedd yn amhosib cael cyfle i ynganu dim. Ciliodd wysg ei gefn yn araf bach at ddrws y car tra daliai'r wraig i fytheirio. Y munud y teimlodd ei law ar y drws yr oedd yn y car ac yn sgrealu o'r stad ac am Benerddig, gan adael Gladys Davies yn sefyll ar ganol y lôn yn bwrw drwyddi ac yn ysgwyd ei dyrnau ar ei ôl.

Trodd Gladys Davies yn ei hyll ac aeth am y tŷ. Gwelodd yr hen hogyn Wil Parri gythraul yna'n sefyll yn ffenest ei dŷ ac yn chwerthin am ei phen. Mi anwybyddai hi ef, y sgerbwd annynol iddo fo. Cododd ei thrwyn a rhuthrodd heibio i dŷ'r gŵr ifanc ac i'w thŷ ei hun.

Brasgamodd Richard drwy ddrws troi'r Erddig a heibio i'r ddesg ac am y llofft heb gymryd sylw o neb. Pan welodd nad oedd y lifft am ateb ei alwad y munud hwnnw rhoes reg dros y lle a rhuthrodd at y grisiau, gan adael y ferch y tu ôl i'r ddesg yn rhythu'n syn ar ei ôl.

Clodd Richard ei hun yn ei ystafell ac aeth ar y gwely.

Damia. Ceisiodd gael ei ben yn glir i feddwl. Damia damia damia. Saethai popeth drwy ei feddwl bob sut. Cododd. Taniodd sigarèt. Cerddodd at y ffenest. Cerddodd at y gwely. Cerddodd at y drws. Pa hawl oedd gan neb i wneud tai? Damia las. Cerddodd at y ffenest. Pwy fyddai eisiau codi tai? I beth, yn enw pob rheswm? Be wnâi o'n awr? Yr holl blaniau, yr holl gynllunio manwl wedi mynd i'r gwynt. I be aflwydd oedd eisiau adeiladu tai yng nghaeau Tan Ceris o bobman?

Yn araf bach, gyda chymorth llwythi o sigarennau, dechreuodd sadio rhywfaint. Yr oedd yn rhaid meddwl yn glir, glir; yr oedd yn rhaid cynllunio mwy, a chynllunio manylach nag erioed. Mae'n rhaid bod y diemwntiau yno o hyd, heb eu cyffwrdd, neu fe fyddai sôn a helynt wedi bod yn eu cylch, debyg iawn, — os nad oedd rhywun wedi dod o hyd iddynt. Efallai bod rhywun wedi darganfod y blwch ac heb ddweud dim. Efallai eu bod wedi gwastatáu'r tir, a bod y blwch wedi mynd i ganlyn y pridd i rywle arall. Chwysai chwartiau. Ceisiodd gofio'r cae fel yr oedd. Na, nid oedd angen lefelu'r tir yn y fan honno, — yr oedd y cae bach yn ddigon gwastad fel yr oedd. Dyna paham y cododd ei babell yn ei gornel pan oedd ar ei wyliau yn Nhan Ceris ac yntau'n ddeg oed. Yno y cafodd y wefr o gysgu allan am y tro cyntaf erioed, yn guddiedig o dan y gwrychoedd uchel. A dyna paham y bu yno wedyn bedair blynedd yn olynol, i aros yn ei gornel fach ef ei hun o'r byd. Pa le gwell i guddio'i ffortiwn? Yr oedd yn adnabod pob gwelltyn yn y cae. Ac yn awr yr oedd tai yno.

Pan ddarganfu nad oedd ganddo sigarennau ar ôl, gwelodd ei bod bron yn un o'r gloch. Yr oedd wedi bod yma ers dros ddwyawr, ac nid oedd fymryn nes i'r lan. Datglodd y drws ac aeth i lawr i'r neuadd. Y nefoedd wen, efallai bod troedfedd o goncrid uwchben y blwch. Efallai ei fod o dan bibell ddŵr neu bibell garthffos. Cyrhaeddodd y ddesg. Gofynnodd i'r ferch a oedd modd cael sigarennau. Cododd y ferch ei phen o *Bigau'r Sêr* a dywedodd wrtho y câi rai yn y bar ffrynt. Yr oedd yn siŵr bod y ferch yn edrych braidd yn syn arno. Methai â deall paham.

Peth rhyfedd i ddau beth mor debyg i'w gilydd ddigwydd yr un bore, meddyliai Gareth Hughes wrth ddychwelyd i Hirfaen yn y fen. Gweld dau ddyn, a chael y syniad ei fod wedi eu gweld o'r blaen, ond heb wybod ym mhle. Yn gyntaf, y dyn hwnnw a gyfarfu ar waelod Allt Ceris pan oedd yn mynd am Benerddig. Dim ond cip a gafodd yr heddwas arno wrth iddo fynd heibio'n y niwl, ond yr oedd yn siŵr ei fod yn adnabod yr wyneb, a bod cysylltiad rhyngddo â rhywbeth neu'i gilydd, yn ymwneud rywfodd â Hirfaen. Ac wedyn, y sarjant yn dangos y llun iddo ym Mhenerddig, llun dyn yr oedd wedi ei weld o'r blaen, ond yn ei fyw ni allai gofio ym mhle na pha bryd.

Efallai mai'r un dyn oedd y ddau. Na, go brin. Ni fedrai'n ei fyw gofio sut gar oedd gan y dyn a welodd ar Allt Ceris, ond yr oedd rhyw debygrwydd rhwng y dynion erbyn meddwl, os nad oedd ei ddychymyg ef yn mynnu cysylltu'r ddau. Beth oedd enw'r Arolygydd hefyd? Emrys Roberts. Ie. Y Sarjant yn gwneud iddo ffonio hwnnw ym Mae Colwyn yn syth pan ddywedodd ei fod yn adnabod, neu i fod i adnabod, yr wyneb yn y llun. A'r Arolygydd yn pwyso arno i geisio cofio, bod y peth yn bwysig, ac yn pwysleisio ddwywaith bod y peth yn gyfrin-achol, ac nad oedd neb o'r tu allan i'r Heddlu i gael achlust o fath yn y byd ar unrhyw gyfrif. Yr oedd y dyn yn gloff, meddai'r Arolygydd, ac efallai wedi bod mewn rhyw ddamwain tua phum mlynedd yn ôl.

Ond yr oedd rhywbeth arall yn poeni'r heddwas. Yn ôl y sôn, buasai Huw Gwastad Hir yn yfed yn y dref neithiwr, ac yr oedd wedi bod yn brolio wrth bawb ei fod ef yn mynd i'w gwneud hi'n waeth ar Meredydd Parri nag a fyddai arno pe bai i mewn yn Walton. Ni cheisiai wadu mai ef a'i curodd nos Wener, a chyn diwedd y noson yr oedd yn disgrifio'n bur fanwl sut y byddai Meredydd yn ei chael y tro nesaf hefyd. Yr oedd Gareth Hughes yn benderfynol na châi Huw gyfle eto i wneud niwed i Meredydd, ond ni wyddai sut y medrai ef wneud dim i'w atal. Yr oedd yn rhaid meddwl am blan, ac yr oedd yn rhaid dweud wrth Meredydd i fod ar ei wyliadwriaeth, er bod Robin Williams Yr Wylan Wen wedi dweud wrtho ddoe ei fod ef ei hun wedi rhybuddio Meredydd dim ond rhyw hanner awr cyn i'r peth ddigwydd nos Wener. Efallai y byddai Meredydd yn barotach i gydweithredu'r tro hwn.

Cliriasai'r niwl o Fynydd Ceris pan ddaeth i ben yr allt, ac argoeliai am brynhawn braf. Câi orffen ddau o'r gloch gyda gobaith, a châi'r gweddill o'r dydd iddo'i hun. Mynd i feddwl beth i'w wneud ar ôl gorffen yr oedd pan ddaeth i'r tro ar waelod yr allt.

A chofiodd. Cofiodd yn syth. Y ddamwain rai blynyddoedd yn ôl ar waelod yr allt. Wrth gwrs bod y dyn yn gloff. Wrth gwrs ei fod wedi ei weld o'r blaen. Yr oedd ganddo newyddion i'r Arolygydd Roberts, ac yr oedd yr holl fanylion yn y swyddfa.

Neidiodd o'r fen a brasgamodd i'r tŷ. Clywai leisiau yn y gegin. Gwenodd, fe fyddai ei wraig yn fflamio; nid oedd yn hoffi pobl ddieithr ar fore Sul.

Aeth Gareth Hughes yn syth i'w swyddfa, ond cyn iddo dynnu ei gôt yr oedd ei wraig i mewn ar ei ôl.

"Achos pwysig iawn i ti," meddai wrtho.

"Y?"

"Achos o geisio llofruddio."

Trodd yr heddwas ei ben yn sydyn.

"Be?"

Gwenai ei wraig o glust i glust.

"Gladys Drofa Ganol. Mae 'na rywun wedi trïo'i lladd hi, medda hi. Dewch trwodd, Mrs. Davies," gwaeddodd i'r drws.

"Damia."

"Pob hwyl i ti," chwarddodd ei wraig.

Daeth Gladys Davies i mewn fel tân gwyllt.

"Ble 'dach chi 'di bod? I be 'dach chi'n feddwl 'dach chi'n cael eich talu? I ista ar eich tin yn y fan 'na yn gwneud dim swydd gwaith? Tasa chi adra lle dylach chi fod, ella basa'r lle 'ma'n ddiogelach i bobol gerddad ar hyd lôn. Be 'di'r gwahaniaeth gennych chi bod 'na ddyn gwallgo hyd y ffyrdd 'ma? Be 'dach chi am ei wneud ynglŷn â'r peth? Y? Pam na 'tebwch chi rywun?"

"'Tawn i'n cael siawns . . ." meddai'r heddwas o dan ei wynt. Pwyntiodd at y gadair.

"'Steddwch, Mrs. Davies."

"Ista? Rydych chi'n lwcus ar y naw 'mod i'n fyw i gael ista."

Estynnodd yr heddwas bapur. Lwcus iawn, meddyliai. Gwyddai beth i'w wneud. Dim ond cymryd arno sgrifennu'n bwysig a byddai Gladys yn ddigon bodlon. Deuai cwyn bron yn fisol am rywbeth neu'i gilydd byth er pan fu ei gŵr farw.

Eisteddodd Gladys Davies ar y gadair ac ymestynnodd ei thrwyn rai modfeddi'n nes at yr heddwas, rhag ofn iddo sgrifennu rhywbeth na fyddai'n plesio. Yr oedd gofyn ei wylied fel babi.

Sgrifennodd Gareth Hughes. Mrs. Gwladus Davies, 23 Maes . . .

"Gladys."

Edrychodd yr heddwas arni. Yr oedd natur cnoi ei chil arni bob tro y siaradai, a chodai hynny eisiau chwerthin mawr arno.

"Sut?"

"Gla-dys, nid Gwlad-us. Ers pa bryd mae plismyn yn cael bod yn welsh nash?"

"Dyna chi, Mrs. Davies. Mrs. Gwl-wps, Mrs. Gladys Davies, 23 Maes Ceris, Hirfaen."

"Arwelfa."

"Sut?"

"Pam na rowch chi enw'r tŷ? I be mae enw'n dda os nad oes defnydd arno fo?"

"Arwelfa."

"Ia. Dyna oedd hoff dôn Wil druan. Rhowch Arwelfa i lawr."

Ochenaid.

"O'r gora. Arwelfa. Rŵan 'ta, be di'r helynt?"

"Tasa chi o gwmpas eich petha fel dylech chi . . ."

"Mrs. Davies, ym Mhenerddig mae 'mhencadlys i. Mae'n rhaid imi fynd yno'n aml. Rŵan 'ta, gawn ni'r stori, os gwelwch yn dda?"

Dechreuai Gareth Hughes fynd yn goch o dan ei glustiau.

"Newydd ddŵad o'r Eglwys oeddwn i. Mi fydda i'n mynychu, — wnaeth o 'rioed ddrwg i mi . . ."

"Ia, ia, be ddigwyddodd?"

"Mynd i groesi am y tŷ oeddwn i. A mi fagiodd yn syth i mi."

"Pwy?"

"Be wn i pwy oedd o? Cawn i afael arno fo . . ."

"Be oedd rhif y car?"

"Be wn i?"

"Sut gar oedd o?"

"O, car reit neis."

Yr oedd migyrnau'r heddwas yn glaerwyn.

"Mrs. Davies, be oedd gwneuthuriad y car? Pa frîd oedd o?"

"Be gythraul ydych chi'n ei feddwl oedd o, ddyn? Sgwarnog? Car gola oedd o, melyn gola."

"Sut ddyn oedd o 'ta? Welsoch chi'r dyn?"

"Do, mi ddaeth allan, y llarpad iddo fo."

"Fedrwch chi ei ddisgrifio fo?"

"Hen beth go fawr a llydan. Gwallt du gynno fo."

"Gwallt hir 'ta byr?"

"Byr, fel ma' petha heddiw."

"Tua faint oedd ei oed o?"

"Tua deugain, os oedd o hefyd."

Ystyriodd Gareth Hughes am eiliad. Efallai nad oedd Gladys Drofa Ganol yn gwastraffu ei amser wedi'r cwbl.

"Mrs. Davies, be ddwedodd o wrthych chi?"

"Be ddwedodd o? Pa affliw o bwys be ddwedodd o? Ydi o ddim digon 'i fod o wedi trïo fy lladd i? Be wn i be ddwedodd o? Roeddwn i wedi cael gormod o styrbans. Roeddwn i'n teimlo 'nghalon yn rhoi. Mi wyddoch chi sut mae 'nghalon i."

Biti na fydda dy dafod di rywbeth yn debyg.

"Oedd 'na dystion, Mrs. Davies? Welodd 'na rywun y peth yn digwydd?"

"Mi gwelis i o'n do? Ydi 'ngair i ddim yn ddigon? Tasa Wil druan yn fyw . . ."

Dechreuodd snwffian. Pam ar wyneb y ddaear nad euthum i'n genhadwr neu rywbeth? meddyliai'r heddwas.

"Nid hynny, Mrs. Davies. Mae'n well o safbwynt y gyfraith os oes tyst annibynnol."

"Tasa chi'n meddwl llai am siarad am y gyfraith a meddwl mwy am ei gweinyddu hi mi fydda'n well byd arnom ni. Y cwbwl sydd isio i chi ei wneud ydi mynd â fo i'r cwrt a'i ffeinio fo a'i hel o oddi ar lôn a'i luchio fo i'r jêl os na thalith o. Ond wedyn, dydych chi ddim yn credu mewn jêl y dyddia hyn yn nac ydych? A pha'r un bynnag, pa haws ydych chi o dyst os mai rhywbeth fel y peth Wil Parri 'na ydi o?"

"Sut?"

"Mi welodd hwnnw'r peth yn digwydd. Roedd o'n sefyll yn ei ffenest ac yn chwerthin am 'y mhen i, yr hen lipryn anghynnas iddo fo. Clŵad nad oedd o ond prin gael ei draed yn rhydd nad oedd o mewn helynt wedyn, yn cwffio hyd lle 'cw. Waeth gen i be ddwedith neb, wn i ddim be ddaw ohonom ni yn yr hen fyd 'ma, na wn wir, tasa Wil . . ."

"Reit, Mrs. Davies. Mi wna i ymholiadau pellach, ac mi . . ."

Yr oedd yn amlwg bod y cyfweliad ar ben. Cododd Gladys Davies yn sydyn.

"Dyna'r ydych chi i gyd yn 'i ddweud y tacla. Dydi o'n poeni'r un ffeuan arnat ti, waeth i ti gyfadda mwy na pheidio. Os na ffendi di pwy ddaru drïo'n lladd i cyn nos, mi riportia i di."

Clywsai Gareth Hughes sôn na fyddai Wil Drofa Ganol chwaith yn cael ei alw'n chi pan fyddai'r Musus mewn stêm.

"Ac yli, mae'n bryd i ti ddechra cael trefn ar yr hogyn gwirion 'na sy gen ti. Roedd yr hen ddiawl bach drwg yn gwneud stumiau arna i y diwrnod o'r blaen."

"Pam na fyddech chi wedi gwneud stumiau'n ôl arno fo?"

Clywodd yr heddwas y ddynes yn rhegi o dan ei gwynt cyn iddi ruthro at y drws a'i gau yn glep ar ei hôl. Ni fu falched ganddo o gael gwared â neb. Cododd, ac aeth i'r gegin. Rhoes glusten sydyn i'w fab a eisteddai ar fraich y gadair.

"Be haru ti'r uffar bach gwirion yn gwneud stumiau ar hen wragedd gweddwon?"

"Wnes i ddim," protestiodd ei fab. "Deud clwydda mae'r hen gnawas flin."

Ond ni wrandawai ei dad arno.

"Mair," meddai, "wyt ti'n cofio'r ddamwain honno ar waelod Allt Ceris? Pryd oedd hi, dŵad?"

Cododd ei wraig ei phen o'r sosban datws.

"Dew, aros di. Mae dipyn go lew bellach. Oes, siŵr o fod. Tynnu am bum mlynedd mae'n siŵr. Pam?"

"Isio'r manylion ydw i. Mae 'na rywbeth wedi codi. Tawn i'n cael y dyddiad mi gawn hyd i'r manylion ynghynt."

"Wyt ti am ddal hwnna wnaeth drïo lladd Gladys?"

"Ydw. Wn i ddim be wna i ag o chwaith. Ei longyfarch o am drïo 'ta rhoi uffar o sdid iddo fo am fethu."

Teimlad braf fu deffro heb fod ofn. Bob bore ers misoedd cawsai Meredydd ias o ofn y munud y deffroai, ias a gychwynnai o waelod ei fol ac a weithiai ei hun yn gryndod drwy ei gorff. Ond heddiw cawsai lonydd. Am ennyd, pan ddeffrodd, methai â dirnad beth oedd o'i le, ond sylweddolodd yn raddol bod ei feddwl yn dawelach nag y bu ers cantoedd, a bod Bethan a Huw Gwastad Hir, a nos Wener, yn bethau annelwig ac afreal mewn rhyw orffennol a âi'n bellach bob gafael.

Wrth bwyso ar sil y ffenest yn disgwyl i'r niwl glirio er mwyn iddo gael mynd am dro ar hyd Llwybr Uwchlaw'r Môr, meddyliai Meredydd am y noson yn Yr Erddig neithiwr. Yr oedd yn wirioneddol falch o'r cwmni a gawsai, ac yn falchach bod Einir wedi'i mwynhau ei hun yn iawn. Yr oedd wedi gofyn iddi pa bryd y gwelai hi wedyn, ond y cwbl a gafodd yn ateb oedd gwên chwareus a ''mae'n dibynnu pa ffor' y byddi di'n edrych.'' Ond y peth brafiaf un oedd bod Einir wedi ei drin yn naturiol fel bod dynol, ac nid fel rhyw ellyll nad oedd ei fryd ar ddim ond treisio'r ferch gyntaf a ddeuai i'w afael.

Bu'n rhoi ei recordiau mewn trefn drwy'r bore, ac yn awr nid oedd ganddo ddim i'w wneud. Pan gododd, yr oedd yn niwl dopyn, ond yn awr dechreuai glirio, a cheisiai'r haul ymwthio drwodd a thoddi'r niwl o'i ffordd.

Daeth car melyn golau i'r golwg. Gwyliodd Meredydd ef yn mynd yn araf heibio i'r gyffordd ger y tŷ. Yr oedd am gael dechrau gweithio yfory. Yr oedd Idwal Roberts am roi tŷ newydd. sbon danlli yn Llanaron iddo ddechrau arno; yr oedd yn well iddo ddechrau ar joban newydd na ffidlan efo rhai ar eu canol, meddai'r pensaer. Edrychai Meredydd ymlaen yn awchus am gael dechrau mesur y tir yn y bore.

Yr oedd y briw ar ei foch yn cosi mymryn. Rhwbiodd Meredydd ei wyneb yn ysgafn â'i law; yr oedd wedi gwella llawer erbyn heddiw, yn enwedig ar ôl iddo olchi'r ddau friw â dŵr poeth a wadin am hir ar ôl iddo godi. Teimlai ei wyneb i gyd lawer ystwythach nag yr oedd ddoe.

Aeth y car melyn heibio'n araf eto. Hwn yn chwilio am rywun, meddyliodd Meredydd, job fain, croeso iddo fo iddi. Yr oedd y tŷ yr oedd i'w gynllunio yn Llanaron yn un go fawr a moethus. Dywedodd Idwal Roberts bod eisiau iddo gynllunio pwll nofio i fynd yn rhan o'r tŷ. Tŷ Sais eto, meddai Meredydd. Na, meddai Idwal Roberts, dyn lleol. Wrth edrych ar y niwl yn prysur gilio, ceisiai Meredydd feddwl pwy oedd y dyn lleol.

A dyma hithau. Edrychai Gladys Davies ar ei thraed wrth ddod heibio i'r gornel. Wedi bod yn dysgu ei bader i Wmffras Person eto, meddyliai Meredydd. Ac wrth i'r ddynes het las gyrraedd ochr y pafin i groesi dyma'r car melyn i'r fei unwaith eto. Ond arhosodd y car y tro hwn yn syth ar ôl mynd heibio i'r gyffordd. Ac yna'n sydyn fe droes yn ôl, gan fagio i'r ffordd fach. A dyna pryd y croesodd Gladys.

Neidiodd Meredydd. Cael a chael fu hi. Ni wyddai sut y gallodd gyrrwr y car aros mewn pryd, ond pan arhosodd yr oedd Gladys yn sownd yn y car, yn gafael ynddo ag un llaw, a'i llaw arall ar ei chalon. Gwelodd Meredydd y gyrrwr yn llamu o'r car ac yn dechrau siarad yn daer gyda Gladys. O, hwn ydi o, meddyliodd. Ac yna gwelodd Gladys yn tanio'n sydyn ac yn bwrw iddi'n syth bin. Dechreuodd Meredydd chwerthin wrth weld y dyn yn edrych yn syfrdan a'i geg yn agored led y pen. Yr oedd y peth yn wirioneddol ddigri.

Ar ôl gweld y dyn yn dianc am ei fywyd, a Gladys yn rhuthro heibio i'w ffenest, aeth Meredydd i nôl ei gôt. Cliriasai'r niwl ddigon iddo allu mynd am dro.

Cerddodd i ben draw'r llwybr, a ddarfyddai mewn llain hanner crwn o dir gweddol wastad. O'r fan hon yr oedd yn bosib dringo i ben Mynydd Ceris neu dros ei ysgwydd uwchben y môr, neu ddringo i lawr yr allt serth i ben draw'r traeth islaw. Eisteddodd Meredydd ar garreg gron uwchben y dibyn. Gwelai'r traeth yn ymestyn draw o dano heibio i'r pentref yr holl ffordd i'r fan lle croesai'r Aron y tywod ar ei llathenni olaf cyn cyrraedd y môr, a ffermdy Aberaron ar ei glannau ychydig yn uwch na'r traeth. Yr oedd y traeth yn hollol wag.

Ar y tonnau islaw gwelodd Meredydd ddarn o froc yn cael ei wthio'n araf gan y llanw tua'r lan. Meddyliodd am fynd i'w gyrchu ond ailfeddyliodd. Nid oedd ganddo ddigon o amynedd i lusgo'r pren yn ôl i fyny'r dibyn.

Arglwydd Mawr, meddyliodd yn sydyn, mae'n braf arna i. Cael eistedd yn y fan hon a chael penderfynu 'mod i'n rhy ddiog i fynd ar ôl y broc acw. Cwningen, myn uffar i. Yr oedd yr anifail yn llonydd yn y gwellt, ryw ddeg llath oddi wrtho. Edrychodd Meredydd arni am hir, a phan welodd nad oedd y gwningen ar feddwl symud, taflodd garreg i'w chyfeiriad er mwyn ei gweld yn ei heglu hi. A heglu a fu. Ras fechan ac un naid ac yr oedd o'r golwg. Does 'na'r un wningen yn Walton, meddyliodd.

Cododd, a rhegodd. Yr oedd tin ei drowsus yn wlyb ar ôl bod ar y garreg. Duw, pa wahaniaeth, meddyliodd wedyn wrth gerdded wrth ei bwysau a chwifio brigyn yn yr awyr. Trodd y brigyn â'i holl nerth a'i daflu tua'r traeth. Ond nid oedd ganddo obaith o'i weld yn cyrraedd pen ei daith. Efallai y deuai o hyd iddo pan âi ar hyd y traeth y tro nesaf.

Yr oedd rhywbeth yn dda yn Einir hefyd. Fyddai ddim drwg o beth mynd am dro i'r Erddig ar ôl cinio. Ond nid oedd y lle ar agor ar y Sul wrth gwrs, ond i westeion. Pa esgus a gâi? Na, gwell oedd cadw'n glir, am heddiw beth bynnag. Câi gyfle yfory.

Pan oedd uwchben y pentref, gwelodd fen Hughes Plismon yn cychwyn o'i dŷ, a daeth cwmwl bychan i'w awyr. Atgoffwyd ef yn syth o Huw Gwastad Hir. Gobeithio bod y diawl wedi cael ei fodloni'n awr, ac y câi lonydd ganddo o hyn ymlaen.

Erbyn iddo gyrraedd llidiart y lôn gwelodd fen Hughes Plismon wedi aros ar y ffordd. Agorodd yr heddwas y ffenest pan ddaeth Meredydd drwy'r llidiart.

"Sut wyt ti?"

"Iawn."

"Sut mae'r wyneb?"

"O, mi ddaw. Mae'n well o lawer."

"Mae'n edrych yn well, beth bynnag. Meredydd?"

"Ia?"

"Sut mae hi rhyngot ti a dy gymdoges?"

"Drofa Ganol?"

"Hyhi." Gwenodd yr heddwas.

"Mae 'na ddynion Seciwricor yn gwarchod ei phantalŵns hi ddydd a nos ers nos Iau."

"Mi goelia i. Mae hi newydd fod acw'n cwyno am fod 'na ddyn wedi bagio iddi efo'i gar bora heddiw, a dy fod wedi ei weld o."

"Do. Blerwch oedd o. Doedd o ddim yn edrych i ble'r oedd o'n mynd."

"Wyddost ti ddim pwy oedd o?"

"Na wn i. Mae o'n aros yn Yr Erddig."

"Y?"

"Roeddwn i yno neithiwr pan ddaeth o yno."

"Haleliwia. Diolch iti."

"Pam?"

"Hidia befo. O, Meredydd, wnei di gadw hyn yn gyfrinach? Paid â son wrth neb 'mod i wedi gofyn." Gwridodd fymryn. "Er mae'n bosib dy fod yn meddwl na ddylet ti ddim gwneud cymwynas â'r gleision ar ôl pob dim sydd wedi digwydd i ti'n ddiweddar."

Edrychodd Meredydd ar frig Mynydd Ceris cyn ateb.

"Na, wna i ddim dal dig." Rhoes ben ei fys ar hyd y llwch ar do'r fen. "A pha'r un bynnag, does gen i reswm yn y byd dros ddal dig efo chi."

"Ia, mi ddwedis i wrthyn nhw yn y dechra un. Ond, yli, mae 'na un peth arall."

"Be?"

"Roedd Huw Gwastad Hir wedi meddwi hyd y dre neithiwr. Dydi o ddim wedi gorffen efo ti. Gwylia fo. A'r tro yma, wnei di adael i mi helpu? Plîs?"

Daeth ychydig o dristwch i lygaid Meredydd.

"Mi fydda i'n barod amdano fo'r tro nesa."

99

"Ella byddi di. Ella'n wir. Os na fydd 'na rywun wedi cael y blaen arnat ti."

"Be 'dach chi'n ei feddwl?"

"Hidia befo. Diolch i ti."

"Am be?"

"Am y wybodaeth. Cofia beidio â chymryd arnat wrth neb 'mod i wedi gofyn."

"Iawn."

"Hwyl rŵan."

"Hwyl."

Trodd y fen yn ôl yng nghyffordd Maes Ceris a chanodd Gareth Hughes ei gorn arno wrth fynd yn ôl i'r pentref. Fe ddaeth yn un swydd, meddyliodd Meredydd, mae'n rhaid ei fod wedi 'ngweld i o'i dŷ pan oeddwn i'n dod ar hyd y llwybr. Be 'di'r gyfrinach, tybed?

Cerddodd am y tŷ. Ar ôl tamaid o ginio estynnodd y car ac aeth am dro. Yr oedd pob ffordd yn mynd i Benerddig.

6

"Pryd y darganfuoch chi ble'r oedd o'n aros?"

"Tua hanner dydd ddoe."

Gwenodd yr Arolygydd.

"Mi gawsom y blaen arnoch chi o ryw awr, felly."

"Felly'r oeddwn i'n deall."

Daethai'r Arolygydd Roberts â rhingyll o Fae Colwyn gydag ef, ac eisteddai'r ddau yn swyddfa Gareth Hughes yn Hirfaen. Yr oedd yr heddwas wrth ei ddesg yn mynd trwy bapurau a llyfr nodiadau, ac yr oedd y fain arno braidd; ni hoffai lawer ar y rhingyll gyda'i acen Seisnigaidd a'i duedd o wneud ceg gam ar bopeth.

"A thua hanner awr wedi deg yr aeth o'n erbyn y ddynes honno, — Gertra Davies?" gofynnodd yr Arolygydd.

"Gladys. Ia, hanner awr, mwy neu lai."

"A mi welodd y Sarjant o'n troi i mewn i Faes Parcio'r Erddig chwarter i un-ar-ddeg union," meddai'r rhingyll. "Mi aeth i Benerddig yn syth felly."

"Do, mae'n rhaid."

"Gawsoch chi ddatganiad gan y wraig?" gofynnodd yr Arolygydd.

Crafodd Gareth Hughes ei ben.

"Ia, wel."

"Wel be?"

"Gladys Davies ydi Gladys Davies. Mae hi yma'n cwyno am rywbeth neu'i gilydd bob munud. A deud y gwir . . ."

Gwridodd wrth ddarganfod ei fod wedi cael cop. Ceisiodd ddod ohoni.

"Faswn i byth yn dod i ben. Does 'na ddim digon o blismyn wedi'u creu iddi."

Edrychai'r Rhingyll yn sur.

"Beth am hwnnw welodd y peth yn digwydd? Oes 'na rywbeth arno fo?"

"Meredydd Parri, tua phump ar hugain oed. Mae o'n byw drws nesa iddi ac yn gweithio efo penseiri yn y dre. Mi fu ei dad a'i fam o foddi pan aeth eu car dros bont Aberaron pan oeddan nhw'n altro'r ffordd."

"Ble mae honno?"

"Ar lôn Llanaron tua milltir oddi yma. Pont Aron fydd rhai'n ei galw hi."

Tynnodd yr Arolgydd bapurau o'i fag, ac estynnodd ei sbectol aur a'i gosod ar flaen ei drwyn.

"Iawn 'ta. Mi awn ni dros un neu ddau o betha eto rhag ofn inni fod wedi methu rhywbeth. Richard Jones. Oes ganddo fo enw canol?"

"Chefais i'r un ganddo."

"Cyfeiriad yn Lerpwl. Un gwahanol i'r un a oedd ganddo fo bum mlynedd yn ôl. Mae plismyn Lerpwl yn edrych oes ganddyn nhw rywbeth ar unrhyw un o'r cyfeiriada."

"Lle cawsoch chi'r cyfeiriad newydd?" gofynnodd yr heddwas.

"O'r gwesty," atebodd y rhingyll.

"Efallai mai cyfeiriad gwneud ydi o."

"Mi gawn wybod yn ddigon buan."

Edrychodd Gareth Hughes o un i'r llall.

"Be'n union mae o wedi'i wneud 'ta? Chefais i fawr o synnwyr yn y dre. Rhyw emau neu rywbeth meddan nhw."

"Ia, gemau, Hughes," ebe'r Arolygydd. "Gwerth pum mil ar hugain o bunnau ohonyn nhw."

"Iesu bach."

Rhoes yr Arolygydd grynodeb o stori Harri Evans iddo.

"Ydi'r enw Harri Evans yn taro?" gofynnodd y rhingyll.

Ysgydwodd Gareth Hughes ei ben. Rhoes yr Arolygydd ei ben yn ei nodiadau eto.

"Dyddiad y ddamwain. Dair wythnos union ar ôl y lladrad. Y lladrad ar y dydd olaf o Hydref, a'r ddamwain nos Fawrth, yr unfed ar hugain o Dachwedd. Be oedd o'n ei wneud yma, Hughes?''

''Ddim syniad. Roedd o'n anymwybodol pan gyrhaeddom ni'r lle. Ond roedd o'n wlyb at ei groen, yn amlwg newydd fod yn cerdded drwy'r glaw. Roedd hi'n bwrw'n o sownd.''

''A'r rhaw a'r ordd yn wlyb hefyd. Oedd 'na faw neu bridd arnyn nhw?'' gofynnodd yr Arolygydd.

''Nac oedd. Ond roedd 'na faw ar ei sgidiau. Rwy'n cofio hynny pan welis ei draed o'n rhoi tro crwn pan oeddan ni'n ei dynnu o'r car.''

''A chawsoch chi ddim eglurhad ganddo fo?'' gofynnodd y rhingyll braidd yn flin.

''Naddo. Doedd o'n cofio dim medda fo pan ddaeth ato'i hun. Doedd o'n cofio dim am y ddamwain, nac am y celfi, nac am y papur newydd a oedd yn faw i gyd yn ei boced.''

''A wnaethoch chi ddim pwyso arno fo i drïo cofio?'' meddai'r rhingyll yn geryddgar.

''Naddo. Doedd gen i ddim rheswm dros wneud yr adeg honno. Doedd 'na ddim wedi digwydd yma, felly doedd gynno ni reswm yn y byd dros amau dim. Mi wnaethom ni'r ymchwiliadau arferol, dyna i gyd.''

''Oes gennych chi syniad be oedd o'n ei wneud â'r pethau?'' gofynnodd yr Arolygydd.

''Dim o gwbl.''

''Be wnâi neb â rhaw a gordd a phapur newydd gwlyb ar noson fel honno?''

''Wn i ddim. Tyllu?''

''Efo gordd?'' Torrodd y rhingyll i mewn gan edrych fel twrch. ''Tyllu efo gordd?'' Bron nad oedd yn gwichian. ''Be oedd o'n ei wneud efo gordd?''

Dobio synnwyr i ben sarjants blin, meddyliai'r heddwas. Be ddiawl wn i?

''Gosod polyn, ella,'' meddai'n swta. ''Tyllu efo'r rhaw a dyrnu efo'r ordd.''

"A sychu'i din efo'r papur debyg," meddai'r rhingyll yn goeglyd. "Polyn be?"

Yr oedd yr heddwas yn dechrau codi'i wrychyn. Synhwyrodd yr Arolygydd ei fod yn dechrau ffyrnigo, a newidiodd fymryn ar y stori.

"Oedd 'na rywun yn ei nabod o'r adeg honno?"

"Nac oedd am wn i. Roedd o'n bur dawedog, a braidd yn anfodlon i siarad amdano'i hun. Pam na chymrwch chi o i mewn i'w holi?" gofynnodd.

Ysgydwodd yr Arolygydd ei ben, a daeth y rhingyll yn ôl at y ddesg.

"Dim gobaith," meddai, "mae'r unig dystiolaeth oedd gennym ni mewn ffrij ym Mangor."

Gwelodd yr heddwas yr Arolygydd yn gwingo'n sydyn.

"Chawsoch chi ddim datganiad ganddo fo?"

Cymerwch hi'n ôl y diawliaid, meddyliai.

Llyncodd yr Arolygydd hi, a gwerthfawrogai dipyn arni. Yr oedd heddweision nad oeddynt yn malio un dim am na rhingyll nac Arolygydd yn mynd yn bethau prin. Edrychodd ar y rhingyll. Yr oedd wyneb piws hwnnw'n datgelu cyfrinachau di-rif.

"Pam na ddyrnwch chi'r gwir ohono fo?" ychwanegodd Gareth Hughes.

Cododd yr Arolygydd ei aeliau.

"Hughes, mae dyn sy'n dwyn gwerth pum mil ar hugain o sdwff ac yn saethu dyn bron yn farw wrth wneud hynny, ac yn osgoi cael ei ddal, yn ddyn clyfar, yn ddyn clyfar iawn. Yn rhy glyfar i gael ei ddyrnu. Na, mae'n rhaid i hwn gael ei drin gyda gofal. Rhaid inni gael llawer o amynedd efo hwn. Ond mae gen i syniad bod rhywbeth yn mynd i ddigwydd rŵan."

"Pam?"

"Mae o wedi bod yn disgwyl i Harri Evans farw. Mi ffoniodd Fangor wedyn bore ddoe, efo rhyw stori fawr am gefnder yn Aberystwyth a rhyw gybôl. Mae'n siŵr gen i iddo fo gael ail pan ofynnodd y Sister iddo fo pryd oeddan nhw am gladdu. Doedd ganddo fo ddim syniad be i'w ddweud meddai hi. Fuo fo yma ar ôl y ddamwain?''

"Ddim hyd y gwn i.''

Cnodd yr Arolygydd goes ei sbectol.

"Mi fetia i ei fod o wedi dod yn ôl i rywbeth. Os arhoswn ni ar ei drywydd o mae 'na rywbeth yn 'y nghrombil i'n dweud y cawn ni sbort cyn bo hir.''

"Be wna i efo cwyn Gladys Davies?''

"Rhowch asiffeta iddi. Hughes, fedra i ddim pwysleisio gormod nad oes neb o gwbl o'r tu allan i wybod ein bod yn holi am hwn. Petai'n cael yr achlust leiaf ein bod ar ei drywydd o, mi fyddai wedi canu arnom ni, wedi canu am byth. Beth am y dyn yna ddoe? Ydych chi'n siŵr na roesoch chi le iddo fo amau dim heblaw achos y ddynes 'na?''

"Naddo, ddim,'' meddai'r heddwas a'i glust yn cosi wrth iddo geisio cofio'r sgwrs rhyngddo ef a Meredydd.

"Mae'r enw yna'n gyfarwydd rywsut,'' meddai'r rhingyll.

"Sut?'' gofynnodd yr Arolygydd gan droi ei ben ato.

"Meredydd Parri. Ydi o wedi bod yn yr amlwg yn ddiweddar?'' gofynnodd i Gareth Hughes.

"Do,'' atebodd yr heddwas. "Soniwch amdano fo yn y Swyddfa ym Mhenerddig a mi gewch chi 'chydig o wyneba cochion.''

"Pam?''

"Roedd 'na achos o drais yn ei erbyn o'r wythnos dwytha. Mi ddaeth ohoni.''

"Roeddwn i'n amau,'' ebe'r rhingyll. "Blydi jiwris,'' ychwanegodd, "mae isio gwneud i ffwrdd â'r diawliaid i gyd.''

"Ella basa hi'n rheitiach gwneud i ffwrdd â phlismyn dwl,'' atebodd Gareth Hughes yn sarrug.

Daeth tyndra sydyn i'r ystafell. Mae yma stori'n rhywle'r fan yma, meddyliodd yr Arolygydd. Edrychodd ar yr heddwas. Eisteddai hwnnw fel procer yn ei gadair a'i wyneb yn fflamgoch gan edrych yn gas ar y papurau ar y ddesg o'i flaen. Aeth ei lygaid ar y rhingyll. Yr oedd ei gynorthwywr yr un mor writgoch, ac yn amlwg yn barod i ffrwydro unrhyw funud. Daeth mymryn o wên i'w lygaid. Nid yw plismon Hirfaen yn poeni fawr am ei bensiwn, meddyliai.

"Reit 'ta," meddai. "Mi awn yn ôl i Benerddig. I'r dde 'ta i'r chwith mae'r ddynes 'ma'n byw?"

"Pwy, Gladys Davies?" Daliai'r heddwas i edrych yn gas.

"Ie."

"I'r dde. Ym Maes Ceris. Stad newydd o dai."

"Pa mor newydd?"

"Rhyw ddwy flynedd a hanner."

"Dyna chi 'ta, Hughes. Cadwch eich llygaid a'ch clustiau'n agored, a'r geg yn dynn ia?" Rhoes wên ddireidus arno cyn dilyn y llall drwy'r drws.

"Blydi plismon drama," meddai'r rhingyll rhwng ei ddannedd wrth gau drws y car yn ffyrnig.

Chwarddodd yr Arolygydd yn uchel.

"Paid â chymryd dy siomi, 'ngwas i," meddai. "Paid ti â chymryd dy siomi."

Rhoes Gareth Hughes glep ar ddrws y swyddfa.

"Blydi Sarjant drama," chwyrnodd.

"Be pigodd di pwt?" gofynnodd ei wraig.

"Sut mae dyn fel 'na'n cael dyrchafiad, Duw a ŵyr," ysgyrnygodd wrth frasgamu trwy'r drws cefn.

Aeth allan i'r ardd. Yr oedd mwy o synnwyr i'w gael gan y tatws.

———————

Digon distaw oedd hi hyd Stryd Fawr Penerddig amser cinio. Cerddai Meredydd ar y palmant wrth ei bwysau tua'r caffi lle'r arferai gael cinio. Buasai yn Llanaron yn y bore ar safle'r tŷ newydd yr oedd i'w gynllunio, ond ni chawsai fesur yno gan fod yr hogyn a weithiai yn y swyddfa ac a gynorthwyai pan fyddai gwaith mesur adref yn wael.

Oedodd ennyd wrth ffenest y siop ddillad fawr. Gwelodd drowsusau nofio yn y ffenest a chofiodd fod yr un oedd ganddo gartref yn dechrau dadfeilio. Penderfynodd brynu un newydd ac aeth i mewn i'r siop.

Gwerthid dillad ar gyfer pawb yn y siop ac yr oedd stoc helaeth o bob math ar ddillad yn bentyrrau ar ei hyd, gyda chownter yma ac acw. Aeth Meredydd heibio i raciau o drowsusau a chotiau, a gwelodd raciad o grysbeisiau o'i flaen. Bodiodd drwyddynt fesul un i edrych a welai un a blesiai, ac wrth gerdded yn araf ar hyd y llwyth cotiau daeth wyneb yn wyneb â Bet Hughes Gwastad Hir, a'i merch.

Yr un oedd adwaith y ddwy. Gwelai Meredydd y ddwy'n cynhyrfu'n syth, a'u hwynebau'n troi eu lliw. Yr oedd Meredydd yntau wedi cael cymaint o sioc fel na fedrai feddwl am symud oddi yno na pheidio ag edrych yn syth i'w hwynebau. Yr oedd yn rhy agos atynt iddo'u hanwybyddu, a pha'r un bynnag, yr oedd yn rhy hwyr o lawer i hynny erbyn iddo gael ei wynt ato. Llanwodd llygaid Bethan â dagrau a dechreuodd llygaid y fam welw felltennu. Am ennyd safai'r tri ohonynt yn syfrdan gan edrych ar ei gilydd heb i un ohonynt ddweud dim. Yna'n sydyn gafaelodd y fam ym mraich ei merch a thynnodd hi ar ei hôl heibio i Meredydd. Aeth y ddwy o'r siop heb edrych yn eu holau.

Safai Meredydd yn ei unfan o hyd yn gafael yn dynn yn un o'r crysbeisiau. Curai ei galon fel gordd yn ei wddf ac anadlai fel petai newydd redeg yr holl ffordd o Hirfaen. Gwasgodd ei ddannedd yn dynn yn ei gilydd i atal ei ên rhag crynu. Llyncodd ei boer ddwywaith ac aeth at un o'r cownteri. Yr oedd yn chwys oer drosto.

Nid oedd ganddo syniad beth i'w wneud ar ôl dod o'r siop. Yr oedd yr holl drefniadau wedi eu drysu'n lân. Yr oedd ei archwaeth am ginio wedi diflannu efo merched

Gwastad Hir. Ond wedyn, yr oedd ei stumog yn wag, a chyn bo hir deuai'r archwaeth yn ei hôl. Cerddodd tua'r caffi a chafodd syniad gwallgof. Dydw i ddim yn gall, meddai wrtho'i hun, ond petrusodd rhag mynd yn ei flaen. Safodd am funud o flaen siop deledu i feddwl. Dydw i ddim hanner call, meddyliodd drachefn wrth droi'n ôl ar hyd y Stryd Fawr a chychwyn cerdded yn gyflym tua'r Hen Dref.

Oedodd am ennyd cyn cyrraedd y drws. Byddai'n sicr o chwerthin am ei ben. Ond ymlaen yr aeth, drwy'r drws troi, ac i'r chwith i'r bar ffrynt. Rhoes ei galon lam fach. Yr oedd yno.

Nid oedd ganddi fawr i'w wneud oherwydd yr oedd y bar yn wag. Eisteddodd Meredydd ar stôl wrth y bar. Edrychodd y ddau ar ei gilydd am eiliad heb ddweud dim. Trysorai Meredydd yr eiliad.

"Oes gen ti rywbeth i'w fwyta yma?"

"Mae'n bosib bod gen i rywbeth i roi lliw ar wyneba pobl. Be dychrynodd di?"

"Gweld rhywun ddaru mi."

"Pwy?"

Petai rhywun arall wedi gofyn, byddai Meredydd yn teimlo ei bod yn busnesa.

"Bethan."

"Pwy 'di . . . o, ia, mi wn i. Raid i ti ddim deud."

"O Iesu annwyl, am uffar o deimlad."

Yr oedd ei lais yn dawel a di-liw. Safai Einir gan syllu arno. Yr oedd yn amlwg wedi ei gynhyrfu i'r byw. Chwiliodd hithau am rywbeth i'w ofyn.

"Ddwedodd hi rywbeth?"

"Naddo. Roedd hi mewn siop. Efo'i mam. Mi aeth y ddwy allan. Welis i mohonyn nhw nes yr oeddan nhw yn fy wyneb i."

Rhwbiodd ei dalcen.

"Tyrd â glasiad o siandi i mi. Fiw i mi fynd ar y cwrw, mae gen i isio gweithio pnawn. Oes gen ti rywbeth i'w gnoi?"

"Sawl caffi yr aethost ti heibio iddyn nhw cyn dod yma?"

Gwenodd Meredydd yn swil.

"Ella 'mod i'n fisi i ble'r ydw i'n mynd."

"Mae 'na ginio drwodd."

"Dim byd felly. Oes gen ti frechdan neu bei neu bacad o grups? Mi wnaiff y rheini'r tro'n iawn."

"Taw achan. A minnau'n meddwl dy fod yn fisi."

Rhoes Einir y siandi ar y bar.

"Mi af i nôl brechdan i ti o'r gegin. Os gwêl Mr. Ellis fi, mi fydd 'y nghroen i ar parad. Dal dy wynt."

Yr oedd yn ei hôl mewn chwinciad.

"Mae 'na frechdan ham a brechdan domato ar eu ffordd."

Cymrodd Meredydd lymaid o'i ddiod.

"Be wnest ti ddoe?"

"Gweini ar bobl ddiarth. Be wnest ti?"

"Fawr o ddim. Mi es am dro. Hei, wyddost ti hwnna sy'n aros yma ers nos Sadwrn, hwnnw oedd yn bwyta ar y bwrdd 'gosa inni? Roedd o acw efo'i gar bora ddoe a mi fu bron iddo fo â gwneud lobsgows o'r ddynes drws nesa 'cw."

"Dda gen i mono fo. Hen ddyn rhyfadd ydi o. Mae 'na rywbeth oer yn chwara i fyny ac i lawr asgwrn 'y nghefn i bob tro mae o'n agos."

Cododd Meredydd ei wydryn at ei geg a chwaraeodd gyda'r ddiod oer â'i dafod cyn llyncu llymaid.

"Wyt ti'n gweithio drwy'r dydd heddiw?"

"Ella."

"Ella?"

"Ia, dibynnu."

"Dibynnu ar be?"

"Sut y bydda i'n teimlo."

"Roeddwn i'n meddwl mai'r Mistar Ellis oedd biau'r drol. Nid hwnnw sy'n deud pryd wyt ti'n gweithio?"

"Ia mewn ffordd. Ond os bydd blewyn go lew arno fo mi ga i newid oria weithia."

"Ar fyr rybudd?"

"Pam?"

"Mae gen i gynllun."

"Roeddwn i'n dallt mai cynllunio yw dy waith di."

"O, clyfar iawn."

"Wel, deud 'ta."

"Mae 'na hogyn yn gweithio acw efo mi. Fo fydd yn dod allan efo mi pan fydd 'na waith mesur."

"Be sy wnelo i â hynny?"

"Mae o adra'n sâl heddiw."

"Wel?"

"Oes gen ti ffansi newid gwaith am bnawn?"

Chwarddodd Einir.

"Fi?"

"Ia."

"Nefi bliw, am syniad digri."

"Pam?"

"Pam? Fesuris i 'rioed . . ."

"Does dim isio i ti wneud dim ond dal tâp a dal sdaff."

"Dal be?"

"Polyn dangos uchdar."

"Nefi lon."

"Ddoi di?"

Yr oedd yn prysur wrido am nad oedd ei syniad yn cael fawr o dderbyniad, er nad ydoedd mewn gwirionedd wedi disgwyl unrhyw ymateb gwahanol. Gwyddai'n iawn nad oedd Einir ar feddwl mynd i fesur unrhyw gae. Teimlai'n fymryn o ffŵl.

"Mae gen i syniad gwell."

Cododd ei lygaid oddi ar y bar.

"Be felly?"

"Dos di i fesur drwy'r pnawn a mi 'rhosa i yma i weini Saeson. Mi gaf orffan cyn pump a mi fydd y gyda'r nos gen i'n gyfa. Ar ei hyd. Mi gei ddod i'm nôl i'n o gynnar, os nad oes gen ti rywun arall ar y gweill."

"Nefi, nac oes."

Erbyn meddwl, yr oedd syniad Einir yn un gwell o'r hanner.

Daeth dau i'r bar ar unwaith, dynes fach mewn dillad gwynion yn cario plât yn llawn brechdanau, a'r dyn a welsai Meredydd y bore cynt ac a arhosai yn Yr Erddig.

Gwenodd y ddynes yn garedig ar Einir.

"Dyma chi, cariad. Bwydwch o'n iawn, rŵan."

Rhoes y plât ar y bar ac aeth yn ôl i'r gegin. Daeth y dyn at y bar.

"Sut ydych chi heddiw?" gwenodd ar Einir.

"Iawn diolch."

Yr oedd ei llais yn oer a gwelodd Meredydd ryw her sydyn yn dod i'w llygaid. Edrychodd ar y dyn. Yr oedd yn sicr fod y newydd-ddyfodiad yn datod gwisg Einir fesul botwm yn ei feddwl wrth iddo edrych arni. Teimlai fel ei dagu.

"Wisgi bach os gwelwch yn dda, ac un i chwithau."

"Fydda i ddim yn yfed."

Siaradai Einir yn swta.

"O, dewch, un bach. Mi wnaiff les i chi."

"Dim diolch."

Edrychodd Richard Jones ar Meredydd.

"Beth amdanoch chi? Gymerwch chi ddiod bach efo mi?"

"Dim diolch."

Yr oedd Meredydd yr un mor swta. Edrychodd ar Einir a chrychodd ei drwyn.

Estynnodd Einir y wisgi.

"Be gymrwch chi am ei ben o?"

"Diferyn o soda."

Rho soda golchi iddo fo, meddyliodd Meredydd. Yr oedd y dyn yn tarfu ar y gwmnïaeth ac nid oedd hynny'n plesio, yn plesio dim.

"Dyna chi."

"Diolch, Miss. Ydych chi'n siŵr na chymerwch chi ddiod efo mi?"

"Yn berffaith siŵr, diolch."

"Dyna chi 'ta."

Estynnodd bapur decpunt o'i waled.

A dyna'i gorffen hi, meddyliodd Meredydd. Roeddwn i'n meddwl bod yr oes honno drosodd. Dim ond modfedd o oel gwallt y mae o eisiau eto a mi fydd yn sbuf go iawn.

"Ar eich gwyliau ydych chi?"

Yr oedd y dyn yn siarad.

"Pwy, fi?"

"Wela i neb arall yma," meddai'r dyn yn glyfar, "heblaw'r ferch ifanc landeg yma."

"Na, ar fy awr ginio."

"Ym Mhenerddig yr ydych chi'n gweithio felly?"

"Ia."

"Hoffi'ch gwaith?"

"Iawn."

"Be ydi'ch gwaith chi?"

"Pensaer."

Dangosodd y dyn ddiddordeb yn syth.

"O? Diddorol iawn. Gweithio i ffyrm, 'ta i'r Cyngor?"

"Ffyrm."

"O, felly? Da iawn."

Llyncodd y wisgi ar ei dalcen.

"A! Dyna welliant. Un arall eto, os gwelwch yn dda," meddai wrth Einir a oedd wedi mynd i'r ochr arall i'r bar i dacluso poteli.

Daeth Einir atynt a thywalltodd fwy o wisgi i wydryn y dyn heb ddweud dim.

"Ydych chi'n cael llawer o waith?"

"Digon."

"Rwy'n siŵr. Mae llawer iawn o dai newydd i'w gweld tua'r gwaelodion yma."

Wyddet ti bod yna ddyn glas wedi bod yn holi'n dy gylch di ddoe? gofynnodd Meredydd i'w frechdan domato. Na wyddet mae'n siŵr. Efallai y byddai yna fwy o ffrwyn ar dy gwestiynau di petaet ti'n gwybod hynny, — mi fyddai gen ti rywbeth i feddwl amdano. Mi wn i ar dy osgo di dy fod ar ryw berwyl drwg.

"Roeddwn i'n clywed bod yna stad newydd o dai uwchben Hirfaen. Nid chi ddaru gynllunio rheini, debyg?"

Ohô! Mi gaf heddwch eto.

"Ie," atebodd Meredydd yn dawel, "y ffyrm acw gynlluniodd y cwbl. Ond mae arna i ofn mai llanast wnaethom ni yno hefyd."

"O, sut felly?" Yr oedd y cwestiwn yn eiddgar.

Trodd Meredydd ar ei stôl ac edrychodd i lygaid y dyn.

"Ddylem ni ddim bod wedi rhoi ffyrdd drwy ganol y stad. Mae'r lle'n beryg bywyd i hen ferched."

Gwelodd yn syth ei fod wedi trawo. Aeth y dyn yn fud. Daeth distawrwydd byddarol dros y bar.

"O, felly? Tewch."

Penderfynodd Richard Jones bod yn rhaid iddo ddweud rhywbeth. Teimlai mai'r peth doethaf oedd cymryd arno na wyddai beth oedd gan y gŵr ifanc dan sylw. Ond sut gwyddai hwn am ddoe? Ac os oedd hwn yn gwybod, faint arall oedd yn gwybod?

Ceisiodd chwerthin yn fyr. Yr oedd arno eisiau mwy o wybodaeth.

"Pa ffyrm ydych chi'n gweithio iddi?"

"Ar eich gwyliau ydych chi?"

Yr oedd Meredydd wedi cael llond ei fol ar yr holi di-ben-draw. Penderfynodd ddechrau croesholi i geisio cael gwared ohono.

Caeodd y dyn ei geg yn dynn. Yr oedd y gŵr ifanc yn ei drin fel baw, ac ni hoffai hynny. Ond yr oedd yn rhaid iddo gymryd arno ei fod yn groendew. Penderfynodd ateb.

"Ie. Rhyw wythnos neu ddwy. Seibiant o ruthr y ddinas."

O, meddyliodd Meredydd, un o'r rheini.

"Pa ddinas?"

Llwyddodd i roi'r mymryn lleiaf o goegni'n ei lais.

"Y ddinas," atebodd y dyn yn glyfar ddiniwed. "Lerpwl. Prifddinas y Gogledd. Ail brifddinas Cymru."

O ba blydi oes daeth hwn? meddyliodd Einir. Edrychodd ar Meredydd, a throes ei chefn atynt rhag i'r dyn weld ei chwerthin.

"Be 'di'ch gwaith chi?''

Yr oedd y dyn yn dechrau mynd yn anniddig yn awr.

"Fy ngwaith i?''

"Ia, eich gwaith chi. Ynta byw ar eich arian ydych chi?''

Meddyliai Einir iddi glywed llais Meredydd yn mynd ychydig yn fygythiol. Ni cheisiai guddio'i gasineb at y dyn.

Synhwyrai'r dyn yr un peth.

"Trafeilio.''

Trodd yn ôl i eistedd i wynebu'r bar. Yr oedd pethau'n dechrau mynd o chwith.

"Trafeilio? Trafeilio i bwy?''

"Gweithio i mi fy hun ydw i.'' Ceisiodd fynd yn glyfar eto. "Mewn geiriau eraill, gweithio i'r dyn tacs. Ha ha.''

"Be 'dach chi'n ei werthu?''

Yr oedd yn amlwg na fyddai terfyn ar yr holi. Cododd Richard Jones ei wydryn a chwarddodd yn nerfus.

"O, pob math o bethau. Wel, mae'n rhaid imi ei throi hi rŵan. Esgusodwch fi. Da boch chi.''

Llyncodd ei ddiod a cherddodd o'r bar. Yr oedd golwg annifyr dros ben arno.

"Ych a fi.''

Yr oedd llais Einir yn ddistaw. Yr oedd yr olwg ar wyneb y dyn pan yn troi i fynd o'r bar wedi ei dychryn braidd.

"Mi gafodd o fusnesa,'' meddai Meredydd, "yr hen uffar slei iddo fo.''

"Roeddwn i'n dweud wrthat ti mai hen ddyn annifyr oedd o. Fedra i mo'i aros o.''

"Hidia befo fo. Fi enillodd.''

Gorffennodd Meredydd ei siandi.

"Paid â bwyta heno.''

"Y?''

"Mi ddo i dy nôl di yma tua phump. Fedri di wneud bwyd?"

Lluchiodd Einir liain sychu llestri i'w wyneb.

"Yli'r twmpath digwilydd. Mi ferwa i ŵy wedi'i ffrïo iti."

Taflodd Meredydd y lliain ar y bar.

"Pump o'r gloch. Mi awn acw. Mi gei wneud bwyd i mi."

Gwenodd arni, fel plentyn yn rhannu cyfrinach.

Yr oedd y wên a gafodd yn ôl yn swil a chynnes.

Clywodd sŵn car yn aros o flaen y tŷ. Yr oedd yn adnabod ei sŵn yn iawn, yr hen anghenfil hyll iddo fo. Helô, sŵn dau ddrws yn cau. Aeth Gladys Davies at y ffenest a symudodd y llenni'n llechwraidd i gael gweld yn well.

Y nefoedd wen! Yr oedd yn mynd â geneth i'r tŷ. Be wnâi hi? Mae'n rhaid ei bod yn hwran. Be ddeuai o'r lle 'ma? Troi stad o dai newydd parchus mewn pentref bach tawel heddychlon yn Stryd Sodom. Pobl barchus wedi byw yma drwy'r amser, a hwnna'n dod â'i hwrod i'w canol heb falio dim yn neb. Roedd y byd wedi mynd â'i ben iddo'n llwyr.

Y nefoedd wen! Beth petai'n ferch ddieithr? Efallai nad oedd yn ei adnabod o. Efallai nad oedd wedi clywed amdano na'i weld erioed o'r blaen. Be wnâi hi? A ddylai ffonio'r heddlu? Hy! pa haws oedd neb o ffonio petha felly? Duw a ŵyr, hwy oedd wedi gadael i'r adyn fynd yn rhydd yn y lle cynta, y giwaid iddyn nhw.

Dechreuodd grinsian ei dannedd wrth ystyried yr annhegwch, a cherddodd y gegin er mwyn i'w thymer godi'n iawn. Yna aeth i nôl y procer. Hon fyddai'r ddefod pan fyddai Gladys wedi gwylltio'n iawn. Byddai'n estyn y

115

procer, a rhoi'r byd ar ganol y llawr, a'i guro a'i leinio a'i ffonodio'n ddidrugaredd nes bod y pwl drosodd, a'r cynddaredd wedi ei liniaru drwy chwys a nerth bôn braich.

Ond heno nid y byd drwg o'i chwmpas oedd ar ganol llawr y gegin, ond Meredydd Parri. Ffonodiodd Gladys ef yn orffwyll i farwolaeth, saethodd ef, gosododd grocbren ar ganol yr ystafell a chrogodd ef, torrodd ei ben i ffwrdd â'i phrocer pan oedd ar ei liniau o'i blaen yn sgrechian am drugaredd, a dechreuodd ei guro wedyn yn ddi-baid nes daeth y boen.

O Dduw annwyl. O Dduw annwyl. Eisteddodd ar y gadair wrth y bwrdd. Gadawodd i'r procer ddisgyn ar y carped. Yr oedd y chwys yn rhedeg i'w llygaid a'i cheg, ac yr oedd y boen fwyaf ofnadwy yn ei mynwes.

"Be oedd y cyrtan 'na'n symud?"

"Gladys Drofa Ganol. Hen grimpan o ddynas gegog, fusneslyd. Ma'i gŵr hi wedi marw ers dros flwyddyn. Y peth calla ddaru'r diawl gwirion erioed."

"Ddylat ti ddim dweud peth fel'na."

Yr oedd ei llais yn dawel geryddgar. Ni ddywedodd Meredydd air. Agorodd y drws, a daeth Einir i mewn ar ei ôl.

"Tŷ braf."

"Ydi."

Aethant i'r gegin a safodd Einir ar ganol y llawr. Edrychodd ar lun ar y cwpwrdd.

"Dy rieni?"

"Ia."

Yr oedd golwg drist ar ei hwyneb.

"Biti."

"Y?"

"Biti iddyn nhw foddi."

Aeth Meredydd drwodd i'r gegin fach.

"Be gymri di'n fwyd?"

Daeth Einir ar ei ôl.

"Rhywbeth. Be sy gen ti i'w gynnig?"

"Mae 'na lond cwpwrdd a llond ffrij o fwyd."

"Reit. Dos o'r ffordd 'ta. Mi fusnesa i o amgylch, a mi wna i fwyd i ti."

"Na wnei siŵr, mi wna i o."

"Na wnei." Rhoes ei bys ar ei ysgwydd, a gwthiodd ef yn dyner. "Dos i'r gegin a darllen dy bapur ne' edrych ar y bocs. Fydda i ddim yn hir. Mi blicia i datws gynta."

"Gad y tatws i mi. Mi gei rwydd hynt efo'r gweddill."

Lluchiodd Meredydd ychydig o datws i'r sinc, a dechreuodd eu crafu.

"Sut gwyddat ti?"

Yr oedd Einir ar ei chwrcwd a'i phen yn y cwpwrdd bwyd. Tynnodd ei phen allan ac edrychodd ar Meredydd.

"Sut gwyddwn i be?"

"Am 'nhad a 'mam."

"Mi wn i lawer o dy hanes di."

"Be wyt ti'n ei feddwl?"

"Holi 'tê. Ar ôl nos Sadwrn roeddwn i'n gluo isio dy hanes di."

"Merchad."

"Siŵr iawn debyg, merchad. Mi ges i dy hanes di i gyd bora ddoe yn y gegin. Doeddat ti 'rioed yn disgwyl imi beidio â busnesa'n dy gylch di, debyg?"

"Faint ydi dy oed di?"

"Pwy sy'n busnesa rŵan?"

"Na, dweud."

"Dwy ar hugain, er y dydd olaf o Fawrth."

"Cael a chael fu hi felly."

Edrychodd Einir yn syn arno. Gwenai Meredydd wrtho'i hun.

"Cael a chael? O, mi wela i. Ia, ia, cael a chael. Ond roedd 'mam yn benderfynol o ddadlwytho cyn diwrnod ffŵl Ebrill."

"Am uffar o ddweud."

"Ia ella. A chyn i ti holi chwanag, mae gen i chwaer bump ar hugain oed, wedi priodi ac yn byw yn Nolgellau, a brawd un ar bymtheg oed yn dal yn yr ysgol."

"Einir be wyt ti?"

"Hughes. Marian ydi fy chwaer a Llifon ydi 'mrawd. Mae gan Marian fabi bach ddeng mis oed. Sian. Mi fydda i'n gwario cyflog wythnos arni hi ambell dro, a mi fydda i'n cael dam am wneud. Llnau'r tŷ 'ma dy hun fyddi di?"

"Weithia. Mae 'na ddynes yn dod unwaith yr wythnos o Dai'r Eglwys yn y pentra. Mi fûm yno neithiwr. Mae hi am ailddechra'r wythnos yma."

"Pam ailddechra?"

"Fu hi ddim tra bûm i . . ."

"O ia."

Aeth Einir at y stôf. Estynnodd ddwy sosban oddi ar y silff y tu ôl iddi.

"Wyt ti wedi byw dy hun yma er pan fu dy dad a'th fam farw?"

"Do."

"Mae'n siŵr dy fod yn ei theimlo'n unig iawn yma."

"Ambell dro. Mi ges i gynnig mynd i fyw i Benerddig at chwaer fy mam a'i gŵr ar ôl y ddamwain, ond roedd yn well gen i aros yma. Roedd 'nhad wedi gadael digon ar ei ôl, a mi fedrwn i fforddio cael dynes yma i llnau."

Siaradai'n hollol rwydd. Teimlai Einir y dylai fod yn anghyffyrddus wrth glywed materion ariannol yr oedd pawb arall yn eu trin fel cyfrinachau mawr i'w cadw'n guddiedig yn cael eu trafod, ond siaradai Meredydd mor ddiffwdan am y peth, fel y derbyniai'r cwbl fel ffeithiau hollol naturiol.

"Be oedd gwaith dy dad?"

"Ffarmwr. Roedd gennym ni ffarm rhwng Hirfaen a Llanaron. Llwynrhys."

"Llwyn Rhys?"

"Ia ella. Llwynrhys glywis i bawb yn ei ddweud 'rioed.

Mi benderfynodd 'nhad ymddeol am fod ei iechyd o'n dechra torri, a mi werthodd y fferm a dod yma."

"Doedd gennyt ti ddim diddordeb mewn ffarmio?"

"Oedd. Ond roedd gen i fwy o ddiddordeb mewn adeiladau a phensaernïaeth. Mi fyddwn i wedi aros gartra i ffarmio onibai 'mod i isio mynd yn bensaer. Fyddwn i ddim wedi mynd i goleg o gwbl ddim ond er mwyn mynd."

"Roeddat ti'n lwcus bod gen ti ddewis."

"Oeddwn ella. Ond doeddwn i ddim yn edrych arni felly. Mae'n siŵr nad oes neb ond y rhai sydd heb ddewis. Fuost ti mewn coleg?"

"Fi? Hi! Hi!"

"Be sy'n ddigri yn y peth? Mae gen ti ddigon o grebwyll."

"Wel deuthum i ddim, yn siŵr i ti."

Gorffennodd Meredydd grafu'r tatws.

"Be wnawn ni ar ôl bwyd?"

"Wn i ddim. Ti ddaru 'ngwadd i yma. Mi gei di benderfynu."

"Awn ni allan?"

"Iawn."

"Am dro uwchben y môr."

"Iawn."

"Mae 'na lwybr bach difyr yn cychwyn wrth ymyl y stad 'ma."

"Iawn."

"Iawn."

Ni fuont yn hir, ar ôl bwyta a chlirio ar eu holau, nad oeddynt wedi cyrraedd y llain ym mhen pellaf Llwybr Uwchlaw'r Môr. Edrychai Einir o'i chwmpas.

"Ble'r ei di o'r fan yma?"

"Mi fedri fynd i lawr i'r traeth os nad oes gennyt ti fawr o barch i din dy drowsus, neu mi fedri di ddringo dros ysgwydd y mynydd a mynd ymlaen am filltiroedd dros glogwyni a heibio i gilfacha a thraethella di-ri, neu mi fedri fynd i gopa'r mynydd os oes gennyt ti awydd dringo tipyn."

"Neu mi fedrwn ni droi'n ôl."

"Mae hynny."

"Oes 'na lwybr i ben y mynydd?"

"Nac oes. Ond mi fedri ei gerdded yn iawn."

"Oreit 'ta."

"Oreit be."

"Mi awn i fyny."

"I ben y mynydd?"

"Pam lai? Oes gennyt ti ofn?"

Chwarddodd Meredydd.

"Tyrd 'ta," meddai, "i fyny â ni. Mi fyddi'n chwythu fel hwch fagu cyn y byddi di hanner y ffordd i fyny."

"Gawn ni weld."

Dechreuasant ddringo'n araf. Ar ei ffordd i fachlud, tywynnai'r haul yn gynnes ar eu cefnau, ac ar ôl dringo sbel, trodd Einir i wynebu'r môr ac eisteddodd ar garreg. Lledorweddodd Meredydd wrth ei hochr.

Yr oedd dau neu dri o gychwyr Hirfaen wedi dechrau'r tymor yn gynnar ac wedi mentro i'r môr. Gwyliodd y ddau amlinellau'r cychod rhyngddynt a'r haul, ac ambell siâp dyn yn sefyll yn ei gwch.

"Be maen nhw'n ei ddal?" gofynnodd Einir.

"Mecryll gan mwya. Braidd yn gynnar ydi hi hefyd. Mi fydd llawer ohonyn nhw'n gosod cewyll i ddal cimychiaid."

"Pobol o Hirfaen ydyn nhw?"

"Ia."

"Wyt ti'n eu 'nabod nhw?"

Edrychodd yn ddireidus arni.

"Ddim o'r fan yma."

"Nid dyna oeddwn i'n feddwl y lob. Oes gen ti syniad pwy ydyn nhw?"

"Oes. Yr un rhai fydd yn dechrau arni gynta bob blwyddyn."

"Yli llong ar y gorwel."

"Ym mhle?"

"I'r chwith o'r haul."

Craffodd Meredydd.

"Iechydwriaeth, mae'n rhaid dy fod yn gweld fel cath fanw."

Gafaelodd Einir yn ei fraich a phwyntiodd tua'r gorwel.

"Tasa ti'n edrych y ffordd iawn . . ."

Closiodd ati.

"A! Atolwg, myfi a welaf y llestr."

Nid oedd ond rhimyn o fwg i'w weld ar y gorwel.

"Wyt ti'n ei 'nabod hi?"

Daeth pwl o chwerthin dros Meredydd. Prin weld y mwg ydoedd.

"Nabod ei chyfnither hi'n iawn."

Rhoes Einir ddyrnod iddo yn ei stumog.

"Y bobl ddyla yn y byd ydi'r rhai sy'n gwneud jôc o'u dylni."

"Haleliwia. Pwy ddysgodd hynna i ti?"

"Duw a ŵyr. Un o ddoethion inglands glori ella." Chwarddai Einir yn braf. "Mae 'na lawer un yn 'nabod llongau fel 'nabod ceir," ychwanegodd.

"Cywir, Miss Hughes."

"Oreit, clyfar, dwed di pa mor bell ydi hi 'ta."

"Be?"

"Y llong acw."

"Ar y gorwel."

"Mi wn i hynny'r twpsyn. Pa mor bell oddi wrthom ni?"

Crafodd Meredydd ei ben.

"Aros di. Mi ateba i hynna i ti hefyd. Dal dy wynt."

Gwrandawodd arno'n gwneud ei symiau.

"Rydan ni tua phedwar can troedfedd uwchben y môr. Deuddeg cant. Chwe chant. Pump ar hugain . . . rydan ni rhwng pedair a phum milltir ar hugain o'r gorwel. Mae'n siŵr bod y llong dipyn yn nes, ond ein bod ni'n methu gwahaniaethu."

"Taw ditha."

"Ac mae copa Mynydd Ceris ddeuddeg can troedfedd uwchben y môr."

"Ylwch chi."

"Ac os oes arnat ti isio'i gyrraedd cyn nos mi fyddai'n eitha syniad i ti feddwl am ei symud hi."

"Reit, Parri. Awê."

Cododd Einir, a dechreuodd ddringo eto. Cerddai Meredydd wrth ei hochr yn dawel. Ymhen ychydig daethant at ochr bur serth. Crychodd Einir ei thrwyn ar yr hyn a oedd o'i blaen.

"Oes rhaid inni fynd i fyny'r ffordd hon?"

"Oes. Dim ond rhyw ugain troedfedd ydi'r lle serth 'ma. Mi fydd yn iawn i'r copa ar ôl hwn."

"Beth am y fan acw? Mae'n edrych yn haws y ffordd yna."

"Os ei di'r ffordd yna mi fyddi mewn caeth gyfla cyn iti fynd ymhell. Na, hon ydi'r ffordd ora. Tyrd, mi ro i help iti."

Dringodd Meredydd bedair neu bum troedfedd, ac estynnodd ei law.

"Tyrd."

Gafaelodd Einir yn ei law a thynnodd Meredydd hi i fyny ato. Hwn oedd y tro cyntaf iddo afael ynddi, ac aeth gwefr gynnes sydyn drwy ei gorff. Daliodd i afael yn ei llaw. Hoffai'r teimlad. Edrychodd y ddau ym myw llygaid ei gilydd am ennyd. Gwenodd Einir yn sydyn.

"I ffwr â thi."

Chwarddodd yntau'n ysgafn cyn dringo ychydig eto a'i thynnu ar ei ôl.

Ar y copa, safasant i fwynhau'r olygfa. Nid oedd mor gynnes yno ag y dymunai Meredydd iddi fod, ond gwyddai na fyddai'n gynnes yr adeg honno o'r dydd ar ben Mynydd Ceris am fis arall.

"Ble mae Llwynrhys?"

Daeth rhyw falchder dros Meredydd am ei bod wedi cofio'r enw. Pwyntiodd ei fys.

"Weli di Lanaron yn y fan acw?"

"Gwelaf."

"Dilyn yr afon. Dos heibio i'r lle mae hi'n mynd o'r golwg a thyrd at y tro ar ôl iddi ddod yn ôl. Weli di'r tro?"

"Gwelaf."

"Weli di'r tŷ gwyn yna uwch ei ben o?"

"Gwelaf."

"Dyna fo Lwynrhys."

"Ble mae Penerddig?"

"Y ffordd acw. Mae'r ddau fryn acw ar y ffordd. Welwn ni mo'r dre."

"Ble ydi hwnna?"

"Yr hen dŷ bach yna? Tan Ceris. Fan'na mae Now yn byw."

"Pwy ydi Now?"

"Now. Mi gei di'i weld o yn Yr Wylan Wen nos Fercher neu nos Sadwrn, os na fyddi di'n gweithio."

Teimlai y gallai gymryd yn ganiataol mai gydag ef y byddai hi os na fyddai'n gweithio.

"Ble mae'r Wylan Wen?"

"Dacw hi. Y lle gwyn acw. Tafarn orau'r byd."

Daeth ias dros Einir yn sydyn.

"Rydw i'n oer. Pa ffordd awn ni i lawr?"

"Y ffordd hon. Mae 'na lwybr yn y fan acw yn mynd yn syth i'r lôn fawr heibio i Dan Ceris. Tyrd."

Gafaelodd yn ei llaw.

"Ble mae dy dad yn gweithio?"

"Ar y lein."

"Lein fach Stiniog?"

"Na. Lein fawr. Y Cambrian."

"Dreifar ydi o?"

"Na. Labrwr. Trwsio'r lein."

"Wyt ti wedi bod adra er pan wyt ti'n Yr Erddig?"

"Do, ddwywaith. Ella picia i eto cyn diwedd yr wythnos. Mi fydd mam yn ffônio tua dwywaith bob wyth- nos. Does 'na ddim ffôn gartra. Mae hi'n gorfod ffonio o giosg."

"Diolch iti."

Baglu dros ei wefusau'n floesg wnaeth y geiriau. Edrychai ar y machlud.

"Y?"

"Diolch."

Yr oedd Meredydd yn wrid at ei glustiau. Arhosodd Einir, ond ailgychwynnodd yn syth. Penderfynodd mai doethach oedd cerdded gan fod Meredydd yn amlwg eisiau dweud rhywbeth. Efallai y gallai siarad yn haws wrth gerdded.

"Am be?"

"Bob dim."

Chwarddodd Einir yn nerfus.

"Rwyt ti'n swnio fel blaenor."

"Na, rydw i o ddifri."

"Trïa eto."

Daliai Meredydd i edrych ar y belen goch uwchben y gorwel.

"Petai gen ti syniad be fûm i drwyddo fo y tri mis dwetha 'ma, mi fydda gen ti syniad pa mor falch ydw i am dy fod wedi dod efo mi nos Sadwrn a heno." Rhoes gic i garreg ar y llwybr, a gwyliodd y ddau hi'n sboncio i lawr yr ochr. Edrychodd ar y llong a welsant gynnau yn y pellter. "Roeddwn i'n meddwl ddiwedd yr wythnos na fyddai 'na'r un hogan byth yn edrych arna i eto."

Ni ddywedodd Einir air. Yr oedd Meredydd yn amlwg yn cael trafferth, a gwyddai y byddai unrhyw beth a ddywedai hi'n swnio'n rhyfedd ac o'i le, beth bynnag fyddai. Y peth doethaf i'w wneud oedd gwasgu ei law y mymryn lleiaf.

"Paid â mynd yn rhy ddwfn wir Dduw."

Edrychodd y ddau ar ei gilydd a gwenodd Einir. Tynnodd Meredydd hi ato a gwasgodd hi'n sydyn.

Ni thorrwyd gair rhyngddynt am hir. Cerddasant i lawr y llwybr heibio i Dan Ceris lle datganodd ci Now yn bur groyw nad oedd fawr o groeso iddynt yno.

Yr oeddynt yn dynesu at lidiart y lôn.

"Wyt ti'n rhydd nos fory?"

Rhoes Einir ei braich am ei ganol a gwasgodd ef.

"Ydw."

Agorodd Meredydd y llidiart.

"Be wnawn ni?"

"Mynd am dro. Allan. Mae 'ma ddigon o leoedd. Mae'n brafiach allan nag ynghanol pobl."

Cerddasant i lawr y lôn tua'r stad. Arhosodd Einir yn sydyn.

"Yli."

"Be?"

"Yli pwy sy'n dŵad."

Gafaelodd yn dynnach yn Meredydd wrth i'r dyn yn y car melyn golau edrych yn syn arnynt wrth fynd heibio'n araf.

"O damia fo."

"Fedri di gadw cyfrinach?"

"Be?"

"Mae'r glas ar ei ôl o. Mi ddwedodd plismon Hirfaen wrtha i ddoe. Ond mae'r peth yn gyfrinach fawr."

7

Dyna ddatrys un broblem, meddyliai Richard Jones wrth sefyll o flaen ei gar ar ei ffordd i Dan Ceris. Bu'r peth yn pwyso arno drwy gydol y prynhawn, ond yn awr, wrth weld y ddau yn y pellter yn troi am y stad newydd, deallai. Yr oedd yn rhaid bod un ohonynt yn byw yno, ac wedi gweld y digwyddiad efo'r ddynes honno bore ddoe.

Aeth yn ôl i'r car a chychwynnodd yn araf i fyny'r lôn gul, arw a gysylltai Dan Ceris â'r ffordd fawr. Digon cymysglyd oedd ei deimladau. Codai rhywbeth annifyr o'i grombil bob hyn a hyn, rhyw deimlad nad oedd pethau'n gweithio'n iawn. Nid y tai. Nid y tai o gwbl. Yr oedd yn dechrau dygymod â hynny; problem i'w goresgyn gyda chynllunio manwl a dyfalbarhad oedd honno erbyn hyn, ac yr oedd ganddo ddigon o amser i hynny. Fe ddeuai o hyd i'r blwch diemwntiau, heb os nac oni bai. Ond yr oedd rhyw fân ddigwyddiadau'n ei boeni, pethau bychain na ddylai gymryd sylw ohonynt o gwbl, ond a fynnai aros yn ei feddwl i'w bigo; digwyddiadau fel yr alwad ffôn i Fangor, yr helynt gyda'r ddynes, a gelyniaeth ddigamsyniol y gŵr ifanc yn y gwesty amser cinio, heb sôn am oerni'r ferch y tu ôl i'r bar. Nid oedd ef ond wedi cynnig diod iddynt, a cheisio cael sgwrs gyfeillgar efo'r gŵr ifanc, ac ni chafodd ond sarhad am ei ymdrechion. Ef ei hun oedd wedi bod ddoethaf, serch hynny; gwell oedd anwybyddu haerllugrwydd y gŵr ifanc na'i dynnu i'w ben. Efallai y byddai arno angen cymwynas ganddo rywbryd, yn enwedig o gofio ei fod yn gweithio i'r bobl a gynlluniodd dai Maes Ceris. Gobeithiai er hynny y byddai Owen Jones, Tan Ceris, yn fwy cyfeillgar ac yn barotach i rannu gwybodaeth.

Wrth edrych yn ôl, yr oedd yn dda iddo benderfynu ar y ffordd i Benerddig nos Sadwrn nad oedd am geisio cuddio dim. Gwyddai y byddai rhywun yn hwyr neu'n hwyrach yn ei gofio am iddo gael y ddamwain yn Hirfaen ac iddo fod yn ysbyty Penerddig. Teimlasai felly mai'r peth doethaf fyddai cadw'i enw'i hun, ac ymddwyn yn naturiol fel dyn ar ei wyliau. Dyna pam y gofynnodd yn un swydd am Ystafell Naw nos Sadwrn yn y gwesty, a dyna pam yr oedd ar ei ffordd i Dan Ceris heno.

Postfeistr Hirfaen a ddywedodd wrtho bod ei fodryb Janet a'i ewythr Wil wedi'u claddu. Ar ôl cinio, yr oedd wedi newid i'w ddillad gorau ac wedi mynd i Hirfaen i edrych ar y rhestr etholwyr yn y llythyrdy, ond cyn iddo bron agor y rhestr daethai'r postfeistr ato'n drwyn i gyd gan gynnig ei wasanaeth; nid ei fod am fusnesa wrth gwrs. Ond fe gadarnhaodd y postfeistr mai Owen Jones, brawd ei fodryb Janet, a drigai yn Nhan Ceris yn awr, a'i fod yn byw ar ei ben ei hun yno.

Pan fyddai Richard yn aros yn Nhan Ceris ers talwm, byddai brawd ei fodryb Janet yn galw'n bur aml, a byddai ganddo fferins poeth yn ei boced bob amser. Ni chofiai Richard fawr o ddim arall amdano, heblaw am y sigarèt baco siag a oedd ganddo'n ei boced ryw ddiwrnod. Bu Richard yn taflu i fyny tan amser cinio drannoeth ar ei hôl.

Daeth i ben ei daith. Yr oedd llidiart yr iard yn llydan agored a llywiodd Richard y car drwy'r adwy ag un llaw, gan sythu ei dei o amgylch ei wddf â'i law arall.

Synnodd braidd wrth weld mor fach oedd yr iard. Yn ddeg oed, yr oedd llawer o waith rhedeg ar ôl pêl-droed o un pen iddi i'r llall, ac yr oedd ei ddychymyg wedi rhoi hwb ychwanegol i'r pellter hwnnw. Ond wrth edrych o'i gwmpas yn awr gwelai cyn lleied o le oedd yno mewn gwirionedd; nid oedd gan Owen Jones ond prin ddigon o le i wasgu'r Land Rover rhwng drws cefn y tŷ a'r beudy, os mai ef oedd piau'r cerbyd, ac ychydig iawn o le oedd yna rhwng llidiart yr iard a'r giât bach i'r ardd o flaen y tŷ lle bu Indiaid Cochion y greadigaeth yn disgyn yn gelain fesul un a fesul cant o flaen ei wn swllt a thair ers talwm.

Clywodd sŵn y ci pan oedd yn parcio'r car yn weddol daclus o flaen y Land Rover. Edrychodd o'i amgylch a gwelodd gi du a gwyn yn rhuthro i lawr y cae bach uwchben y tŷ tuag ato. Nid oedd y ci'n malio'r un botwm corn am y clawdd rhwng y cae a'r iard ac mewn chwinciad yr oedd ei bawennau blaen yn crafu drws y car a'i ddannedd yn dynn yn y ffenest yn gwahodd Richard allan iddo gael tamaid.

"Dos rŵan."

Yr oedd llawer ffermwr yn hoffi cŵn ac ni feiddiai Richard ddechrau rhegi hwn rhag ofn bod Owen Jones yn un o'r ffermwyr hynny, ac nid oedd yn dymuno troi'r drol cyn iddo hyd yn oed gyfarfod â'i ewythr. Ond yr oedd y sefyllfa'n un anffodus braidd; yr oedd rhyw fymryn o gi'n ei wneud yn sbort. Efallai na hoffai'r ci siwt a thei.

"Dos rŵan."

Gwarchod oedd gwaith y ci debyg iawn. Nid oedd dim o'i le yn hynny. Ond byddai Richard yn falch pe bai'r ci yn mynd i warchod i rywle arall, rhywle pell, rhywle pell iawn. Agorodd fymryn ar ddrws y car yn betrus a chaeodd ef yn ei ôl yn sydyn. Yr oedd mewn trap.

Gwyddai nad oedd haws o geisio mynd allan o'r car drwy'r drws chwith; byddai'r ci yno o'i flaen. Damiai Richard yn ffri. Pa haws oedd o ddod i Dan Ceris gyda'i argraff o fod yn ŵr llwyddiannus os oedd yn cael ei drechu'n lân gan ryw lipryn o gi hanner honco?

Agorodd y mymryn lleiaf ar y ffenest.

"'Na gi da. A 'ngwas i. Dos rŵan." Tasa gen i dwelf bôr mi fasa dy din di'n agor o fama i Hirfaen. "Dos rŵan, 'na gi da." O'r nefoedd.

Pam aflwydd oedd raid i bopeth fynd o chwith?

"Dwalad! Migla hi!"

Yr oedd drws Tan Ceris wedi agor, a safai dyn yn llewys ei grys o flaen y Land Rover yn edrych tuag atynt. Ni chymerai'r ci sylw ohono.

"Dwalad! Go damia las, dos pan 'dw i'n deud wrthat ti'r uffar styfnig."

Gwrando ar dy fistar y sinach i mi gael dod o'r car yma. Teimlai Richard ei gorff yn annifyr o gynnes yn ei siwt. Gwyddai bod ei wyneb yn fflamgoch.

128

"Ei di rŵan 'ta'r diawl?"

Codasai'r dyn garreg ac anelai hi am y ci. Troes hwnnw ei ben a gwelodd y garreg. Yr eiliad nesaf yr oedd wedi stwffio o dan ddrws un o'r cytiau gyferbyn â'r tŷ, ac arhosodd yno â'i drwyn ar y ddaear yn tynnu'r lle i lawr.

Daeth Richard o'r car. Ceisiai gymryd arno nad oedd wahaniaeth ganddo am y ci ond gwibiai ei lygaid yn nerfus tua'r cwt. Ymdrechodd i swnio'n ddidaro.

"Be oeddych chi'n ei alw fo?"

"Dwalad. Y swnyn diawl iddo fo."

"Enw pur anghyffredin ar gi. Cadwaladr. Ia, pur anghyffredin. Chi biau'r Land Rover?"

"Ia. 'Rhen Landrofar yn dal ata i'n reit dda."

Edrychai Now'n syn ar y dyn. Yr oedd rhywbeth yn gyfarwydd ynddo.

"Pwy 'dach chi 'dwch?"

"Dydych chi ddim wedi newid o gwbl."

Yna meddyliodd Richard nad oedd raid i'r dyn a safai o'i flaen fod yn Owen Jones. Efallai mai cymydog oedd. Byddai hynny'n gwneud iddo deimlo'n ffŵl go iawn.

"Felly wir?"

"Ydych chi ddim yn fy nghofio i?"

"Eich cofio chi?"

"Roedd mam yn gyfnither i chi."

Edrychodd Now'n fanylach arno.

"Duw annwyl."

"Oedd yn tad."

"Aros di. 'Rhoswch chi. Nid hogyn Mari ydych chi?"

"Ia, ia. Dyna chi'n iawn y tro cynta."

Os oedd Richard wedi disgwyl ysgwyd llaw a churo cefnau a chroeso mawr, cafodd ail. Ni chynhyrfwyd Now'r un blewyn.

"O."

"Rydw i ar fy ngwyliau ym Mhenerddig am shel. Meddwl y baswn i'n galw am funud i'ch gweld a chael golwg ar yr hen le unwaith eto."

Blydi Ianc, meddyliodd Now.

"Wel ia, dyna chi. Well i chi ddŵad heibio."

Aeth Now i'r tŷ o'i flaen.

Daeth yr atgofion yn ffrydiau i Richard wrth iddo fynd dros y trothwy. Nid oedd cyntedd rhwng y drws cefn a'r gegin fach, dim ond rhyw ddwylath o balis wedi'i beintio'n wyrdd ar y chwith gyda setl a silffoedd yr ochr arall iddo. Yn syth o'i flaen yr oedd y drws isel i'r gegin fawr a'r gweddill o'r tŷ, gyda phedol uwch ei ben, a'r dresel wrth ochr y drws yn llawn dopyn o lestri gleision a mân ddarluniau, a llwythi o amlenni a phapurau yma a thraw rhwng y llestri. Dylai darlun ohono ef fod arni yn rhywle, cofiodd Richard.

Aeth i mewn i'r gegin, heibio i'r palis a'r bwrdd o dan y ffenest. Yn y gornel agosaf i'r ffenest, wrth ochr y stôf wedi'i chau, yr oedd sinc na chofiai iddo'i weld o'r blaen. Yr oedd yn siŵr mai dŵr ffynnon oedd yma pan oedd ef yn blentyn.

"Steddwch."

Yr oedd dwy gadair freichiau bren o boptu'r stôf, ac eisteddodd Richard ar yr un a oedd â'i chefn at y dresel, gan wynebu'r bwrdd a'r ffenest. Yr oedd wedi clywed ar ryw berwyl mai cadeiriau caled oedd orau i'r corff, ond yr oedd hyn tu hwnt. Efallai y deuai i arfer cyn bo hir. Troes ei olygon ar y mur y tu ôl i'r palis, ar ôl gweld bod y silffoedd uwchben y setl yr un mor llawn o geriach ag y buont erioed. Ac yr oedd y darlun yn dal ar y mur hefyd, darlun mawr mewn ffrâm ddu, darlun o Grist mewn gwisg wen laes yn estyn ei freichiau at blentyn bychan cringoch a benliniai o'i flaen, a 'Gadewch i blant bychain ddyfod ataf i' wedi ei brintio odano. Yr unig wahaniaeth oedd nad oedd yr wyneb tenau, barfog yn edrych mor drist heno ag y gwnaethai flynyddoedd yn ôl.

Yr oedd y sinc yn y gornel yn newydd ac yr oedd yr orcloth ar y llawr yn newydd. Yr oedd popeth arall yng nghegin fach Tan Ceris yn union fel yr oeddynt ddeng mlynedd ar hugain yn ôl. Ond yr oedd ei fodryb Janet a'i ewythr Wil ar ôl.

130

Eisteddai Now wrth y bwrdd, ar gadair fechan rhwng y bwrdd a'r sinc. Ar ganol ei swper yr oedd pan dybiodd iddo glywed moto'n dod i'r iard, a phan glywodd sŵn Dwalad yn cadarnhau hynny. Gafaelodd yn y frechdan a adawodd ar ei hanner pan aeth i roi ymwared i'r dyn dieithr, a glanhaodd weddill y sôs oddi ar y plât â'r frechdan cyn ei rhoi i gyd yn ei geg. Bu wrthi'n cnoi'n brysur am ysbaid.

"Panad?"

"Dim diolch. Newydd fwyta yn y gwesty."

Celwydd noeth, ond nid oedd Richard yn ffansïo rhyw lawer ar baned yn Nhan Ceris. Nid nad oedd y lle'n lân, neu'n weddol lân, ond y lle gorau i'r baned oedd yn y tebot.

"Cael rhywun i mewn i lanhau fyddwch chi?"

Llyncodd Now y gweddill o'i de, a daeth i eistedd ar y gadair freichiau gyferbyn â Richard.

"Be cybola i? Os medra i olchi 'nghlustia mi fedra i olchi llawr."

Gwenodd Richard.

"Mae hynny'n wir."

Aeth i'w boced a thynnodd ei sigarennau.

"Fyddwch chi'n smocio?"

Crychodd Now ei drwyn ar y paced lliw aur.

"Be sy gynnoch chi? Yr hen betha tina cochion 'na? Dda gen i monyn nhw. Gymrwch chi rowlan o Frython?"

Llyncodd Richard ei boer.

"Dim diolch."

"Lle 'dach chi'n byw?"

"Lerpwl."

"Duw annwyl, be wnewch chi mewn ffasiwn le?"

"Gweithio i mi fy hun ydw i."

"Be felly?"

Ystwyriodd Richard yn ei gadair. Ef oedd eisiau gofyn y cwestiynau.

"O, rhyw drafeilio o gwmpas wyddoch chi. Ydych chi'n dal i ffermio?"

131

Llyfodd Now ei smôc cyn ateb.

"Nac ydw i. Mi rois i'r gora iddi, bedair ne' bum mlynedd yn ôl bellach. Mae'r cwbwl wedi mynd, ond yr hen dŷ 'ma."

"Chi werthodd y caea?"

"Y caea? Ia. Bob un wan jac ohonyn nhw."

"Pwy brynodd y caea isa?"

"Pa gaea? Caea'r tai?"

"Ia."

"Pam?"

"O, rhyw feddwl. Mae'n rhaid ei fod wedi gwneud ceiniog bur dda ohonyn nhw."

"Ddigon posib." Taniodd Now. "Fi gafodd ganiatâd i ddatblygu hefyd."

"O?"

"Ia. Ywt lyin ne' rwbath. Roedd yr hen gaea'n fwy o werth wedyn."

"Pa bryd oedd hyn?"

"Mae 'na gryn bedair blynadd bellach mae'n siŵr. Oes, siŵr o fod. Ydych chi wedi priodi?"

Daeth y cwestiwn yn rhy sydyn i Richard. Crafodd ei ben a chymrodd amser i daflu llwch oddi ar ei sigarèt.

"Ym, do. Weithiodd hi ddim."

"Pwy, y wraig?"

Gwridai Richard.

"Na. Y briodas. Weithiodd y briodas ddim."

"O."

Teimlai Richard fod ebychiad tawel Now wedi dweud mwy nag a wnâi darlith ddwy awr ar y peth. Ceisiodd fynd yn ôl at y stori.

"Pwy gododd y tai?"

"Rhywun o'r dre 'na."

"Ydych chi ddim yn cofio pwy yn union?"

"Pam, be oedd?"

Sylweddolodd Richard yn sydyn nad un o bobl Lerpwl oedd Now. Petai un o'i gydnabod yn Lerpwl wedi gwerthu tir ar gyfer tai, ni fyddai ond yn rhy falch o gael traethu'r stori a'r manylion i gyd wrth y neb a wrandawai, a hynny hyd at syrffed yn aml. Ond yr oedd y bobl hyn yn wahanol. Y broblem yn Lerpwl oedd cael pobl i stopio siarad amdanynt eu hunain a'u gorchestion; y broblem yn Hirfaen oedd eu cael i ddechrau. Yr oedd y rhai hyn yn dawelach, ac yn cadw'u cyfrinachau busnes iddynt eu hunain. Tueddent hefyd i ddrwgdybio unrhyw un dieithr a'u holent neu a ddangosai ddiddordeb yn eu pethau. Dyna'r hyn oedd o'i le ar y gŵr ifanc yn y gwesty amser cinio hefyd mewn gwirionedd. Penderfynodd Richard bod yn well ganddo bobl Lerpwl, a chwiliodd am ateb i gwestiwn Now. Penderfynodd ei llathennu hi.

"Wel, a dweud y gwir, efallai y bydda i'n dod i fyw i'r cyffinia. Rydw i wedi laru braidd yn Lerpwl ac mi hoffwn i ddod i fyw i'r wlad. Mi fyddai Hirfaen yn ddelfrydol. Ond phrynwn i ddim tŷ heb gael ei hanas o o'r cychwyn un. Mi fyddwn i isio'i bedigri o cyn yr awn i i dalu crocbris amdano fo. Mi fyddwn i isio hanas y dyn cododd o, sut un oedd o, oedd o'n grefftwr gwerth ei halan, 'ta dyn yn lluchio brics ar gefna'i gilydd rywsut rywsut oedd o. Mae'r peth yn bwysig."

"Ydi mwn." Tagodd Now yn sydyn wrth lyncu gormod o fwg y Brython. "Go damia Robin Wylan Wen a'i faco. Duw a ŵyr lle mae o'n 'i gael o. Mae ambell owns yn sych fel blydi carthan. Fasa waeth gen i smocio sboniad ddim." Rhwbiodd ei drwyn â blaen ei fys. "Mae'n gwestiwn go arw gen i os oes 'na dŷ gwag yn y stad rŵan. Go brin bod 'na'r un ar werth."

"O, does dim llawer o frys. Ond mi welwch chi be sy gen i? Fyddech chi'n prynu rhywbeth drud cyn cael ei hanes o?"

"Ia, mae gynnoch chi rwbath yn fan'na. Pam dod i Hirfaen i fyw? Fydda ddim gwell gynnoch chi Benerddig?"

"Ydych chi'n fy nghofio i'n dod yma ers talwm? Pan fyddai Anti Janet ac Yncl Wil yma? Mi fyddwn i'n cael gosod 'y nhent yng nghongl y cae bach hwnnw lle byddai'r goeden a'r polyn trydan gyferbyn â'i gilydd. Mae o wedi glynu yn 'y ngho i byth.''

"Pam na chodwch chi baball ar ganol Llwybr Uwchlaw'r Môr? Mi fydda'n rhatach o beth myrdd.''

Nid oedd Now'n rhy hoff o ramantu.

Gwridai Richard fymryn. Nid oedd yn rhy siŵr a oedd ei ewythr yn ei gymryd yn ysgafn ai peidio. Ac yr oedd yn dechrau dod yn amlwg y byddai'r dyn yn amau rhywbeth pe bai ef yn dal i bwyso arno ynghylch y caeau.

"Mae'n chwith meddwl am Anti Janet.''

Daeth ymateb Now fel gwn.

"Chlywis i mohonoch chi'n crïo rhyw lawar yn y cnebrwn.''

Llygadrythodd Richard arno. Nid oedd erioed wedi cyfarfod neb a fedrai ddweud peth mor gas heb flewyn ar ei dafod. Efallai mai wedi bod yn yr hen le yma ar hyd ei fywyd oedd, ac heb weld neb na dim o'r tu allan a ddysgai iddo sut i siarad â phobl. Yr oedd y mwyaf anllythrennog o bobl Lerpwl yn gwybod beth oedd tact. Ond am hwn . . .

"Y - wel -ym - mae arna i ofn imi - ym - imi golli cysylltiad ar ôl imi madael â'r ysgol.'' Yr oedd yn bustachu drwy ei ateb.

Yr oedd Richard wedi cael ail. Credasai'n sicr ar ei ffordd i Dan Ceris y byddai'n gallu creu argraff ar ei ewythr yn rhwydd, ond sylweddolodd gyda siom bod y cymeriad gyferbyn ag ef yn rhy gymhleth iddo allu ei drin fel y dymunai; nid gwladwr syml llyncu popeth a eisteddai o'i flaen ond dyn â meddwl a thafod fel llafn rasel. Ond erbyn meddwl, nid oedd wedi gallu trin neb yn y lle yma; yr oedd y gred bod gan bobl y wlad ddiddordeb mewn dieithriaid a chroeso parod iddynt yn gelwydd noeth. Dod yma i fyw yn wir. Pe bai ar ei ben ei hun, byddai'n chwerthin dros y lle am ben y fath syniad, chwerthin yn uchel a chwerw.

Nid oedd ond un peth amdani. Yr oedd arno eisiau gwybodaeth am y tai newydd, gwybodaeth a oedd gan

Owen Jones. Os na wnâi potes y diafol lacio'i dafod, ni wnâi unpeth.

"Fyddwch chi'n mynd am beint?"

"Rydw i wedi bod unwaith neu ddwy."

Edrychodd Richard yn sarrug. Yr oedd yn amlwg bod ei ewythr yn cael hwyl iawn am ei ben. Yna'n sydyn fe sylweddolodd y byddai'n bosib cael y wybodaeth a geisiai o swyddfeydd y Cyngor Dosbarth ym Mhenerddig. Byddai'n haws dod o hyd i esgus dros ofyn am wybodaeth i blesio swyddogion y Cyngor na cheisio cael dim o gorun y dyn rhyfedd yma. Ond fe wnâi un ymdrech eto.

"Oes gennych chi ffansi rhyw beintyn?"

"Heno?"

"Ia, pam lai?"

Astudiodd Now ei stwmp.

"Duw annwyl."

"Wnaiff o ddim drwg i chi."

"Wel ia, ond 'dydi hi ddim yn noson imi heno. Tasa chi yma nos Fercher . . ."

"Wel dyna fo. Mi wnaiff newid iawn i chi."

"Ia dwch?"

"Mi ddowch, debyg iawn."

"'Rhoswch chi imi roi colar, 'ta."

Cododd Now a thaflodd ei stwmp i'r blwch ar ben y stôf. Cliriodd y llestri oddi ar y bwrdd a rhoes hwy yn y sinc. Tywalltodd ddŵr arnynt.

"Mi gân nhw fwydo yn y sinc tra byddwn ni yn y pentra."

Croesodd ar draws y gegin ac aeth drwodd i'r gegin fawr. Clywai Richard ef yn mwmian canu.

"Ydi dy fam yn fyw?"

Sylwodd Richard yn syth ar y newid o 'eich' i 'dy'.

"Na."

Edrychodd Richard o amgylch y gegin eto. Synnai iddo erioed hoffi'r lle. Yr oedd y gegin mor oeraidd a digysur, y cadeiriau'n galed, y cwrlid plastig ar y bwrdd yn dyllau i gyd, a'r nenfwd yn dywyll gan olion baco siag.

Meddyliodd am ei fflat yn Lerpwl a'r ystafell yn y gwesty; mae'n siŵr nad oedd dyn Tan Ceris erioed wedi amgyffred y fath foethusrwydd. Tybed sut le oedd yn y gegin fawr? Troes ei ben, ond nid oedd y drws ond yn gilagored ac ni welai ddim heibio iddo ond rhimyn o bapur wal golau. Daeth llais ei ewythr eto.

"Pa bryd y bu hi farw?"

"Rhyw flwyddyn yn ôl."

"Duw, peth rhyfedd na chlywis i ddim."

"Cnebrwn bach ddarum i. Preifat."

Ia mwn, meddai Now wrtho'i hun, y cnebrwn lleia 'rioed mae'n siŵr. Cnebrwn ffwr â hi i gael yr hen ddynes o'r ffordd efo cyn lleied o drafferth â phosib. Rhoes ei goler yn ei lle. Wel aros di, Pero, meddai, wn i ddim be ydi dy fwriada di, ond mi gaf beint ne' ddau ar dy gorn di cyn nos. Cribodd ei wallt a dychwelodd i'r gegin fach.

"Wel ia 'ta."

Safai wrth y palis ger y drws cefn.

"O, mae'n ddrwg gen i." Cododd Richard ar ei draed, a daeth at y drws. "Wyddwn i ddim eich bod yn barod."

"Wel ia, ddaw'r peint ddim atom ni mae arna i ofn."

Clodd Now y drws ar eu holau a cherddasant at y car melyn. Yr oedd Dwalad yn aros amdanynt wrth ddrws y gyrrwr. Troes Richard ei drwyn ar y gwlybaniaeth a ddechreuai o ganol olwyn flaen y car ac a orffennai mewn pwll llonydd o amgylch y teiar. Defnyddia foto dy fistar fel dy bisdy'r tro nesaf y sglyfath, meddyliai. Ysai am gael gael rhoi un gic iawn i'r ci. Eto, petrusodd beth cyn mentro heibio i ddannedd Dwalad at ddrws y car.

"Dos Dwalad, ne' mi fyddi di'n grempog."

Ufuddhaodd y ci i'w feistr a neidiodd i ben y postyn giât i'w gwylio. Aeth Richard i'r car yn ddiolchgar a thaniodd ef. Troes yn ei ôl yn ofalus.

"Ydych chi'n cofio rhoi baco siag i mi ers talwm?"

Chwarddodd Now'n isel.

"Fel 'tai hi ddoe. 'Ddylis i na stopia ti chwdu."

"Ia."

Fel y deuai'r tai newydd i'r golwg wrth iddynt fynd i lawr y lôn, cofiodd Richard am y trydan.

"Fu raid i chi newid y lein drydan pan godwyd y tai?"

"Y?"

"Pan oeddwn i'n campio yn y cae bach ers talwm, roedd 'na bolyn trydan yn ymyl, yn cario'r weiran i'r tŷ o Hirfaen."

"O. 'Rwyt ti'n gofyn rhyw betha digri ar y naw. Be aflwydd ydi wahaniaeth sut mae o'n dŵad? Ei fod o'n cyrradd yn y diwadd sy'n bwysig. Waeth gen i ffor' ddiawl daw o ond iddo fo landio."

"Dim ond rhyw feddwl wyddoch chi." Chwarddodd Richard yn nerfus. "Digwydd cofio am y polyn wnes i rŵan."

"Os oes raid iti gael gael gwybod, mi roeson nhw'r tacla i gyd dan ddaear fel tyrchod. Mae'r weiran yn dod i'r wyneb ym mhen yma'r stad ac yn cael ei chario wedyn tua'r tŷ. Dacw fo'r polyn cynta yli. Wyt ti ddim ar feddwl chwythu polion debyg?"

"Ha ha."

Ni wyddai Richard sut i ateb cwestiynau fel yna. Ond o leiaf yr oedd yn dechrau cael rhywfaint o'r wybodaeth a geisiai. Arafodd y car i ddim bron i fynd trwy'r llidiart gul i'r lôn fawr.

"Tasa dy foto di fymryn lletach mi fydda raid i ti gael twmffat," meddai Now wrth fynd i gau'r llidiart ar eu holau.

Troes Richard drwyn y car am Hirfaen ac arhosodd i Now ddod yn ei ôl. Ar ôl i hwnnw ddod i'r car a chau'r drws cychwynnodd i gyfeiriad y pentref. Bu distawrwydd tra bu Richard yn symud o un gêr i'r llall.

"Biti na fasa'r moto neis 'ma'n gallu mynd yn arafach 'tê?"

"'Ngweld i'n gyrru ydych chi?"

"Nid gymaint a chymaint. Ond mi hoffwn i gael cyfle i nabod y pentra pan ddown iddo fo. Os wyt ti am ddal i

137

fynd fel 'ma, tro i'r dde yn y sgwâr. Mi landiwn ni'n syth yn y fynwent felly. Mi arbedi beth diawl o drafferth."

Ochneidiodd Richard, ac arafodd rywfaint ar y car. Yr oedd yn amlwg nad oedd yn cael fawr o hwyl ar ei ewythr, nac yn sicr yn gadael yr argraff a ddymunai arno. Aeth i lawr yr allt i'r pentref a heibio i'r sgwâr.

"Hei! Gan bwyll gan bwyll gan bwyll! Ble'r ei di?"

"Dyma fo'r gwesty yntê? Sant Aron. Fûm i 'rioed ynddo fo o'r blaen."

"Fyddi di ddim ynddo fo heno chwaith. Tro'n d'ôl, a thro i lawr am y traeth. Fan honno y bydda i'n mynd. I'r Wylan Wen."

"Be sydd o'i le ar hwn? Mae'n edrych yn lle iawn i mi."

Gormod o dy siort di sydd ynddo fo brawd, meddyliai Now wrth grafu'i glust.

"Wel ia," meddai, "'da i ddim i ddeud be ddylat ti yfad, peth bach i ti ydi hynny wrth reswm pawb. Os wyt ti wironeddol isio yfad piso cath, dos i'r Aron ar bob cyfri. Ond weli di mohono i yn twllu'i drws hi. Mi fydda i yn yr Wylan."

Ochneidiodd Richard eto. Medrai ddychmygu pa fath le oedd Yr Wylan. Lle fel Tan Ceris. Lloriau a byrddau fel Tan Ceris, a chadeiriau fel Tan Ceris. Yr oedd yn debyg y byddai mwy o le a mwy o groeso i fwg baco siag nag i gwsmeriaid yn y lle. Yr oedd y bobl hyn yn anobeithiol. O ddod â lle fel Sant Aron o dan eu trwynau, ni wnaent ddim ag ef ond aros yn yr un hen rigol undonog, ddiddyfodol. Nid arhosai yn y lle yma un eiliad yn hwy nag y byddai raid. Byddai'n mynd yn ôl i Lerpwl yn syth bin petai'n gallu.

Daethant at Yr Wylan Wen a pharciodd Richard y car o flaen y drws. Clodd y car a dilynodd ei ewythr drwy'r drws. Yn union. Yr oedd wedi dyfalu'n gywir. Tan Ceris yr ail.

Syllodd yn syn braidd ar y croeso a gafodd ei ewythr. Yn naturiol ddigon, pobl ddiethr oeddynt oll iddo ef, ond os oedd ei ewythr yn dweud y gwir a'i fod yn dod yma bob nos Fercher, nid oedd raid i'r bobl yn y bar bach ei groesawu fel pe bai wedi bod i ffwrdd hanner ei oes. Adwaith plentynnaidd yn nhyb Richard oedd gwneud y fath stŵr pan nad oedd ei ewythr ond wedi newid ei noson.

Yr oedd Now wrth y bar. Trodd at Richard.

"Be gymri di?"

"O, fi sy'n talu."

Rhuthrodd Richard i'w boced i estyn ei waled, a chiliodd Now yn ôl yn araf. Wedi'r cyfan, wedi cael ei wadd yno'r oedd ef. Os gwadd, gwadd.

Edrychodd Robin Williams ar Richard.

"Ti biau'r dyn dieithr 'ma Now?"

"Pawb â'i fusnes 'i hun 'tê."

"Bydd fel'na 'ta. Ydych chi'n perthyn?"

"O ydym, mi'r ydym ni'n perthyn," meddai Now a rhyw olwg synfyfyriol yn ei lygaid. "Dyna pam y daeth o acw. I edrych sut gyflwr ydw i ynddo fo ac i geisio cael gwybod faint sy gen i i'w adael ar f'ôl iddo fo."

Aeth wyneb Richard bob lliw. Bu bron iddo â throi ar ei sawdl a mynd allan, ond ailfeddyliodd a cheisiodd chwerthin gyda phawb arall. Penderfynodd y dylai dosturio dros bawb a oedd yma; peth i dosturio drosto oedd dylni, nid peth i wylltio'n ei gylch.

Ar ôl cael y diodydd, mynnodd Richard eu bod yn mynd drwodd i'r parlwr bach a oedd yn wag, er mwyn iddo gael mwy o wybodaeth am y tai gan ei ewythr, ac er mwyn bod cyn belled ag oedd modd oddi wrth y ffyliaid busneslyd yn y bar bach. Yn raddol, deuai i sylweddoli mai tipyn o dynnwr coes oedd ei ewythr. Nid oedd yn deall hynny; methai â dirnad cymhelliad y neb a wnâi bethau felly, rhyw lol fabïaidd a weddai'n well i lwyfan theatr neu iard ysgol, ond nid i bobl mewn oed yn eu llawn synhwyrau.

Ond yr oedd ei ewythr yn brysur fynd i dymer dda wrth i'w wydryn wagio. Yr oedd yn hen bryd rhoi cynnig arni eto.

"Mae 'ma le braf," palodd gelwyddau, "does ryfadd 'mod i wrth fy modd yma ers talwm."

"Y lle gora, wel'di," atebodd Now wrth estyn ei bwrs baco. "Wyt ti am drïo rowlan rŵan 'ta?"

"Dim diolch. Ys gwn i pwy sy'n byw yn yr hen gornel fach honno o'r cae rŵan?"

"Y?"

"Wyddoch chi'r lle'r oeddwn i'n pabellu ers talwm? Ym mhen draw'r cae bach hwnnw? Roeddwn i'n meddwl mai fi oedd biau'r llecyn a'r cae a'r pentre a'r mynydd. Mi fyddwn i'n rheoli'r holl fyd o'r babell fach."

"Wel aros di, mae'n anodd deud fel hyn braidd, ond mi fyddwn i'n meddwl mai rhywle'n ymyl tŷ Gladys neu dŷ Wil Parri fyddai dy babell di. Synnwn i ddim mai rhywle'r ffor' honno oedd terfyn yr hen gae bach."

"Pwy ydi Gladys a Wil Parri?"

Cododd Now ei aeliau. Cwestiwn braidd yn rhyfedd i ddyn hollol ddieithr, meddyliai. Ond wedyn, dyna oedd ei nai, un cwestiwn rhyfedd, un rhyfedd o'i streipen wen i'w 'sgidiau sglein.

"Duw, mi wnâi Gladys wraig dda i ti," meddai gan wenu'n braf i'w beint. "Pam na sythi di ar ei hôl hi? Wyddost ti ddim be gaet ti."

Dechreuodd bwffian chwerthin wrth gau ei smôc. Dychmygai weld ei nai mewn gwely gyda Gladys Drofa Ganol. Daeth yr olygfa'n fyw iddo ac aeth y chwerthin yn waeth.

"Pam nad ei di i fyny ati am sbort?"

"Pam, ydi hi'n un wyllt?"

"Gwyllt?" Methai Now ag atal ei chwerthin. Dechreuodd y dagrau lifo. "Gwyllt ar y diawl, achan."

"Ifanc ydi hi?"

"Dibynnu."

"Sut?"

"Dos yno ac mi gei di weld drosot dy hun."

Teimlai Richard yn anniddig. Yr oedd ei ewythr yn dechrau tynnu coes eto, ac ni wyddai sut i ymateb.

"Mi gawn groeso felly?"

"Ella. Gwraig weddw ydi hi. Mi sodra Gladys di."

"Faint ydi 'hoed hi?"

"Tynnu am y deg a thrigain 'ma."

Chwarddodd Now eto wrth weld llygaid ei nai'n bradychu'r siom o gael ei wneud. Braidd yn groendena ydi o, meddai wrth ei flwch matsys wrth danio'r smôc.

"Pwy ydi Wil Parri 'ta?"

Cyn i Now gael ateb agorodd drws y dafarn a daeth heddwas i mewn. Nodiodd ar y ddau yn y parlwr bach wrth fynd heibio, a rhoes ei drwyn i mewn yn y bar mawr a'r bar bach.

"Iawn, Robin?"

"Mi wna i'r tro, Pi Si, ond i ti beidio â dychryn 'y nghwsmeriaid i i ffwr efo'r gôt las fawr 'na."

Gwenodd yr heddwas.

"Mi wnaf fy ngora."

Daeth i'r parlwr bach.

"Wel, wel, wedi colli'r almanac, Owen Jones?"

"Tynn y gôt 'na a'r peth dal wya 'na sy gen ti ar dy ben a stedda i lawr. Mi gei beint. Well o lawar i ti na cherddad y pentra 'ma," meddai Now.

"Na, mae'n well i mi beidio. Be ddaeth â thi i lawr ar nos Lun? Chest ti ddim digon nos Sadwrn?"

"Entyrtên, Cwnstabl Hughes. Weli di'r dyn diarth 'ma? Perthynas gwaed."

Gwenodd yr heddwas ar Richard.

"Chi ddaeth â fo? Mi gewch gythral o waith i'w gael o adra, coeliwch fi."

Chwarddodd Richard gan benderfynu bod hynny'n ddigon o ateb. Hwn oedd yr heddwas a'i holasai yn yr ysbyty bum mlynedd yn ôl. Rhag ofn bod yr heddwas yn cofio hynny, a rhag ofn iddo sôn am y peth yng ngwydd ei ewythr, teimlodd mai'r peth gorau i'w wneud oedd mynd i'r cefn am ychydig. Nid oedd eisiau i Owen Jones ddod i wybod ei fod ef wedi bod yma bum mlynedd yn ôl a heb alw i'w weld yr adeg honno. Cododd.

"Esgusodwch fi," meddai, "mae'n rhaid i mi fynd i wagio."

Aeth heibio i'r heddwas ac i'r cefn.

"Mae perthnasa'n bobol handi i gael noson ychwanegol, Now," meddai'r heddwas.

"Ydyn weithia," atebodd Now, "er mai un digon rhyfadd ydi hwn hefyd. Mae o wedi berwi'i ben efo'r stad newydd 'na am ryw reswm. Yn sôn amdani byth a hefyd. Am brynu tŷ yno medda fo. Does 'na ddim pen draw ar 'i holi o er pan mae o acw. Rydw i wedi deud wrtho fo am fynd i fyw talu efo Drofa Ganol os na fedar o fforddio i brynu."

"Duw ia. Mi wnâi fyd o les i Gladys. Perthynas go agos, Now?"

"Hogyn Mari 'nghneithar. Mi farwodd Mari rhyw flwyddyn yn ôl medda fo gynna. Doedd y llarpad fawr o ddeud wrtha i'r adeg honno."

"Dydi rhai ddim yn meddwl am betha fela," meddai'r heddwas. "Wel, tro bach o gwmpas y pentra ac adra am wn i," ychwanegodd wrth gychwyn am y drws. "Nos da, Now."

"Hwyl."

Aeth Gareth Hughes allan drwy'r drws. Yr oedd yn gwenu fel giât.

Hanner nos. Eisteddai Richard yn ei gadair esmwyth yn Yr Erddig yn hel meddyliau ac yn gwrando ar y gwynt yn chwythu'r glaw i'r ffenest bob hyn a hyn. Newydd ddechrau bwrw'r oedd, oherwydd yr oedd yn hollol sych pan ddychwelodd o Hirfaen gynnau.

Cododd, ac aeth at y bwrdd. Tywalltodd ddogn arall bur helaeth o wisgi i'w wydryn, a'i lenwi â soda. Aeth yn ôl i'r gadair a thaniodd sigarèt.

Erbyn iddo ollwng ei ewythr simsan yn y giât lôn ar ôl amser cau, yr oedd wedi bod yn bur llwyddiannus yn ei ymdrech i gael gwybodaeth am Faes Ceris. Fel y llifai'r cwrw i lawr ei gorn gwddf atebai Owen Jones gwestiynau Richard heb fynd i falu awyr a thynnu coes dibwrpas. Tipyn o sioc, fodd bynnag, oedd deall mai'r gŵr ifanc digroeso hwnnw yn y bar amser cinio oedd yn byw yn un o'r tai y soniai Owen Jones amdanynt, a sioc arall oedd cofio'n sydyn am fore ddoe yn y stad, a sylweddoli ei bod yn ddigon posibl mai'r ddynes y bu bron iddo â'i hollti i lawr ei chanol gyda'i gar oedd y Gladys honno y pryfociodd ei ewythr ef yn ei chylch.

Ond fe wyddai beth i'w wneud yn awr. Yn y bore, fe âi i chwilio siopau Penerddig am fap, map un i ddwy fil a hanner o Hirfaen, a fyddai'n dangos caeau Tan Ceris fel yr oeddynt cyn i'r tai gael eu codi. Yna fe âi i weithio ar y map. Fe ddeuai o hyd i'r diemwntiau.

Llyncodd y wisgi a byseddodd y gwydryn yn synfyfyriol am ysbaid cyn codi i'w ail-lenwi. Efallai na fyddai raid iddo brynu map wedi'r cyfan. Llyncodd wydriad o wisgi ar ei dalcen. Yr oedd planiau wrth gwrs, oedd siŵr Dduw. Llanwodd y gwydryn drachefn cyn dychwelyd i'w gadair. Yr oedd gan y penseiri a gynlluniodd y tai blan o'r safle fel yr oedd cyn dechrau ar y tai. Petai'n cael gafael ar gopi o'r plan hwnnw gallai gymharu'r mesuriadau â'r mesuriadau a gymrodd ef bum mlynedd yn ôl, a chaniatáu bod y goeden a'r polyn trydan ar y plan. Wedyn, dim ond iddo gael plan gorffenedig o'r stad a chyplysu hwnnw gyda'r plan arall, byddai'n gwybod yn union ble'r oedd y diemwntiau.

Llyncodd y wisgi, a thaniodd sigarét arall. Hwn oedd y syniad gorau yr oedd wedi ei gael hyd yn hyn, y gorau o dipyn. Gan bwy byddai'r planiau, tybed? Y penseiri, wrth reswm, a'r Cyngor Dosbarth, a'r Cyngor Sir. Byddai gan yr Awdurdod Dŵr a'r Bwrdd Trydan gopïau, ac wrth gwrs yr arwerthwyr. Ond yr oedd yn siŵr mai dim ond y plan gorffenedig a fyddai gan yr arwerthwyr. Fodd bynnag, yr oedd digon o bosibiliadau; y broblem nesaf fyddai cael gafael ar y planiau. Efallai yr âi am dro ar hyd glannau'r Aron bore fory i feddwl.

Cododd eto ac aeth i ail-lenwi'r gwydryn. Mi welaf olau draw oedd hi.

Hanner nos. Yr oedd ei wraig wedi cysgu'n barod. Eisteddodd Gareth Hughes ar erchwyn y gwely i dynnu ei sanau, gan chwerthin wrtho'i hun wrth gofio am y rhingyll blin, gwas bach yr Arolygydd Roberts, yn gwylltio'n gacwn ar y ffôn gynnau am ei fod ef yn dal arno wrth ddweud ei fod wedi darganfod pwy oedd Richard Jones, ac yn gwrthod dweud yn iawn sut y cafodd y wybodaeth, dim ond er mwyn gwylltio'r bustach.

Aeth i'r gwely a diffoddodd y lamp. Noson bur dda ar y cyfan, meddyliodd, noson bur dda.

8

"Pam bod raid i dywod fynd rhwng bodia traed rhywun?"

"Hoffat ti imi'i glirio fo?"

Plannodd Einir ei thraed yn y tywod.

"Rho di ben dy fys ar 'y nhraed i a mi lapia i di. Wyt ti am ddwâd i'r dŵr rŵan 'ta?"

Gorweddai Meredydd a hithau ar eu cefnau ar dywod poeth traeth Hirfaen ar y Sadwrn braf cyntaf o Fehefin. Buasai Mai at ei gilydd yn bur oer a gwlyb, ond gyda dyfodiad Mehefin fe droes y tywydd yn sydyn, ac ymhen deuddydd yr oedd yn chwilboeth, a'r cyfarchiadau "haf gwlyb gawn ni gewch chi weld" wedi mynd yn "ond tydi'n llethol 'dwch" mewn diwrnod.

"Ella 'i fod o'n oer. Dydi o ddim wedi cael cyfla i gnesu'n iawn."

Yr oedd Meredydd â'i lygaid ynghau ac yn ceisio peidio â meddwl am y corff cynnes a orweddai wrth ei ochr. Yr oedd pedair wythnos i'r diwrnod ers y noson y cyfarfu â hi yn Yr Erddig, ac erbyn hyn yr oedd dros ei ben a'i glustiau mewn cariad. Byddai'n ei gweld rhyw ben bob dydd, ond heddiw yr oedd hi wedi cael gorffen yn Yr Erddig hanner dydd, ac ni fyddai'n rhaid iddi ailddechrau gweithio tan fore Llun. Dyma beth oedd hapusrwydd, — cael gorwedd ar draeth Hirfaen yn haul Mehefin, efallai am ddiwrnod a hanner, gydag Einir wrth ei ochr, heb boen yn y byd. Ac erbyn hyn, dechreuasai pobl anghofio'r helynt yr oedd ynddo fis yn ôl; gallai'n awr gerdded Hirfaen neu'r dref heb glywed neb yn sibrwd wrth ei gilydd ar ôl iddo fynd heibio. Hwnnw oedd y teimlad gorau o ddigon.

"Babi."

Daeth llais chwerthinog Einir ag ef o'i fyfyrdodau.

"Y?"

"Babi."

"Pwy?"

"Ofn dŵr."

Cododd Meredydd yn sydyn a thaflodd lond ei law o dywod ar ei bol.

"Tyrd 'ta."

Rhedodd nerth ei draed i lawr y traeth ac i'r dŵr. Rhoes horwth o floedd a rhedodd nerth ei draed yn ôl i'r lan, a dechrau dawnsio'n ei unfan ar y tywod gwlyb gan weiddi haleliwia. Clywodd chwerthiniad yn ei ymyl.

"Mi ddwedis i'n do?"

"Mae o fel Llyn Llydaw ynghanol mis Ionawr."

"Paid â rwdlan. Yli."

Gwyliodd Meredydd hi'n rhedeg i'r môr ac yn dechrau cicio'r dŵr yn drochion o'i hamgylch. Mewn chwinciad yr oedd at ei chanol ac yn deifio dros ei phen i'r dŵr. Neidiodd ar ei thraed.

"Fel 'na mae gwneud. Tyrd yn dy flaen."

Dechreuodd Einir nofio oddi wrtho a rhoes yntau ei draed yn y dŵr i ddangos iddi y medrai yntau wneud campau felly hefyd, ond mewn dim yr oedd yn ôl ar y lan eilwaith.

"O, felly mae hi ia?"

Troesai Einir i edrych arno'n petruso. Nofiodd yn ôl i'r lan a dechreuodd gerdded drwy'r dŵr tuag ato, ond yn sydyn yr oedd yn cicio'r dŵr â'i holl nerth ac yn ei daflu i bobman gyda'i breichiau nes bod Meredydd yn diferol.

"Go damia."

"Tyrd yn dy flaen y babi clwt."

Daliodd Meredydd ei anadl a rhuthrodd i'r dŵr ati. Cyn iddo fynd ymhell baglodd ar draws ei draed a disgynnodd ar ei hyd i'r dŵr. Pan oedd ar deimlo'i hun yn fferru daeth ei gorff i ddygymod â'r oerfel. Cododd ar ei draed yn sydyn a deifiodd yn ôl o dan y dŵr ac yna'r oedd popeth yn iawn. Yr oedd y tymor ymdrochi wedi dechrau.

Dechreuodd nofio a daeth y teimlad dieithr rhyfedd hwnnw drosto. Dim ond am eiliad y parhâi, ond yr un oedd bob blwyddyn pan fyddai'n nofio am y tro cyntaf; yn union fel petai ei gorff yn llawn ansicrwydd a drwg-

146

dybiaeth, rhyw ddieithrwch dros ganfod nad oedd ei draed ar y ddaear, ac amheuaeth a oedd y dŵr am gynnal ei gorff neu ei dynnu i'r gwaelod. Darfu'r eiliad, ac yr oedd ei dymor ymdrochi wedi dechrau go iawn.

Gwaeddodd ar Einir.

"Be wnawn ni? Chwarae o gwmpas y lan, 'ta mynd allan am dro?"

"Beth am fynd at y bwi acw?"

"Yr un coch acw? Mae o tua milltir."

"Iawn."

"Tyrd 'ta."

Nofiodd y ddau'n hamddenol wrth ochrau'i gilydd gan droi ar eu cefnau bob hyn a hyn i edrych ar y lan yn pellhau, a'r tir rhwng Llwybr Uwchlaw'r Môr a Mynydd Ceris yn dod i'r golwg yn raddol.

"Dacw fo tŷ ni. Mae 'i do fo'n dŵad i'r golwg rŵan."

"Yli, mae 'na rywun ar ben y mynydd."

"Tasa gen i sbenglas . . ."

"Pwy welist ti'n nofio efo sbenglas, y lob?"

"Fyddi di ddim yn gwisgo cap nofio? Mi edrychat yn dda mewn het galad."

"Mi olcha i 'ngwallt acw os medri di yn dy haelioni fforchio galwyn neu ddau o ddŵr poeth."

Cymerodd Meredydd lond ei geg o ddŵr a chwythodd ef o'i flaen yn drochion. Rhoes ei sylw ar y bwi o'u blaenau.

"Wyt ti am aros acw heno?"

Nid atebodd Einir ef. Nid ail ofynnodd yntau'r cwestiwn. Nofiasant yn ddistaw am ychydig gyda Meredydd yn chwilio am rywbeth i'w ddweud.

"Rydw i'n anobeithiol am dorri'r ias. Mi fydda i'n mynd i mewn ac allan o'r dŵr am hydoedd cyn y medra i fagu digon o blwc," meddai toc.

"Twt, dwyt ti ddim gwerth," atebodd Einir, "mae'n well i ti fynd iddo fo'n syth na ffidlan am oriau'n gwneud dim ond golchi dy draed. Nefi, dyma i ti le oer. Peth rhyfadd bod amball i fan yn oerach na'i gilydd 'tê?"

Troes Meredydd yn ôl ar ei gefn.

"Wyt ti isio mynd i rywle gyda'r nos?"

"Nac oes."

Yr oedd ei hateb yn syth ac yn bendant.

Cyraeddasant y bwi, a gorffwysodd y ddau eu breichiau arno. Troesant i wynebu ei gilydd a gwelodd Meredydd olwg bell ddifrifol yn llygaid Einir. Ymwthiodd yn nes ati drwy'r dŵr a chusanodd hi'n sydyn. Daeth cynhesrwydd yn ôl i'w llygaid yn syth, a llamodd yn ôl i'r dŵr ar ei chefn gan nofio felly am ychydig cyn troi'n ôl at y bwi.

"Mis sydd 'na."

"Y?"

"Ers inni nabod ein gilydd."

"Ia, 'te."

Gafaelodd Meredydd yn dynn ynddi a chusanodd hi eto, ond daeth chwerthin drosto wrth ddychmygu'r siâp oedd arnynt yn gafael yn dynn yn ei gilydd tra'n gorfod cicio fel pethau gwirion i'w cadw eu hunain rhag suddo.

"Am le call i garu."

"Waeth iti fama ddim." Gafaelodd Meredydd yn y bwi eto. "Does dim rhaid iti fynd yn ôl i'r Erddig heno'n nac oes?"

"Mi fydd pobl yn siarad."

Haleliwia, meddyliodd, mae hi am ddod.

"Na fyddant siŵr. Neb ond Drofa Ganol a dydi honno ddim yn cyfri. Siarad wnaiff honno pa'r un y doi di ai peidio, siarad a siarad, a siarad nes y stopith y dwarchan hi."

Deifiodd Meredydd o dan y rhaff wrth y bwi. Yr oedd Einir am aros gydag ef dros y Sul ac yr oedd yn hapus, fel plentyn ar fore'r Nadolig.

Un lliain mawr rhyngddynt oedd ganddynt i'w sychu eu hunain ar y traeth. Ar ôl iddynt gychwyn yn ôl oddi wrth y bwi, dyheai Meredydd am gyrraedd y lan gan ei fod yn casáu nofio tua'r traeth. Bob tro y gwnâi hynny gwelai ei hun yn diffygio a'r lan byth yn dod. Ond ar ôl iddynt gyrraedd, mynnodd ef gael rhannu'r lliain yr un adeg ag

Einir, a gwyddai hithau nad bychander y lliain oedd yn gyfrifol am i'w gorff aros yn dynn wrth ei chorff hi tra sychai ef ei wallt. Sathrodd ei droed yn chwareus cyn taflu ei rhan hi o'r lliain i'w wyneb.

"Roeddwn i'n meddwl mai oer oedd y dŵr."

"Pam?"

"Oerodd o fawr arnat ti."

Gwenodd Meredydd, ac edrychodd ym myw ei llygaid.

"Rydw i isio bwyd."

Crychodd Einir ei thrwyn.

"Bechod na fyddwn i wedi morol am bicnic. Mae'n drueni gadael y tywydd braf 'ma."

"Mi biciwn ni adra. Fyddwn ni ddim yn hir, ac mi gawn ddŵad yn ein holau'n syth os mynni di."

"Beth am fynd y ffor' acw?"

"I fyny'r ochr?"

"Ia, i'r Llwybr Uwchlaw'r Môr."

"Iawn 'ta."

Cerddasant yn araf i ben y traeth ac i fyny'r llethr, gan fanteisio ar ambell lwybr defaid yma a thraw. Tywynnai'r haul yn danbaid ddidrugaredd ar eu cefnau, ond ni chwysent gan fod y môr wedi oeri digon ar eu cyrff. Erbyn iddynt gyrraedd y llwybr yr oedd gwallt Einir bron yn sych.

"Waeth iti heb â golchi dy wallt rŵan os ydym ni am fynd yn ôl i'r traeth ar ôl te."

"Mi golcha i o'r un fath, a heno hefyd os bydd angan. Mae'n gas gen i heli môr ynddo fo."

"Fyddi di isio shampŵ a rhyw gybôl?"

"Mae gen i beth yn fy mag."

Pan gyraeddasant y tŷ aeth Einir yn syth i'r ymolchfa.

"Ydi'r dŵr yn gynnas?"

"Mi ddyla fod."

"Wyt ti isio te'n gynta, 'ta ar ôl imi olchi 'ngwallt?"

"Golcha fo. Mi wna i de."

Ond nid oedd ei feddwl ar hynny o gwbl.

Huliodd y bwrdd ar gyfer te a thorrodd ychydig o

frechdanau, a'i feddwl ar y corff cynnes a orweddai wrth ei ochr ar y traeth awr neu ddwy yn ôl. Caeodd ei lygaid am ennyd mewn dyhead am yr hyn a oedd yn dynn ynddo wrth iddo sychu ei wallt ar y traeth. Gwrandawodd arni'n mwmian canu i fyny'r grisiau, a meddyliodd am fynd ar ei hôl. Ond ymataliodd. Nid oedd yn deg â hi; nid oedd ond mis ers iddynt gyfarfod, ac ni wyddai ef beth a achosodd y ffrwgwd rhyngddi hi a'i dyweddi hanner blwyddyn yn ôl.

Lluchiodd ychydig deisennau ar blât a cheisiodd ganol-bwyntio ar sŵn y tegell yn berwi. Na, nid oedd yn deg o gwbl â hi. Clywodd sŵn y dŵr yn cael ei ollwng yn yr ymolchfa a rhoes ei galon lam fach. Ymhen munud byddai'n dod i lawr y grisiau.

Pan ddaeth i lawr i'r gegin yr oedd ganddi liain dros ei phen a rhwbiai ef yn ffyrnig.

"Mi ddwynis i dy liain di. Oes gen ti beth sychu gwallt?"

"Mae 'na injan dorri gwellt yn y sied. Dal honno ryw droedfedd oddi wrth dy ben a mi sychith y gwynt o'r llafn dy ben di mewn eiliad."

Daeth Einir ato.

"Isio 'ngweld i'n torri 'mhen wyt ti'r twmffat? Cau fy ffrog i, wnei di?"

Troes Meredydd ati a gafaelodd ynddi'n dynn a'i chusanu'n wyllt.

"Iesu bach, dal dy wynt."

Rhoes ei ddwylo o'i hamgylch a rhwbiodd hwynt i fyny ac i lawr ei chefn o dan ei ffrog. Tynnodd y ffrog dros ei hysgwyddau gan adael iddi ddisgyn i lawr ei breichiau. Gwasgodd hi'n dynnach fyth ato. Aeth ei law i lawr at ei chlun.

"Paid. Mae 'ngwallt i'n socian."

Rhoes Meredydd daw ar ei phrotestiadau gwan â chusan hir arall. Byseddodd rhwng strap ei bronglwm a'i chefn.

"Tyrd i'r llofft."

"Dos i grafu."

"Tyrd."

Gyda'i gilydd, a'u dwylo'n anwesu corff y naill a'r llall, aethant i fyny'r grisiau'n araf. Pwysai Einir ei phen yn drwm ar ei ysgwydd, a gwibiai ei dwylo'n ddi-baid ar hyd ei gorff. Ymhen dim yr oedd y ddau'n disgyn yn noeth ar y gwely ac yn caru'n wyllt.

Wedyn, buont yn gorwedd am hir yn dynn yn ei gilydd heb ddweud dim, ond anadlu'n drwm. Agorodd Meredydd ei lygaid i weld Einir yn syllu arno â dau lygad mawr. Chwarddasant.

"Wyt ti am aros yma heno?"

Nid atebodd Einir, ond rhoes gusan fach iddo ac aeth ei cheg at ei wddf. Tynnodd yn ôl yn sydyn.

"Damia las."

"Be sydd?"

"Roeddat ti'n mynd i gael brathiad ond rwyt ti'n gacan o heli môr."

"Eitha gwaith â thi. Mae 'na fwyd ar fwr y gegin os mai isio cnoi wyt ti."

"O ia, a phwy oedd isio bwyd gynna?"

Gwnaeth Meredydd ei law yn grwn am ei bron.

"Mi gefais beth gwell."

Rhoes Einir ei dwy law y tu ôl i'w ben a chusanodd ef.

"Tyrd y diawl drwg. Gwisga amdanat a thyrd i nôl bwyd. Mi awn yn ôl i lan y môr wedyn."

"Wyt ti am aros yma heno?"

"Tôn gron."

Estynnodd Einir ei dillad. Edrychodd arni ei hun yn y drych.

"Iechydwriaeth. Yli golwg sy ar fy ngwallt i. Arnat ti mae'r bai. Tasa ti'n meddwl mwy am dy fol a llai am . . . am . . ."

"Am be, Miss Hughes?"

"Dos am y gegin 'na'r lob."

Gorweddai'r ddau ar eu cefnau yn y gwely. Yr oeddynt newydd fod yn caru a theimlai Meredydd yn swrth braf. Swatiai Einir wrth ei ochr a'i braich odano. Yr oedd wedi hanner nos a thu allan i'r ffenest lydan agored yr oedd hanner lleuad i'w weld drwy'r llenni'n hofran yn llonydd yn yr awyr. Bygythiai mymryn o awel dynnu gwaelodion y llenni drwy'r ffenest weithiau, ond methu a wnâi bob tro ac âi'r llenni'n ôl yn ddiffwdan i'w lleoedd. Nid oedd dim i'w glywed ond eu hanadl eu hunain a sŵn ambell i gar yn y pellter yn awr ac yn y man.

Buasai'r ddau ar y traeth wedyn ar ôl iddynt gael te, yn gorweddian ar y tywod ac yn ymdrochi am oriau. Ar ôl i'r gwres ddechrau gostwng ac i fymryn o awel godi o'r môr, aeth y ddau i ben arall y traeth i aros i rai o'r cychod a aethai i'r môr i bysgota ddychwelyd yn y gobaith y caent facrell i swper, a bu i rialtwch diddan nos Sadwrn Yr Wylan Wen ddirwyn eu diwrnod i ben yn bleserus a bywiog.

Chwaraeodd Einir â'i bys ar hyd ei gorff.

"Lle bach difyr ydi Hirfaen, 'tê?"

"Mm."

"Cesyn o ddyn ydi Now, 'tê?"

"Mm."

Troes Meredydd ar ei ochr a gorffwysodd ei law ar ei chorff cynnes.

"Wnest ti fwynhau dy hun heddiw?"

Rhoes Einir ei llaw drwy ei wallt.

"Mi wnest ti mae'n amlwg."

"Mi wnest tithau hefyd, ne' fyddet ti ddim yma rŵan."

Cusanodd Einir ef yn ysgafn i'w ateb.

"Wyddost ti am be'r oeddwn i'n meddwl y pnawn 'ma?" gofynnodd hi ymhen ychydig.

"Yr un peth â mi?"

Rhoes Einir bwniad iddo.

"Mi ddangosist ti dy feddylia'n ddigon clir, mêt. Na, o ddifri rŵan, wnei di ddim bod yn gas wrtha i am ddweud?"

"Paid â bod yn wirion."

"Meddwl oeddwn i sut nad oedd gen ti ofn mynd i nofio."

"Ofn?"

"Wel ia . . . ar ôl . . . wyddost ti . . . dy dad a dy fam."

"O. Na, fydda i ddim yn meddwl amdano fo fel'na. Ond pa'r un bynnag, yn yr afon y boddon nhw, nid yn y môr."

"Fydd gen ti hiraeth?"

"Bydd siŵr."

"Sut y digwyddodd o? 'Ta wyt ti ddim isio sôn am y peth?"

Troes Meredydd yn ôl i orwedd ar ei gefn, a rhoes ochenaid hir.

"Mis Tachwedd oedd hi. Nos Iau. Roedd hi wedi bod yn stido bwrw'n ddi-baid ers y pnawn cynt, ac roedd yr afon wedi hen orlifo'i glanna. Roedd 'nhad a 'mam wedi bod yn Llanaron gyda'r nos yn edrych am ffrindia, a thra buon nhw yno mi ddaeth i fwrw'n waeth. Roeddan nhw'n altro'r ffordd rhwng fama a Llanaron ar y pryd ac yn codi pont newydd dros yr afon yn ymyl Aberaron. Roedd y ddwy bont yn yr un lle, felly roeddan nhw wedi hanner codi'r un newydd a hanner chwalu'r hen un, ac roedd hi'n dipyn o draed moch yno, heb ddim ond yr hen betha oren a gwyn hynny i ddangos i bobol y ffordd i fynd. Yn y nos roeddan nhw'n plastro'r lle efo goleuadau bach. Ond mi gododd yr afon mor uffernol mewn hanner awr nes llifo dros y lle i gyd a mynd â'r goleuadau a'r cwbl i'w chanlyn. Pan ddaeth 'nhad a 'mam yno ar eu ffordd adra, mae'n siŵr gen i nad oedd bosib iddyn nhw wybod ble'r oedd y lôn yn iawn, Does 'na neb yn gwybod be ddigwyddodd ond mi welodd Wil Aberaron y car yn mynd dros yr ochr i'r afon. Roedd o'n dŵad at y giât lôn ar y pryd."

"Wnaethon nhw foddi'n syth?"

Yr oedd llais Einir yn floesg.

"Do mae'n rhaid."

"Gawson nhw hyd iddyn nhw'r noson honno?"

Rhoes Meredydd ochenaid arall, a syllodd yn syn ar siâp y lleuad drwy'r llenni.

"Roedd 'mam yn y car. Mi ddaethon nhw o hyd i ddrws y dreifar o dan Aberaron ymhen deuddydd."

"A dy dad?"

"Mi gafodd ei gario i'r môr. Mi fu yno am bythefnos."

Gwyddai bod Einir yn wylo wrth ei ochr, ond gwyddai hefyd na fedrai ymatal yn awr. Nid oedd wedi sôn wrth neb o'r blaen am y ddamwain; yr oedd popeth wedi ei gloi i mewn ynddo ers yr adeg y digwyddodd, yn gyfrinach nad oedd am i neb gael ei rhannu ag ef, tan heno.

"Mi aethon nhw â 'mam i Benerddig i roi post mortem arni. Ac mi cadwon nhw hi yno i ddisgwyl i rywun ddod o hyd i 'nhad. Mi wnaeth Wmffra Gweithdy smonach, er nad oedd ganddo radd o help ar y pryd. Fo sy'n gwneud eirch a threfnu cnebryna yma. Roedd o wedi morol am agor bedd y diwrnod ar ôl y ddamwain, ac mi agorodd Robat Ifas torrwr bedda fo'n syth. Mi fu'r bedd ar agor am bron i dair wythnos yn disgwyl i rywun fynd iddo fo. Roedd Robat Ifas yn edrych yn uffernol o embaras bob tro y gwela fo fi. Erbyn y diwedd roedd pobl wedi mynd i siarad, oherwydd bob tro y byddai'n bwrw mi fydda ochra'r bedd yn disgyn. Roedd 'na ddiawl o lanast yno."

"Taw rŵan, bendith iti."

Yr oedd Einir yn wylo'n ddi-baid, a'i chorff yn crynu drwyddo wrth iddi geisio cadw'n ddistaw.

"Fi ddaeth o hyd i 'nhad. Roedd pawb arall wedi laru chwilio. Mi fyddwn i'n cerdded y traetha 'ma a'r creigia 'ma bob dydd i chwilio amdano fo. Mi fyddwn i'n clywed pobl yn siarad amdana i ac yn deud mai adra'n y tŷ yn galaru oedd fy lle i. Roeddan nhw'n deud ei bod yn bosib mai yn Sir Fôn ne Lerpwl ne' Werddon y deuai o i'r lan, ac ambell un yn deud na ddeuai o byth, unwaith y bydda'r cŵn gleision a'r cimychiaid wedi mynd i'r afael â fo. Ond rhyw fora, — bythefnos union ar ôl iddo fo fynd ar goll, mi gwelis i o ar graig isal tua milltir o ben draw'r traeth lle'r

oeddan ni pnawn, wedi ei adael yno gan y trai. Roedd ei
ddillad wedi mynd i gyd.''

"Taw, wnei di?''

"Doedd 'na ond hanner ei ben ar ôl. Doedd ganddo fo'r
un goes. Roedd o wedi chwyddo, wedi chwyddo fel . . . fel
. . .''

"Bydd ddistaw wir Dduw.''

Yr oedd Einir yn beichio crïo erbyn hyn.

"Ac mi aethon nhw â fo i Benerddig i edrych be
achosodd ei farwolaeth o. Y diawliaid gwirion dwl. Ei agor
o o un pen i'r llall fel blydi macrall . . .''

"O damia ti.''

Rhuthrodd Einir o'r gwely ac i'r ymolchfa gan roi clep i
ddrws y llofft ar ei hôl.

Aeth rhai eiliadau heibio cyn i Meredydd lawn ystyried
yr hyn a ddigwyddasai. Darganfu ei fod yn crynu drwyddo
a bod ei gorff wedi mynd yn oer, oer. Caeodd ei lygaid.
Damia, damia. Dyna ben arni. Yr oedd wedi darfod arno.
Yr oedd Einir am wisgo'i dillad a mynd i ffwrdd, i ffwrdd
am byth. Ni welai fyth mohoni eto.

Ni fedrai ddirnad pam y bu iddo fod mor greulon. Mor
greulon gydag Einir o bawb, yr unig ferch iddo deimlo y
medrai rannu popeth, pob teimlad, pob profiad â hi. Y
drwg oedd ei fod wedi cadw'i deimladau iddo'i hun cyhyd,
a phan ddaeth y cyfle i'w gollwng, fe'u disbyddodd fel
petai eisiau carthu'n lân a chael gwared o bopeth. Ond yr
oedd yn rhy hwyr yn awr; yr oedd Einir wedi methu â dal
ac am fynd o'i fywyd mewn ychydig funudau. A gwyddai
nad oedd haws o fynd ar ei hôl. Nid oedd darbwyllo i fod.

Ac yna daeth Bethan i'w feddwl. Yr un oedd y teimlad
yn awr â'r un a gafodd y noson honno fis Chwefror, pan
edrychai'n geg agored ar y corff noeth yn rhedeg dan
sgrechian o'r car, yn rhedeg i'r gwrych ac yn tynnu brigau
ohono, ac yn dechrau curo'i hun yn orffwyll â'r brigau gan
ddal i sgrechian a sgrechian, ac yntau'n methu â gwneud
dim, dim ond edrych, a methu â chredu'r hyn a
ddigwyddai o flaen ei lygaid.

Daeth ei hwyneb yn ôl eto. Y ddau lygad tywyll yn edrych yn ddwfn i'w lygaid yn llawn cariad, ac yn troi i fethu â deall a methu â chredu wrth glywed ei lais yn dweud na fedrai ei gweld wedyn; nad oedd ganddo fawr o deimlad tuag ati mewn gwirionedd. A'r dagrau yn llenwi'r llygaid. A'r wyneb yn newid yn sydyn i wyneb claerwyn ar lechen mewn ystafell oer ym Mhenerddig, wyneb yn farwolaeth drosto a'i lygaid ynghau am byth. A dyma'r wyneb yn newid drachefn, newid i hanner wyneb, a'r llygaid wedi diflannu, a'r tu mewn i'r wyneb wedi ei olchi'n lân gan ddŵr môr.

Troesai ar ei fol ar y gwely gan guddio'i wyneb yn ei ddwylo, a gadael i'r dagrau wlychu'r gobennydd a rhedeg i lawr ei freichiau.

Yna'n sydyn sylweddolodd nad oedd ar ei ben ei hun. Troes ei ben, ac yn yr hanner tywyllwch gwelodd Einir yn gorwedd yn llonydd wrth ei ochr yn syllu ar y nenfwd. Yr oedd wedi dod yn ôl.

Ni ddywedodd yr un ohonynt air am hir iawn. Toc, troes Meredydd yn ôl ar ei gefn ac edrychodd eto ar y lleuad drwy'r llenni.

"Pam ddoist ti'n d'ôl?"

Nid atebodd Einir. Bu distawrwydd llethol eto am ysbaid.

"Roeddwn i'n meddwl dy fod am godi dy bac a mynd."

Daliodd Einir yn fud. Y cwbl a wnaeth oedd rhoi ochenaid ddistaw. Gadawai i'w dagrau fynd ar draws ei boch a heibio i'w chlustiau, ac i lawr gyda'i thrwyn i'w cheg.

"Mae'n ddrwg gen i."

Teimlodd ei llaw yn chwilio am ei law ef.

"Wn i ddim be ddaeth arna i."

"Paid," sibrydodd Einir, "paid ag ymddiheuro. Wnawn ni ddim sôn eto."

Aeth yn ddistawrwydd rhyngddynt eto. Gwyddai Meredydd na allai gysgu.

"Panad fydda'n neis."

156

Troes Einir ei phen yn sydyn.

"Roeddwn i'n meddwl dy fod yn cysgu."

"Gymri di banad?"

"Wyddost ti faint o'r gloch ydi hi?" gofynnodd Einir, "mae'n siŵr o fod yn tynnu am ddau."

"Pa wahaniaeth? Mi ferwith y teciall yr un fath."

Cododd Meredydd ac aeth i lawr i'r gegin. Erbyn hyn, nid oedd mor edifar ganddo ddisgrifio erchylltra'i brofedigaeth i Einir. Teimlai i hynny fod yn foddion i esgor ar fwy o ddealltwriaeth rhyngddynt; ar ôl hyn gallai rannu pob cyfrinach â hi. Gwrandawodd yn ddiamynedd ar y tegell yn dechrau canu. Agorodd y cwpwrdd bwyd a syllodd am ennyd ar y dorth. Pam lai, meddyliodd. Torrodd ychydig dafellau.

"Mi dorris fymryn o frechdan a thamaid o gaws."

Cododd Einir ar ei heistedd ar y gwely. Daliai ei llygaid i fod yn goch ar ôl ei dagrau, a'r tristwch ynddynt yn ei gwneud yn brydferth. Daeth Meredydd i'r gwely ati ac estynnodd ei chwpan iddi. Gwenodd Einir yn brudd wrth weld y brechdanau.

"Mae gen i fodryb yn byw yng Nghwm Prysor," meddai cyn llyncu llymaid o de.

"O?"

"Pan oeddwn i yn yr ysgol fach mi fyddwn i'n mynd ati i aros ar wyliau'r haf, am tua phythefnos, bob blwyddyn. Roedd hi'n fendigedig yno. Roedd hyn cyn iddyn nhw wneud y ffordd newydd o Drawsfynydd i'r Bala. Mi fyddwn i'n helpu Yncl Robin i ffarmio ac mi fyddai'n fy nysgu i sut i gosi brithyll a'i ddal o efo'm llaw."

"Pam gofiaist ti am hyn rŵan?"

"Rhyw ddiwrnod, mi aeth Yncl Robin a Modryb Sera â mi i edrych am chwaer Yncl Robin. Dydw i ddim yn cofio'i henw hi, ond mi gawsom ni de yno. Ac mi ofynnodd i mi oeddwn i'n hoffi torth goch."

"Torth goch?"

"Mi ddeudis inna nad oeddwn i 'rioed wedi cael un. Mi edrychodd hitha'n rhyfadd braidd arna i a gofyn wedyn a faswn i'n hoffi trïo un. Ew baswn, meddwn inna'n eiddgar. Roeddwn i wedi bod yn meddwl tan hynny 'mod i'n gwybod am bob torth oedd 'na i'w chael, ond chlywswn i 'rioed am dorth goch, heb sôn am weld un. Wel sôn am ddisgwyl, a gweld chwaer Yncl Robin yn hir yn gwneud y te, i minna gael gweld a chael tamaid o'r dorth goch. Roeddwn i wedi dychmygu am gant a mil o wahanol flasau cyn i'r ddynes ddod i'n galw i'r gegin fach i nôl bwyd. Am wn i nad honno oedd y siom fwya gefais i 'rioed. Roedd fy llygaid i'n llawn dagrau a fy nyrnau i wedi cau'n dynn, dynn wrth f'ochr i pan ddarganfûm i. Doedd ei thorth goch hi'n ddim ond brechdan frown yn y diwadd. Arglwydd mawr, roeddwn i'n siomedig.''

Chwarddodd Meredydd.

''Os mai torth goch oedd dy siom fwya di, gwyn dy fyd di.''

''Cofia, doeddwn i ond rhyw wyth oed.''

''A thorth goch oedd y dorth agosa i law yn y cwpwrdd bwyd gynna. Dyna pam y cefaist ti hi. Gymri di jam arni i'w gwneud yn gochach?''

''Paid â sbeitio.''

Clywodd y ddau'r sŵn ar unwaith, clec fach sydyn o'r tu allan, fel petai rhywun wedi sathru pric.

''Be oedd 'na?''

Gwrandawodd y ddau'n astud, ond nid oedd dim i'w glywed. Cododd Meredydd yn ddistaw ac aeth o'r llofft i'r llofft nesaf, a oedd yn dywyll. Edrychodd drwy'r ffenest. Ni welai ddim o'i le, ac yr oedd ar droi'n ei ôl pan welodd symudiad. Edrychodd yn fanwl, ac agorodd ei lygaid yn syn. Brysiodd i'r llofft arall at Einir.

''Hei, tyrd yma. Paid â gwneud sŵn.''

''Be sydd?''

''Tyrd, ne' mi fydd wedi mynd.''

Aethant i'r llofft arall.

''Yli.''

''Arglwydd mawr. Be mae o'n ei wneud?''

''Duw a ŵyr.''

"Be wnawn ni?"

"Wn i ddim. Aros am funud. Wel myn uffar, yli pwy ydi o."

Yr oedd Meredydd yn mynd i agor y ffenest i weiddi pan symudodd y dyn a lechwrai y tu allan i'r tŷ, rhwng tŷ Meredydd a thŷ Gladys Drofa Ganol, a cherdded yn gyflym tua'r lôn fawr.

Methai Gladys yn lân â chysgu. Yr oedd arni ofn, ofn mawr, oherwydd yr oedd y boen wedi dod yn ôl amser cinio.

Cawsai fis annymunol. Pan aethai'n wael y noson y daethai'r ferch ddieithr i'r drws nesaf, yr oedd wedi galw Doctor Griffith yn syth, ac yr oedd hwnnw wedi ei siarsio i gymryd pethau'n ara deg, a pheidio â chynhyrfu, symud yn gyflym, chwysu, na chodi pwysau ar unrhyw gyfrif yn y byd. Dychrynasai Gladys, ac er y noson honno gofalai wneud yn union fel y dywedasai'r meddyg, a chymryd ei thabledi'n union fel y'i cyfarwyddasid. Yn raddol, diflanasai'r boen, a daethai hithau i ddechrau teimlo'n well a mwy hyderus.

Ond yr oedd wedi newid. Yr oedd wedi colli diddordeb ym mhopeth bron, a phan wellhaodd ddigon i fynd i'r pentref i negeseua ac i ailfynychu gwasanaethau'r Eglwys, nid oedd ganddi stremp i chwilio am feiau yn neb, na chael eu hanesion, ac nid âi i'r drafferth mwyach o felltithio hogyn Wil Parri a'i gampau; yr oedd pethau pwysicach mewn bywyd.

Ers ei gwaeledd, yr oedd yn gorfod ffonio Bet Gwastad Hir bob bore i riportio. Gan mai Bet oedd ei pherthynas agosaf, heblaw am ei chyfnither hanner musgrell yn Uwch y Traeth, yr oedd cysylltu â hi yn feunyddiol yn un o'r amodau ei bod yn cael aros gartref, ac yr oedd cael aros gartref yn bwysig iawn i Gladys; nid oedd eisiau mynd yn rhy ddibynnol ar neb, yn enwedig wrth nad oedd ganddi blant i edrych ar ei hôl. Petai'n mynd i fethu, byddai'n wahanol wrth gwrs. Ond peth arall oedd hynny.

Daliodd ei hanadl wrth i bigiad arall ddod i'w bron, a gorffwysodd ei phen yn ôl ar y gobennydd, a gadael ei cheg yn agored. Byddai'n rhaid iddi alw'r doctor ben bore fory, rhag ofn.

Cododd i edrych a fyddai'n well. Pwysodd ei llaw ar y pared a cherddodd yn araf at y ffenest. Yr oedd hanner lleuad i'w weld drwy'r llenni, a symudodd Gladys fymryn arnynt iddi gael ei weld yn well. Hanner lleuad oedd yna'r noson y priododd Wil a hi.

Gollyngodd y llenni'n eu holau ac aeth i ben y grisiau. Yr oedd am fynd i lawr i wneud paned a chael tabled arall. Dim ond iddi gymryd pwyll, fe fyddai'n iawn. Fe beidiai â mynd i'r Eglwys yn y bore er mwyn rhoi cyfle iddi hi ei hun orffwys. Edrychodd drwy'r ffenest ben grisiau, a theimlodd ei hun yn gwegian. Gafaelodd yn dynn yn sil y ffenest. Ni fedrai wneud dim, ond edrych.

Cysgod oedd o. Cysgod yn symud. Cysgod dyn yn symud gyda thalcen y tŷ tua'r cefn. Gwyliodd Gladys ef yn symud yn araf, a'i llygaid a'i cheg yn agor mwy a mwy. Ni fedrai roi sgrech. Yna daeth siâp y dyn i'r golwg a throes ei ben. Yr oedd y dyn wedi troi ei ben i edrych ar gefn ei thŷ hi. O Dduw annwyl.

Symudodd y dyn tua chefn y tŷ, ac aeth i gysgod y tŷ ei hun. Yr oedd bron yn amhosib ei weld yn awr, ond gwyddai Gladys ei fod yno. Yno'n prowla. Yr oedd dyn yn prowla o gwmpas ei thŷ hi a hithau'n gefn nos. Yr oedd y dyn am dorri i mewn i'r tŷ ac am ei lladd a dwyn ei phethau.

Aeth i lawr y grisiau'n simsan, gan afael yn y canllaw â'i dwy law. Crynai ei gwefusau fel wyneb pwll o ddŵr ar wynt. Yr oedd arni ofn i'r dyn ei chlywed yn crynu, neu glywed ei hanadl gythryblus. Yr oedd yn rhaid iddi ffonio. Ffonio'r plismyn. Ffonio am help. Ond ni feiddiai roi golau. Beth petai'r dyn yn ei chlywed yn codi'r ffôn, ac yn rhuthro i'r tŷ a'i lladd cyn iddi gael drwodd?

Yr oedd arni eisiau eistedd. Eistedd i lawr i ystyried. Aeth i'r gegin ffrynt, ac eisteddodd yn ei chadair. Diolch i Dduw bod y llenni wedi eu cau a bod y lle bron yn hollol dywyll.

Po hwyaf yr eisteddai, mwyaf oedd y cryndod a'r ofn. Ni thalai hyn ddim. Penderfynodd godi i fynd i ffonio ac yr oedd y boen a'i trawodd yn ei bron yn union fel petai'r dyn cryfaf yn y byd wedi ei chicio â'i holl nerth.

9

Penderfynodd yr Arolygydd Roberts fynd i Hirfaen drwy Lanaron. Nid oedd ond prin hanner awr ers iddo godi, er ei bod wedi troi hanner dydd. Buasai ar drywydd Richard Jones tan dri o'r gloch y bore, ac wedyn yn y swyddfa am ddwyawr yn gweithio ar ei fapiau ac yn troi a throi pethau yn ei feddwl. Yr oedd yn y diwedd wedi penderfynu nad oedd ond un ateb.

Wrth droi i'r chwith ar gyrion y dref, a chychwyn ar hyd y ffordd i Hirfaen, teimlai bod pethau'n tynnu tua'r terfyn. Daethai Richard Jones yn ôl eto i Benerddig, ac yn ôl i aros y tro hwn. Yr oedd rhywbeth ar ddigwydd.

Ddau ddiwrnod ar ôl i Gareth Hughes ei alw ar y ffôn i ddweud wrtho ei fod wedi darganfod pwy oedd Richard Jones yn y dafarn yn Hirfaen, gadawsai Richard Jones ei westy ym Mhenerddig, gan fynd adref i Lerpwl ac aros yno am bron i dair wythnos heb symud rhyw lawer. Ar yr adeg hon, yr oedd yr Arolygydd wedi darganfod bron bopeth o bwys a oedd i'w ddarganfod amdano, drwy ffyrdd cyfreithlon ac anghyfreithlon, a bellach, gwyddai fanylion cyfrifon banc Richard Jones ar hyd y blynyddoedd, yn ogystal â'r dreth incwm a dalai. Yr oedd bron yn sicr nad oedd y dyn wedi gwerthu'r gemau, a gwyddai'n iawn nad oeddynt yn ei feddiant, ar y funud.

Bedwar diwrnod yn ôl, brynhawn Mercher, daethai Richard Jones yn ôl i Benerddig, a bu'r Arolygydd yn ei wylio'n mynd i swyddfa Idwal Roberts y pensaer am bump o'r gloch. Pan ddaeth yn hanner awr wedi pump ac yn amser i bawb fynd adref, cyfrodd yr Arolygydd chwech o bobl yn dod o'r adeilad, ond nid oedd hanes o Richard Jones yn eu plith. Am hanner awr wedi chwech, daeth dwy ddynes a fu'n glanhau allan dan sgwrsio'n ddigon uchel i'r dref eu clywed. Am chwarter wedi saith, agorodd y drws yn araf a sleifiodd Richard Jones allan, a brysio i'w gar yn y maes parcio cyfagos, a mynd yn ôl i Lerpwl heb aros yn unman. Drannoeth, aeth yr Arolygydd i gael sgwrs gyfrin-achol ag Idwal Roberts, ond yr oedd gan hwnnw gymaint o gopïau o'i blaniau, fel na welai golli un neu ddau ohonynt. Ond bodlonwyd yr Arolygydd pan welodd gyn-lluniau Maes Ceris yn y swyddfa, ac yr oedd yn dra diolchgar i'r pensaer am gael benthyca un neu ddau ohonynt.

Darganfu neithiwr mai yn nhŷ Gladys Davies yr oedd y gyfrinach. Yr aflwydd oedd na fedrai fentro'n ddigon agos i weld beth oedd yn digwydd pan aeth Richard Jones i gefn y tŷ. Bu hwnnw yn y cefn am gryn chwarter awr cyn dod yn ôl a dychwelyd i'r Erddig, ond erbyn hyn yr oedd yr Arolygydd yn bur sicr o'i neges yno. Pa ffordd bynnag yr astudiai'r ffeithiau ac y dehonglai symudiadau'r dyn, yr un oedd yr ateb bob tro.

Troai'r ffordd tua'r dde oddi wrth yr afon Aron wrth iddo ddod i bentref Llanaron. Ar y chwith iddo, yr oedd yr Eglwys fechan ag un pen iddi ond dwylath o lannau'r afon, a'i phorth yn y ffordd. Ar y dde, yr oedd ychydig o dai a thafarn a golwg newydd ei hail-wneud arni, a ffordd arall yn mynd i ganol y pentref. Aeth yr Arolygydd drwy'r lle heb weld neb, a thybiai fod pawb ar eu cinio. Y diawliaid lwcus, meddyliai.

Ar ôl mynd heibio i'r Eglwys, deuai'r ffordd i gyfarfod a chydredeg â'r afon drachefn, a gwelai'r Arolygydd Fynydd Ceris yn y pellter. Wrth graffu, gwelai rai o'r tai newydd a godwyd rhwng y mynydd a'r môr. Chwarddodd wrtho'i hun. Sôn am greadur anffodus, meddyliai, yn claddu ffortiwn mewn cae, a dod yn ei ôl ymhen pum mlynedd i weld y lle wedi ei fflatio, ac yn dai a choncrid drosto. Ond efallai nad oedd dim wedi ei gladdu yno wedi'r cyfan, mai ffrwyth ei ddychymyg ef oedd y cwbl. Aeth drwy'r ffeithiau'n ribi-di-res. Na, na, yr oedd ar y trywydd iawn.

Yr oedd Gareth Hughes newydd orffen ei ginio pan gyrhaeddodd yr Arolygydd. Aethant ar eu hunion i'r swyddfa. Buasai'r heddwas ym Mhenerddig drwy'r bore,

163

a chawsai'r hanes am Richard Jones gan y rhingyll a gydweithiai â'r Arolygydd ar yr achos.

Eisteddodd y ddau i lawr wrth y ddesg.

"Oes 'na hanes i'r Gladys Davies 'ma?" gofynnodd yr Arolygydd.

"Mae 'na ddigon o hanes yn ei chyrraedd hi, beth bynnag," meddai'r heddwas dan wenu. "Mae hi â'i bys ymhob brŵas. Ond mae hi'n ddigon diniwed. Petai 'na rywun yn troi arni, mi fyddai'n cael y farwol yn syth."

"Mi fyddai'n cael y farwol petai'n gwybod be sydd odani, mae hynny'n sicr."

"Plania wnaeth o ddwyn o swyddfa Idwal Roberts?"

"Ia, siŵr. Doedd 'na un dim arall iddo fo yno. Y nefi lon, mae hwn yn un slei. Meddyliwch am y llabwst yn cuddio am hydoedd yn y lle, dim ond er mwyn cael plania."

"A rydych chi'n meddwl ei fod o wedi claddu'r gemau yn nhŷ Gladys?"

"Ydw." Pwysodd yr Arolygydd ar y ddesg a daeth golwg synfyfyriol i'w lygaid. "Mae'n rhaid eu bod yno. Ystyriwch am funud. Mae'r ddau yn gwneud llanast o'r lladrad ac mae'n mynd yn flêr. Mae'n mynd yn beryg, mor beryg fel mai'r peth gorau, a dweud y gwir yr unig beth, iddo'i wneud ydi cuddio'r gemau nes i bethau dawelu. Ar ôl eu cuddio nhw mae o'n penderfynu twyllo'i bardnar. Stori arall ydi honno. Y broblem sy'n wynebu Pero rŵan ydi cael cuddfan i'r gemau, cuddfan hollol ddiogel. Ble mae honno? Dyn yn byw mewn fflat yn Lerpwl, ble câi o guddfan? Mae eu cloi mewn cwpwrdd stesion yn rhy amlwg. Mae o'n gwybod bod pawb sy'n gwneud hynny'n cael ei ddal. Ac yna mae'n ei drawo fo. Yr unig guddfan fu ganddo 'rioed oedd mewn cae lle bydda fo'n gwersylla'n blentyn. Pa le gwell? Twll ym môn clawdd dan ryw dywarchen y medra fo'i 'nabod, lle bydda fo'n cuddio ffags neu ddagr rhag y modrybedd a'r ewyrthod. Mae o'n dod yma, — doedd 'na ddim hanes o'r tai yr adeg honno, ac wrth reswm pawb doedd o ddim am fynd i holi. Mae o'n claddu'r gemau, a'r peth nesaf iddo'i wybod ydi ei fod o yn ysbyty Penerddig a'i droed o dan ei gesail. Ond be ar wyneb y ddaear oedd o'n ei wneud efo gordd?''

''Ella'i fod o wedi gosod rhyw farc i ddangos y lle.''

Eisteddodd yr Arolygydd yn ôl yn ei gadair.

''Dydw i ddim yn meddwl ei fod o wedi dobio postyn na dim felly efo'r ordd. Mi fyddai hynny'n codi gormod o dwrw. Yr ordd ydi'r unig beth na fedra i wneud dim ohoni.''

''Ella mai digwydd bod yn y car roedd hi.''

Cododd yr Arolygydd ei aeliau.

''Digwydd bod yn y car? Be ddiawl wnâi trafeiliwr efo gordd yn ei gar?''

''Trafeiliwr be ydi o 'ta? Does 'na neb i weld yn gwybod gwaith y dyn.''

''Ia, wel, dipyn o bob dim am wn i. Mae o wedi prentisio fel gemydd, felly mae'r wybodaeth ganddo fo. Mi fu'n gweithio fel gemydd am rai blynyddoedd. Ond prynu a gwerthu mae o rŵan. Gwerthwr hunangyflogedig ydi ei ddisgrifiad o ohono'i hun, prynu llwythi o bethau o un lle, a'u gwerthu fesul tipyn i siopau a marchnadoedd stryd hyd Lerpwl a'r cyffinia. Stoc lleoedd y mae'r hwch wedi mynd drwy'r siop fydd ganddo fo fel rheol, ac mae ganddo fo warws fechan ynghanol Lerpwl. Mi ellwch fod yn siŵr nad oes dim yn y warws, rydym ni wedi bod drwyddi efo crib mân, bob modfedd ohoni. Mae o'n ei gwneud hi'n iawn, beth bynnag, a'r cwbl yn daclus a chyfreithlon hyd y gwn i. Mae pobl y dreth incwm yn ddigon bodlon ar ei ffigyra fo beth bynnag. Mae o'n talu digon o dreth i gadw'r frenhines. Fu 'na ddim llawer o symud pridd pan godwyd y tai?''

''Ddim yng nghyffinia tŷ Gladys,'' meddai'r heddwas. ''Mae'n rhaid mai yn y ddaear y claddodd o'r gemau. Petai wedi eu claddu mewn clawdd mi fyddai wedi canu arno fo. Pa'r un bynnag, fydda fo ddim yn trafferthu dod yn ei ôl yma petai'r gemau mewn clawdd a'r clawdd wedi

165

mynd. Ond os ydi'r gemau o dan dŷ Gladys,'' ychwan-
egodd dan chwerthin, ''mae ganddo fo fwy o broblem
fyth. Dydw i ddim yn gweld Gladys yn gadael iddo dyllu
drwy droedfedd neu fwy o goncrid o dan ei charpad hi.''

''Be sydd yng nghefn y tŷ?''

''Wn i ddim.'' Canodd y ffôn. ''Esgusodwch fi.''

Cododd Gareth y ffôn.

''Heddlu Hirfaen.''

Clywodd lais petrusgar Robin Hughes Gwastad Hir yn
ei gyfarch o'r pen arall.

''O, helô, Robin . . . ia . . . o ia . . . wela i . . . ia . . . a
fu hi ddim yn yr Eglwys . . . ia ia . . . beth am y drysau?
. . . ia . . . a'r llenni . . . o ble'r ydych chi'n ffônio
rŵan?''

Neidiodd yn ei gadair pan glywodd y gŵr yn dweud ei
fod yn ffonio o dŷ Meredydd Parri.

''Haleliwia, be nesa?'' meddai o dan ei wynt.
Edrychai'r Arolygydd yn syn arno.

''Iawn, Robin,'' meddai ymhen ychydig, ''mi ddof i
fyny rŵan . . . dyna ni . . . hwyl fawr.''

Rhoes y ffôn yn ei ôl.

''Dyma i chi gyfle i gael golwg ar dŷ Gladys,'' meddai
wrth yr Arolygydd. ''does 'na ddim cyfri ohoni ers bore
ddoe, ac mae'r lle ar gau. Mae nhw'n poeni'n ei chylch.''

''Ydi'r fen gennych chi?''

''Ydi.''

''Mi awn yn honno.''

Gwelsant ar unwaith pan ddaethant at y tŷ bod
rhywbeth o'i le. Yr oedd llenni'r gegin ffrynt ac un o'r
llofftydd wedi eu cau, ac yr oedd potel lefrith lawn wrth y
drws. Yr oedd rhyw ddistawrwydd dieithr dros y lle.

''Y cefn.''

Aeth y ddau heibio i dalcen y tŷ ac i'r cefn. Safai Robin
Hughes Gwastad Hir a Meredydd yn yr ardd yn siarad â'i
gilydd yn ddistaw. Daeth y ddau atynt at ddrws y cefn.

''Iesu bach, sôn am gyfamod,'' sibrydodd Gareth wrth

Meredydd pan gyrhaeddodd ato. "Mi fu bron imi gael ffatan pan ddwedodd o o ble'r oedd o'n ffônio."

Bu raid i Gareth dorri chwarel fach o wydr yn y drws i agor y clo. Yna darganfu bod gan Gladys far ar ben y drws. Nid oedd clo ar ei ben ei hun yn ddigon ganddi. Damiai Gareth Hughes wrtho'i hun wrth staffaglio i geisio agor y bar gyda chansen o'r ardd. Llwyddodd o'r diwedd, a damiodd wedyn yn uchel pan ddarganfu bod gan Gladys far ar waelod y drws yn ogystal. Os cloi, cloi.

Buasai'n busnesa drwy'r ffenest ar y gegin fach cyn agor y drws, a phan gafodd ei hun i'r tŷ, ni chymrodd fawr o sylw ohoni, ac agorodd y drws ar y chwith iddo, a mynd i'r cyntedd. Aeth heibio i'r ffôn a gwaelod y grisiau. Edrychodd i lwyd-olau'r gegin ffrynt drwy'r drws hanner agored, ac aeth i mewn. Eisteddai Gladys ar ei chadair gyferbyn â'r teledu lliw mud. Gwyddai Gareth wrth edrych arni ei bod wedi marw ers rhai oriau.

Yr oedd yr Arolygydd y tu ôl iddo.

"Wedi mynd?"

"Y tro cynta 'rioed imi ei gweld hi'n ddistaw."

Aeth i'r cyntedd a ffoniodd am Doctor Griffith.

Yr oedd yn Sul bendigedig o glir, yn brynhawn delfrydol i stelcian ar ben Mynydd Ceris gyda sbienddrych i wledda ar yr haul a'r olygfa.

Eisteddai Richard Jones ar garreg islaw copa'r mynydd, gyda sbienddrych ynghrog wrth ei wddf, ond nid oedd ei feddwl ar stelcian na gwledda, er ei fod yn gorfod cydnabod bob hyn a hyn mai hon oedd un o'r golygfeydd mwyaf ysblennydd y bu'n edrych arnynt erioed, petai hynny'n golygu rhywbeth. Ond dim ond i dorri ar undonedd gwylio'r un llecyn yn barhaus y troai ei olygon tua'r môr ac ar hyd y gwastadedd i Lanaron yn awr ac yn y man.

Gwelai gefn y tŷ yn glir o'r fan hon. Bu'n gwylio dyn yn dod i'r cefn, ac yn mynd oddi yno, ac yn dod yn ei ôl drachefn, cyn mynd i'r drws nesaf. Bu'n gwylio dau ddyn yn dod o'r tŷ hwnnw ac yn mynd yn ôl i dŷ'r ddynes, ac yn cerdded yr ardd heibio i'r goeden afalau ac yn mynd yn ôl at y sied ac yn edrych drwy ei ffenestri, cyn mynd yn ôl at y tŷ ac edrych drwy ffenestri hwnnw. Nid oeddynt yn mynd i mewn i'r tŷ, serch hynny. Toc, daeth dau ddyn arall i'r golwg, a rhoes ei galon lam. Heddwas oedd un ohonynt.

Be ddiawl? Ymestynnodd ei ben ymlaen fel petai hynny'n mynd i'w alluogi i weld yn well. Yr oedd yn hen bryd i rywun ddyfeisio sbienddrych a godai sŵn yn ogystal â golau. Clywodd frawd ei daid yn dweud ryw dro bod ganddo sbenglas mor dda nes ei fod yn gweld pobl yn mynd i'r capel yn Harlech o Gastell Cricieth, a'i fod yn gallu darllen eu llyfrau emynau hefyd, ond nid yn unig hynny, yr oedd y sbenglas mor dda yr oedd yn gallu clywed y sopranos yn sgrechian allan o diwn.

Ond ni pherthynai galluoedd cyfrin gwydrau'r hen ŵr i declyn Richard, a rhaid oedd iddo fodloni ar yr hyn a welai drwyddynt. Syllodd yn eiddgar am hir, ond ni ddigwyddai dim y tu allan i'r tŷ, unwaith yr aeth y pedwar dyn i mewn. Dechreuodd ddiflasu ar y diffyg symudiad, a chododd fymryn ar y sbienddrych a'i throi i'r dde i wylio'r ceir yn mynd a dod ar ffordd Llanaron, gan fynd yn ôl at y tŷ'n bur aml rhag ofn. Cyn bo hir, gwelodd gar gwyn yn dod i fyny o Hirfaen ac yn troi i'r stad. Ceisiodd ei ddilyn rhwng y tai a gwelodd ben blaen y car yn aros rhwng tŷ'r ddvnes a'r tŷ drws nesaf. Bu'n gwylio am bum munud d..las cyn gweld y car gwyn yn ailgychwyn ac yn troi'n ôl i Hirfaen, a thrwy'r pentref ac am Lanaron.

Yr oedd rhywbeth ar dro. Daeth y pedwar dyn allan eto, a gwyliodd Richard hwy'n chwilio'r ardd ac yn agor drws y sied. Ymhen ychydig, aeth yr heddwas a'r un oedd gydag ef o'r golwg heibio i dalcen y tŷ, ac aeth y ddau arall i'r drws nesaf. Gwelodd fen heddlu'n mynd rhwng y tai ac i'r ffordd fawr i'r pentref. Nid oedd wedi sylwi arni'n dod yno gynnau.

Aeth munudau hirion heibio heb i ddim yn y byd ddigwydd, ond nid oedd am dynnu ei sylw oddi ar y tŷ, oblegid yr oedd gormod yn y fantol. Rywle'n ymyl y sied yr oedd y diemwntiau'n guddiedig. Darganfu neithiwr bod y sied yn gorwedd ar slabiau concrid hirion, a'u pennau ryw ddwy fodfedd uwchben y tir. Yr oedd yn rhaid nad oedd gan bwy bynnag a osododd y sied yno ddigon o amynedd i wneud sylfaen iawn iddi, bendith ar ei ben am hynny. Ar ôl iddo fesur neithiwr a dychwelyd i astudio'r planiau yn y gwesty, gwelodd bod ei ffortiwn rywle rhwng troedfedd y tu mewn i'r sied ar ochr y tŷ, a throedfedd y tu allan iddi. Penderfynasai nad oedd ond un ffordd o fynd ati i'w chodi; yr oedd yn rhaid iddo weithio o'r sied. Ei orchwyl bellach oedd ceisio darganfod faint o ddefnydd a wnâi'r ddynes o'r sied. Sied a llawr pren iddi, a chlo clap ar y drws. Hm.

Aeth y munudau bron yn awr, ac yntau bron â mynd yn soldiwr. Nid oedd affliw o ddim yn digwydd. Cododd fymryn ar y sbienddrych eto, a disgleiriodd yr haul yn sydyn ar rywbeth yn symud yn y pellter i dynnu ei sylw. Sodrodd ei sbienddrych ar y lle. O'r garej y tu draw i westy Sant Aron deuai hers yn araf i'r ffordd fawr, yn sgleinio fel swllt. Troes yr hers i'w gyfeiriad, gan droi yn y sgwâr tua'r traeth. Diflannodd yr ochr arall i'r capel, a dilynodd Richard ei hynt gyda chwilfrydedd gwylio angladd yn llenwi ei lygaid. Aeth yr hers heibio i dafarn afiach ei ewythr hanner henco, ac arhosodd wrth y tŷ nesaf, tŷ'r heddwas os cofiai Richard yn iawn. Ymhen munud neu ddau, troes yr hers yn ei hôl gan gychwyn am y sgwâr, ac i fyny'r allt tua'r stad. Yna'n sydyn gwyddai Richard i ble'r oedd yn mynd. Nid oedd ond un lle iddi fynd.

Yr oedd yn iawn. Arhosodd i weld ei thrwyn yn aros rhwng tŷ'r ddynes a'r drws nesaf, fel y gwnaethai'r car gwyn, a chododd. Nid oedd dim mwy i'w ddarganfod wrth edrych.

Cerddodd i lawr y mynydd mor gyflym ag y caniatâi ei droed iddo, a daeth i'r llwybr rhwng ochr y mynydd a'r ffordd fawr. Deuai'r llwybr i'r ffordd fawr rhwng pen Allt Ceris a Phenerddig. Y llwybr o ben y mynydd heibio i Dan Ceris oedd y ffordd gyntaf i Hirfaen, ond ar ben y llwybr hwn y gadawsai ei gar gynnau. Gwibiai popeth drwy ei feddwl wrth iddo gerdded y filltir rhwng un pen i'r llwybr a'r llall, ac yr oedd y tyndra y tu mewn iddo'n dweud wrtho bod rhywbeth ar ddigwydd.

Neidiodd i'r car ac aeth am Hirfaen. Daeth yr hers i'w gyfarfod yn annisgwyl ar ben Allt Ceris, ond gallodd arafu digon i sylwi ar y gyrrwr a'r heddwas heb ei helmet wrth ei ochr, a'r gist blastig frown yn y cefn. Yr oedd rhywun wedi marw yn y tŷ ac yr oeddynt yn mynd â'r corff i gael trengholiad arno. A'r unig un a oedd yn byw yn y tŷ oedd y ddynes.

Ar ganol yr allt trawyd ef nad oedd yn gwybod beth yr oedd am ei wneud. Ni fedrai holi neb yn Hirfaen, oherwydd nid oedd yn adnabod yr un o'r trigolion, heblaw ei ewythr, ac nid oedd eisiau gweld hwnnw am hir iawn. Tynnu sylw ato'i hun fyddai holi pobl ddieithr, ac ni thalai hynny. Troes y car yn ei ôl ar ganol yr allt ac aeth ar ôl yr hers. Yr oedd pobl o Hirfaen yn gweithio yn Yr Erddig, a byddai'r hanes ganddynt mewn dim.

Gorweddodd ar ei wely yn ei ystafell i aros a meddwl. Cawsai ystafell fechan yng nghefn y gwesty y tro hwn am fod rhyw drafeiliwr tintacs drama wedi bachu Ystafell Naw o'i flaen, yr arab iddo fo. Eto gwnâi hon y tro. O leiaf medrai weld yr hyn a daflai merched y gegin i'r biniau lludw.

Gorweddodd am awr i feddwl a synfyfyrio a chynllunio. Yna cododd ac aeth i lawr y grisiau. Nid oedd neb o gwmpas, a cherddodd drwy'r ystafell fwyta at ddrws y gegin. Arhosodd i wrando. Dwy ddynes yn unig oedd yn y gegin, ond yr oeddynt fel gwyddau. Curodd y drws a cherddodd i mewn.

"Oes gennych chi ddim glasiad o lefrith? Welwn i neb o gwmpas ac mi ddeuthum yma. Mae'n sychedig ar y naw."

Troes sbectol yn llawn stêm ato.

"Oes yn tad," meddai llais y tu ôl iddi, "dyma chi ylwch."

Daeth gwydraid oer i'w ddwylo. Cymrodd ddigon o amser i'w yfed.

"Yr hen Gladys o bawb. Be oedd tybad?"

"Ei chalon hi mae'n siŵr i ti. Roedd hi'n cwyno ers talwm."

"I bwy aiff y tŷ tybad? Mae pris ar y tai Maes Ceris 'na erbyn heddiw i ti."

"'Roedd Wil Garej yn dweud gynna fach mai plant Gwastad Hir oedd yn cael bob dim ar ei hôl hi."

"Lwcus iawn wir. Dyna i ti ddiawl o beth."

"Be?"

"Y Wil Garej 'na. Newydd ddŵad â chorff yn ei hers i'r lle mawr 'na, ac yn dŵad yma'n syth bin i slochian wisgi. Be ddigwyddodd i barch, Duw a ŵyr."

"Paid â sôn. Welist ti pwy oedd yn slochian o'i hochor hi efo fo?"

"Pwy?"

"Gareth Hughes."

"Huws Plismon?"

"Ia, hwnnw. Slotian mewn tŷ potas ar y slei a hitha'n ddydd Sul. Tasa Gladys yn fyw mi fasa'n troi yn ei bedd. Dathlu ei hanga hi efo jochiad o wisgi myn diawl. Be nesa?"

Gorffennodd Richard ei lefrith a dychwelodd i'w ystafell. Tywalltodd ddogn bur helaeth o wisgi i wydryn ac agorodd y tap dŵr oer gan adael iddo redeg am dipyn i oeri'n iawn cyn rhoi dŵr am ben y wisgi. Aeth i eistedd ar y gadair a hanner llyfodd lymaid o'r wisgi i'w geg gan ddal ei ben yn ôl a gadael i'r ddiod gynhyrfu bôn ei dafod cyn llithro i'w wddf a llosgi ei ffordd i'w stumog. Yr oedd profedigaeth ddiweddaraf Hirfaen yn datrys ei broblemau, neu'n eu cymhlethu. Os oedd teulu'r ddynes am adael pethau'n dawel am ryw wythnos neu ddwy, gorau oll, ond os oeddynt am ddechrau ymhel â'r tŷ yn syth, byddai'n waeth arno. Clo clap ar ddrws y sied. Hm.

Nid oedd clo o gwbl yn swyddfa'r penseiri, nid yn y lleoedd yr oedd ganddo ef ddiddordeb ynddynt beth bynnag. Mater hawdd fu ymguddio yn y toiledau am bump o'r gloch, ac aros yno fel llygoden nes iddo glywed sŵn y merched glanhau yn dod i mewn. Yn syth ar ôl iddynt lanhau ystafell y pendragon, gallodd ef sleifio iddi a llechu ynddi tra bu'r merched yn glanhau'r ystafelloedd eraill. Pan aeth i'r ystafell lle cedwid y planiau ar ôl cael y lle iddo'i hun, gwelodd yn syth mai gorchwyl hawdd iawn oedd ganddo; yr oedd yno ddigon o gopïau o gynlluniau o Faes Ceris i bapuro'r stad i gyd.

Cafodd Richard yr union ddau gynllun y chwiliai amdanynt, copi o'r arolwg manwl gwreiddiol o'r safle, yn dangos y cloddiau, y gwifrau trydan a'r polion, a'r coed, a chopi o gwblhad y tai, y plan gorffenedig a gywirwyd ar ôl gorffen y gwaith ar y stad. Aethai'n ôl i Lerpwl yn syth ar ôl cael y planiau, gan weld y ddinas yn bell iawn o Benerddig, ac yn pellhau bob gafael, gymaint oedd ei awydd i gyrraedd adref i gael dechrau gweithio ar y planiau.

Yr oedd mesuriadau'r penseiri yn unol â'r mesuriadau a gawsai ef bum mlynedd yn ôl, a'r pellter rhwng y polyn a'r goeden a chornel y cae a'i gilydd yn hollol gywir ar y planiau. Gwaith hawdd oedd y gweddill; gosod y ddau gynllun ar bennau ei gilydd a marcio safle'r gemau.

A chael a chael fu hi. Petai'r diemwntiau wedi eu claddu ryw ddeg troedfedd yn nes i gornel y cae, byddent o dan goncrid llawr y tŷ rhif 23 heddiw, tŷ Gladys Davies, tŷ gwag yn awr gobeithio. Fel y bu, fodd bynnag, yr oedd pethau ychydig yn well na hynny, a'r gemau o dan y sied neu yn ei hymyl. Nid oedd ei orchwyl yn un mor hawdd. Y

172

ffordd fwyaf didrafferth fyddai tyllu y tu allan i'r sied, ond yr oedd hynny'n rhy beryg. Petai rhywun yn digwydd dod ar ei warthaf, byddai wedi canu arno. Rywsut neu'i gilydd byddai'n rhaid iddo weithio o'r sied ei hun, ac yr oedd yn rhaid iddo ofalu hefyd nad oedd neb i wybod ei fod i mewn ynddi petai rhywun yn digwydd galw heibio, Sied â llawr pren ryw ddwy fodfedd uwchben wyneb y pridd. Yr oedd dwy fodfedd yn ddigon i ddangos golau, dyna broblem arall, oblegid yr oedd yn rhaid gweithio yn y nos. Clo clap ar y drws. Wrth gwrs. Yfory, fe âi i brynu clo clap yn ei le.

"Ys gwn i be sy'n digwydd?"
"Y?"
"Yr hen ddyn annifyr 'na. Mae o ar ôl rhywbeth."

Eisteddai Meredydd ac Einir ar y soffa, hi'n gorffwys ei phen ar ei ysgwydd. Bu i ddigwyddiadau'r prynhawn ddifetha'r hwyl i gyd, ac edrychai'r ddau'n syn o'u blaenau, heb fawr o ddim i'w ddweud wrth y naill a'r llall.

Troes Einir ei phen ac edrychodd i fyny i wyneb Meredydd.

"Roedd y plismyn wedi dychryn pan glywson nhw dy fod wedi gweld hwnna yma neithiwr felly?"

"Wydda'r un o'r ddau ble i edrych. Mi aeth y ddau'n hollol fud ac mi welwn eu hwyneba nhw'n troi eu lliw'n ara deg. Ella bydda'n well inni wneud fel y gofynnon nhw a chadw'r peth i ni ein hunain. Mae 'na ryw gyfrinach fawr, does dim byd sicrach. Dyma'r ail dro i hyn ddigwydd. Mi ddwedodd Gareth Hughes yr un peth yn union pan soniais i wrtho am yr hen ddyn 'na ryw fora Sul o'r blaen."

"Gofyn 'ta dweud ddaru'r Arolygydd 'na?"

"Gofyn a deud. Roedd o'n daer ofnadwy, er nad oedd o ddim yn bygwth. Y cwbl ddwedodd o oedd y byddai'r gath allan o'r cwd petai'r dyn 'na'n cael achlust ei fod o ar ei drywydd o, ac y byddai ar ben arno i'w ddal o wedyn. Mae o wedi bod ar ei ôl o ers talwm am wn i, a dydi o ddim isio'i golli fo rŵan.''

Swatiodd Einir yn ôl ar ei ysgwydd gan roi ei llaw ar ei ysgwydd arall.

''Oeddat ti wedi dychryn pan welaist ti pwy oedd yn y drws y tro cynta?''

Rhoes Meredydd ei law drwy ei gwallt.

''Robin Gwastad Hir? Nac oeddwn, am wn i. Methu gwybod be i'w ddeud oeddwn i, ac yntau hefyd mewn gwirionedd. Roedd y ddau ohonom ni am y gorau yn baglu ar draws ein tafodau.'' Chwarddodd yn fyr. ''Robin Gwastad Hir o bawb. Roedd o'n glên hefyd, a deud y gwir. Pan aethom ni allan ar ôl iddo fo ffonio, roedd o'n bur gyfeillgar.''

''Soniodd o rywbeth am Bethan?''

''Run gair.''

''A wnest tithau ddim gofyn?''

''Rarglwydd mawr naddo.''

Crynodd Einir drwyddi'n sydyn.

''Ella mai'r hen ddyn 'na oedd achos marwolaeth y ddynes 'na.''

''Go brin. Mi glywis y Doctor yn dweud mai ei chalon hi oedd y drwg.''

''Pam ei fod o wedi ei gyrru hi i ffwrdd 'ta, os oedd o'n gwybod hynny?''

''Wn i ddim, os nad oedd ganddo fo amheuaeth. Neu mae'n bosib bod y glas wedi dweud wrtho fo bod 'na ddrwg yn y caws.''

''Oedd hi'n hen ddynes mor annifyr â mae pawb yn ei rhoi hi 'ta?''

''Gladys? Duw, na, roedd hi'n ddigon diniwed. Rhoi digon o achos clebran iddi a roedd hi'n iawn. Calla dawo oedd hi efo hi bob gafael.''

''Pam ei bod hi â'i chyllell ynot ti 'ta?''

Ysgydwodd Meredydd ei ben yn araf.

174

"Duw a ŵyr. Nid helynt Bethan oedd yn gyfrifol beth bynnag. Doedd 'na fawr o Gymraeg rhyngom ni cyn hynny, am ryw reswm.''

Symudodd yn ei sedd a rhoes ei law am ganol Einir. Anwesodd ei hwyneb â'i law arall a rhoes gusan ysgafn iddi ar ei thalcen.

"Anghofia'r peth. Mae o wedi digwydd, a dyna hi.''

Cusanodd hi drachefn a chododd hi ato nes bod eu hwynebau'n cyffwrdd ei gilydd. Gwasgodd hi ato a chafodd esgus o gusan yn ateb. Yr oedd meddwl Einir ymhell i ffwrdd.

Symudodd Meredydd ei law yn araf i lawr ei braich ac at ei llaw. Gwasgodd hi'n dyner a chusanodd hi eto gan symud ei wefusau ar draws ei boch at fôn ei chlust. Gorffwysodd ei law ar ei bron, ond gwthiodd hi ei law ymaith.

"Paid.''

"Anghofia am Gladys.''

Ond yr oedd Einir yn syllu'n drist o'i blaen.

Ochneidiodd Meredydd, a chododd.

"Gymri di ddiod?''

Daeth Einir o'i myfyrdodau wrth iddi deimlo Meredydd yn codi oddi wrthi. Edrychodd i fyny i'w lygaid a gwenodd arno. Cododd ar ei thraed a rhoes ei breichiau o amgylch ei wddf a chladdu ei phen yn ei fynwes. Arhosodd y ddau felly am ysbaid, ac yna teimlodd Meredydd ei cheg yn prowla o gwmpas ei wddf.

"Mi ddylwn fod wedi gofyn i Doctor Griffith alw yma gynna.''

"I be?''

"I ti gael rhywbeth at y brathu 'na.''

Suddodd ei dannedd i'w gnawd.

"Paid y gnawas.''

Ni chymrodd Einir sylw o'i brotest, dim ond dal i'w frathu a symud ei dwylo i lawr ei gefn a'i wasgu'n dynnach ati wrth iddi ei deimlo'n ymateb. Symudodd ei dwylo eto i agor botymau ei grys, a thynnodd yntau ei dillad dros ei hysgwyddau a gadael iddynt ddisgyn i'r llawr. Pwysai ei bronnau noethion yn boeth yn erbyn ei gorff. Tynnodd hi gydag ef i lawr ar y soffa gan gicio ei ddillad o'r ffordd.

Cusanai ef yn orffwyll wrth iddo fynd i mewn iddi, ond yn araf, teimlodd ei hun yn ymlacio, a gorffwysodd ei phen yn ôl i fwynhau. Rhoes ei breichiau'n dynn am ei ganol, a'u gadael felly. Yr oedd arni eisiau ei gadw yno am byth. Caeodd ei llygaid, a charodd i'w heithaf.

"Beth am fynd am dro heno," gofynnodd pan oeddynt yn gorwedd wyneb yn wyneb ar y soffa.

Agorodd Meredydd ei lygaid.

"Am dro i ble?"

"I rywle. Os arhoswn ni i mewn mi fyddaf yn dechra meddwl am y ddynes 'na eto."

"O'r gora. Cerdded 'ta car?"

Brathodd Einir fôn ei glust.

"Ydi Porthmadog rhy bell?"

"Isio mynd adra wyt ti?"

"Mi hoffwn i bicio am funud. Dydw i ddim wedi bod ers dros fis. Mae 'na rywun wedi mynnu fy sylw i dragwyddol."

"Taw ditha. Wyt ti isio bwyd yn gynta?"

"Nac oes."

Yr oedd y ddau'n dawel wrth i Meredydd yrru'r car drwy Lanaron am Benerddig. Meddyliai ef am Einir yn gorwedd yn dawel gynnes wrth ei ochr, yn dynn ynddo; meddyliai am Gladys Drofa Ganol yn marw ffwrdd â hi yn ei chadair, diwedd anaddas iddi rywfodd a hithau i fod i fyw am byth i straea a chega. Meddyliai hefyd am ddyn yn prowla gefn nos, ac am wynebu dau heddgeidwad pan ddywedodd wrthynt. Ond deuai ei fyddyliau'n ôl at Einir bob tro.

"Pam na wnei di adael i mi dy ddysgu di i ddreifio?"

"Ella cei di wneud ryw ddiwrnod. Mae pawb sy'n dysgu rhywun i ddreifio am ddim yn cega a gweiddi arnyn nhw."

Gwenodd Meredydd.

176

"Ofn i mi dy ddiawlio di wyt ti?"

"Does gen i ddim o dy ofn di'r lwmp. Mi fydda gen i ofn y car 'ma hefyd. Mi fyddwn yn gweld pob clawdd a char arall yn dŵad ar ei ben imi."

Chwiliodd am ei llaw. Gwyddai ei fod ar wneud peth gwirion.

"Beth am ddyweddïo?"

Troes Einir ei phen ato'n sydyn. Daeth gwrid i'w hwyneb a throes yn ei hôl yn araf i edrych ar y ffordd.

"Na."

Sylweddolai Meredydd yn iawn mor afresymol oedd. Cymrodd arno roi ei sylw ar y ffordd.

"Rydw i wedi cael un ail."

Yr oedd llais Einir yn ddistaw a dim ond prin glywadwy uwch sŵn y car. Er hynny, daliai ei gafael yn ei law.

"Chei di ddim ail y tro yma."

Edrychodd Einir arno.

"Tawn i'n gwybod hynny . . ."

"Ia?"

"Dydi mis ddim digon o amser."

"Mae o'n ddigon i mi."

Nid oedd yn edifar ganddo ofyn. Arafodd y car, ac arhosodd ger llidiart cae. Gafaelodd yn Einir a'i thynnu ato, a chusanodd hi'n hir.

10

Daeth Wmffra Jones y trefnwr angladdau a Wil Garej â Gladys adref brynhawn Mercher. Yr oedd y cynhebrwng wedi ei drefnu ar gyfer prynhawn Iau, ac aethant â hi'n syth i'r Eglwys.

Buasai Wil yn melltithio brynhawn Sul am i Gladys feiddio marw a'i dynnu ef allan ar ei unig ddydd gŵyl, ond wedyn, meddyliai, dyna'r union beth i'w ddisgwyl gan yr hulpan anystyriol; trystio honno i farw ar yr adeg fwyaf anghyfleus i bawb. Ond yn awr, a hithau bron yn naw o'r gloch, ac yn bygwth tywyllu'n barod gan i'r tywydd droi, gwnaethai ei orchwyl olaf i Gladys, ac eisteddai gyda'i wraig wrth un o'r byrddau ym mar ffrynt gwesty Sant Aron, yn sgwrsio gyda pherchennog y gwesty. Yr oedd golwg bur anniddig ar y perchennog, a throai ei ben at y bar cefn yn aml, lle'r eisteddai un o'i gwsmeriaid ar stôl uchel a pheint o gwrw a gwydraid o wisgi o'i flaen.

Buasai Huw Gwastad Hir yn dathlu ym Mhenerddig drwy'r dydd, ac yr oedd wedi yfed nes bod ei lygaid yn serennu yn ei ben. Eisteddai â'i ddwy benelin yn gorffwys ar y gwlybaniaeth o'i amgylch ar y bar. Yr oedd yn dechrau codi twrw a chariai ei lais yn glir i'r bar ffrynt. Ceisiai hynny o synnwyr a oedd ar ôl yn ei lygaid ddinoethi'r corff bychan dymunol a roddai ei ddiod iddo, ond yn ysbeidiol crwydrai ei feddwl yn ôl at y dathlu mawr.

Nid oedd wedi yfed cymaint ers wythnosau; yn wir ni chofiai iddo erioed gael mwy o lysh nag a gawsai heddiw. Yr oedd yn ei haeddu bob diferyn hefyd, chwarae teg, ac yntau wedi bihafio mor dda er y noson y cafodd ei wahardd rhag mynychu'r Wylan Wen. Roedd y Robin Wylan Wen uffar 'na'n gofyn amdani hefyd, yn dweud wrtho am ei gwadnu hi cyn iddo gael un peint yn y lle. Ta waeth, fe gâi gadw'i hen siop siafins.

Dychrynasai'r gwaharddiad gryn dipyn ar Huw. Bu'n

ymddwyn yn gallach ar ôl i Robin Wylan Wen ddweud wrtho heb flewyn ar ei dafod y noson ar ôl iddo guro Meredydd nad oedd i ddod i'w dafarn ef byth wedyn. Yr oedd Huw wedi ceisio ei ddarbwyllo, a hyd yn oed wedi rhyw fras ymddiheuro, ond ni thyciai dim. Pechu oedd pechu. Pa'r un bynnag, fe'i sobrwyd gryn dipyn gan y digwyddiad, ac nid oedd lawer o hanes iddo ers hynny.

Tan heddiw. Tan heno. Heddiw yr oedd wedi bod yn dathlu, a heno gwelsai Meredydd Parri yn mynd i'r Wylan Wen. Rhywbeth at munud oedd hynny, fodd bynnag; yr oedd eisiau gorffen dathlu yn gyntaf.

Daethai Huw i arian, neu i rywbeth cystal bob tamaid ag arian, os nad gwell. Gadawsai ei Anti Gladys glên dri chant o bunnau a hanner tŷ iddo. Pres peint oedd y trichant, ond yr oedd y tŷ'n werth arian go iawn, ac er ei fod yn gorfod ei rannu â Bethan, byddai ei siâr ef yn werth miloedd. Gwerthu'r tŷ a wnaent wrth gwrs, nid yn unig am mai hynny oedd hwylusaf, ond hefyd am na fyddai neb yn ei iawn bwyll yn mynd i fyw o'i wirfodd y drws nesaf i'r sgerbwd o gyw pensaer hwnnw.

Hwnnw a ddaeth â'r unig gwmwl i awyr Huw heddiw. Gwelsai Huw ef yn eistedd yn ei gar y tu allan i'r Erddig rhwng amser cau ac amser agor, yn llyfu'r ferch a weithiai yn y gwesty. Gwylltiasai Huw'n gacwn, a chyda boliad a hanner o gwrw i'w sbarduno, tynghedodd i dorri crib y diawl heno nesaf. Nid yn unig yr oedd wedi difetha'i ddiwrnod, ond ef hefyd a oedd yn gyfrifol am na châi Huw ei beint yn Yr Wylan Wen. A heno oedd y noson. Yr oedd y sgert yn gweithio'n hwyr a byddai'r sglyfath arall yn yfed gartref; byddai'n cerdded lawr i'r Wylan, ac yn cerdded hanner y ffordd yn ôl.

Gorffennodd ei wisgi. Yr oedd ei beint heb ei ddechrau, ond fe wnâi hwnnw toc.

"Glasiad o wisgi eto."

Yr oedd y ferch y tu ôl i'r bar yn rhy brysur i gymryd sylw ohono. Gwylltiodd Huw a thrawodd y bar â'r gwydryn.

"Wyt ti ddim yn clywad yr hwran? Doro wisgi i mi reit blydi handi."

Yn yr ystafell nesaf neidiodd y perchennog ar ei draed a rhuthrodd y tu ôl i'r bar, a thrwodd i'r bar cefn.

"Reit. Allan. Allan y munud 'ma."

"Duw, be haru ti? Wyt ti ddim isio busnas yr arab uffar?"

"Dos allan, cyn i mi alw'r plismyn."

Bygythiodd y dyn fynd at y ffôn. Cododd Huw ei beint.

"Oreit, aros i mi orffan 'y mheint, a mi a'i ddigon pell o dy hen le drewllyd twll tin byd di."

Daeth y perchennog yn ôl ato a chipiodd y gwydryn o'i law yn ffyrnig nes bod hanner y cwrw'n neidio i bobman.

"Allan."

"Cadw dy blydi cwrw 'ta. Roeddwn i am fynd pa'r un bynnag. Mae gen i apointment efo cyw pensaer o'r topia 'na. Rhwng Anti Gladys a Meredydd Parri mi fydd hers Wil Garej yn brysur ar y diawl."

Siglodd o'r bar ac aeth allan drwy'r drws ffrynt. Be ddiawl oedd wahaniaeth ganddo fo? Yr oedd ganddo botel hanner o wisgi heb ei hagor yn ei boced, wedi ei chael amser cinio ym Mhenerddig. Fe barhâi honno tan y deuai'n amser malu Meredydd Parri.

Yn ôl yn y bar ffrynt, ymgynghorai Wil Garej â'i wraig, a golwg bryderus ar y ddau. Yna cododd Wil ac aeth at y ffôn yn y cyntedd.

Yr oedd yn noson rydd i Gareth Hughes, ac eisteddai yn y gegin yn darllen. Eisteddai Mair gyferbyn yn astudio llyfr coginio, a gorweddai Rhys ei fab ar y llawr yn chwarae â rhyw daclau. Yr oedd Gareth wedi meddwl cael mynd i'r ardd, ond rhoesai'r tywydd derfyn ar hynny; er ei bod wedi peidio â bwrw ers meityn, daethai niwl trwchus i lyncu popeth, a hiraethai yntau'n barod am y tywydd poeth ddechrau'r wythnos.

Aeth i ateb y ffôn, a daeth yn ôl ymhen ychydig a golwg guchiog fyfyrgar arno. Eisteddodd yn ei gadair ac edrychodd yn gas ar goesau'r gadair yr eisteddai Mair arni, gan feddwl yn galed. O dipyn i beth, daeth ei drem ar hyd y llawr at sachyn gweddol fychan gyda llinyn i gau ei enau a wnaethai Mair i Rhys gadw ei bethau ynddo. Gwnaeth lygaid bach ar y sachyn tra crynhoai syniad yn ei ben. Cododd ar ei draed yn sydyn a gafaelodd yn y sachyn.

"Fydda i ddim yn hir," meddai cyn mynd drwodd i'r swyddfa.

"Be cymra fo'r sach, dywad?" gofynnodd Mair yn syn.

"Ail blentyndod mae rhai'n ei alw fo," atebodd Rhys. "Gwylia iddo fo dy glywad di, ne' ro i ddim am dy groen di."

Cawsai Gareth syniad iawn. Estynnodd ei bastwn o'r cwpwrdd yn y swyddfa a chuddiodd ef yn ei drowsus. Rhedodd i'r llofft i nôl ei jersi ddu drwchus, ac aeth allan ac i'r Wylan Wen.

"Blwch matsys, Robin."

"Dyna ti. Peint?"

"Dim diolch. Hwyl."

"Dim ond fel'na?"

Gwenodd Gareth.

"Fel'na'n union."

"Wel dos 'ta. Gwynt teg ar d'ôl di."

Talodd Gareth am y matsys ac aeth allan. Yr oedd wedi gweld yr hyn y daeth yno i'w weld. Eisteddai Meredydd yn sgwrsio a chwerthin gyda Now Tan Ceris ac un neu ddau arall. Daethai'r amser i dalu cymwynas yn ôl i Meredydd.

Edrychodd ar ei oriawr. Braidd yn gynnar oedd hi, chwarter i ddeg. Aeth yn ôl i'r tŷ.

"Ble mae fy sach i?"

"Mi cei o fory. Dos i dy wely."

Ni chymerodd Rhys y sylw lleiaf o'r gorchymyn. Yr oedd wedi codi oddi ar y llawr ac wedi tanio'r teledu, a lled-orweddai ar y soffa'n gwylio rhyw Sais yn cwyno am fod yr heddlu'n defnyddio dulliau trais. Nodiai ei ben yn ffyrnig. Chwarddodd Gareth wrtho'i hun.

Pan ddaeth yn chwarter wedi deg, cododd Gareth ac aeth allan i'r cefn. Cerddodd i ben draw'r ardd a dringodd dros y clawdd i'r cae. Ni welai fawr ddim. Cerddodd yn gyflym gyda'r clawdd i gornel y cae, ac i fyny wedyn gyda'r clawdd arall. Aeth dros y gwrych yn ddistaw a gofalus. Cerddodd i fyny'r cae nesaf a chyrraedd Llwybr Uwchlaw'r Môr. Teimlai'r niwl yn llenwi ei ysgyfaint. Aeth ar hyd y llwybr yn araf tuag at y ffordd fawr, ac arhosodd yn stond pan ddaeth o fewn cyrraedd i'r ffordd.

Edrychodd o'i amgylch mewn penbleth, ac aeth ymlaen yn araf ar flaenau ei draed. Nid oedd neb yno. Doedd bosib bod Wil Garej wedi methu. Yna, yr oedd wedi cyrraedd y llidiart. Nid oedd Huw Gwastad Hir ar y cyfyl.

Wedi ei siomi, agorodd y llidiart yn ddistaw, ac aeth i'r ffordd fawr. Arhosodd yn sydyn i wrando, a daeth gwên fach i'w wyneb. Dros y clawdd yr ochr arall i'r ffordd deuai sŵn siarad a rhegi. Am newid ochr oedd Huw heno.

Cerddodd Gareth i fyny'r ffordd am dipyn cyn dringo dros y gwrych uchel i'r cae. Nid oedd neb o'r Cyngor Sir wedi morol am dorri'r gwrych, ac yr oedd y tyfiant trwchus wedi cadw llawer o'r glaw a ddisgynasai arno. Teimlai Gareth ei drowsus yn gwlychu drwyddo wrth iddo ymwthio dros y gwrych. Disgynnodd yn ddistaw i'r cae ac aeth i lawr ar ei gwrcwd, a chychwyn i lawr y cae gyda'r gwrych yn llechwraidd. Arhosodd pan glywodd arogl wisgi.

Cododd golau bychan coch tua phum llath o'i flaen, a chryfhaodd fel y tynnai Huw yn y sigarét. Aeth yn nes ato'n araf gan dynnu ei bastwn a'i hongian gerfydd ei strap ar ei arddwrn. Tynnodd y sachyn o'i boced a'i agor led y pen.

Daeth Huw i waelod y botel wisgi, a rhegodd. Taflodd y botel i lawr y cae.

"Reit, sgrimp," meddai'n ddigon uchel i Gareth ei glywed, "mae'n bryd iti ddŵad rŵan. Tyrd i nôl dy anga."

Tynnodd unwaith yn ei sigarèt a lluchiodd hi dros ei

182

ysgwydd. Cododd Gareth yn sydyn o'r tu ôl iddo a thaflodd y sach dros ei ben gan dynnu'r ddau ben llinyn yn dynn. Gwaeddodd Huw mewn dychryn, ond cyn iddo fedru dechrau dirnad beth a ddigwyddai yr oedd y pastwn wrth ei waith. Crafangodd Huw yn y sach i geisio'i gael i ffwrdd, ond gorfu iddo dynnu ei ddwylo'n ôl i geisio'i amddiffyn ei hun. Disgynnai'r pastwn o bob cyfeiriad, ac yn raddol fe waniodd Huw a disgyn ar ei liniau. Ni fedrai wneud dim. Clywai'r heddwas sŵn crïo yn y sach, a rhoes ei bastwn yn ôl yn ei drowsus. Amser dyrnu oedd hi'n awr. Agorodd y sach a'i dynnu i ffwrdd.

Bu tair dyrnod yn ddigon. Yr oedd fel dyrnu sachaid o goed tân. Ni fedrai Huw godi ei freichiau i'w amddiffyn ei hun, dim ond aros dan siglo ar ei liniau. Arhosodd Gareth i gael ei wynt ato, a disgynnodd Huw ar ei wyneb i'r ddaear, a llonyddodd. Nid oedd bwrpas yn y byd dyrnu rhagor arno.

Ar ôl cael ei wynt ato, aeth Gareth at Huw a chododd ei ben. Yr oedd arno ofn iddo daflu i fyny a mygu yn hwnnw. Un peth oedd cwrban, peth hollol wahanol oedd dynladdiad. Ceisiodd ei godi. Yr oedd y llabwst diymadferth yn pwyso tunelli, a chafodd Gareth drafferth i'w gael ar ei liniau. Llwyddodd o'r diwedd, a phlygodd ben Huw i lawr. Gafaelodd yn llaw Huw a stwffiodd ei fys i ben draw ei geg. Yr oedd yr adwaith yn syth ac yn sydyn, a chwydodd Huw ei berfedd. Daliai Gareth ef a golwg ddiflas ar ei wyneb. Pan droes y chwydu'n gyfog gwag, rhoes hergwd i Huw ar lawr a'i adael yno.

Cododd Gareth y sachyn oddi ar y glaswellt a rhoes ef yn ei boced. Aeth at y giât, a gwrandawodd. Yr oedd yn hollol ddistaw, ac aeth dros y giât i'r lôn. Cerddodd i lawr yr allt tuag at y sgwâr. Yr oedd ei freichiau'n dechrau brifo, ond ni phoenai hynny ddim arno.

Troes tuag adref yn y sgwâr, ond pan ar fynd heibio i'r Wylan Wen, cafodd syniad. Troes yn ei ôl, a phrysurodd i faes parcio Sant Aron. Edrychodd o'i amgylch a gwelodd y car ym mhen draw'r maes. Pam lai, meddyliodd wrth frysio'n ôl adref. Aeth yn syth i'r swyddfa a chododd y ffôn.

Aethai Rhys i'w wely. Taflodd Gareth y sachyn ar y bwrdd ac eisteddodd yn ei gadair. Edrychodd ei wraig yn syn arno.

"Be yn y byd mawr wyt ti wedi bod yn ei wneud? Welist ti'r olwg sydd arnat ti?"

"Chwara marblis."

Gwyddai Mair na châi wybod mwy.

Pan drawodd y cloc un-ar-ddeg, cododd Gareth ac aeth allan. Cerddodd i'r sgwâr. Nid oedd neb o gwmpas ac ni chlywai ddim. Aeth i faes parcio Sant Aron a gwelodd y car yno o hyd. Dechreuodd boeni, ac aeth yn ôl at y sgwâr. Bu'n pendroni am ysbaid, a phenderfynodd fynd i fyny'r allt. Yr oedd ar gychwyn pan glywodd duchan yn dynesu. Ciliodd i gysgod Capel Hebron, ac arhosodd yno'n ddistaw.

Fel y deuai'n nes, ymrannai'r tuchan yn ochneidio, rhegi, a phoeri ysbeidiol, a chyn hir, gwelodd siâp Huw yn dod yn igam ogam i lawr yr allt. Rhegai fel melin rhwng ochneidiau, ac ar ôl iddo fynd heibio, dilynodd Gareth ef ar flaenau ei draed nes ei weld yn troi i'r maes parcio. Ymhen ychydig clywodd sŵn drws yn cau ac yna sŵn peiriant car yn cael ei dreisio, a daeth golau sydyn. Llamodd y car i'r ffordd fawr a throi'n ffyrnig tua Llanaron, a sgrealu ar hyd y ffordd. Ymhen dim daeth golau o garej Wil a throes hwnnw'n daclusach ond nid yn arafach i'r un cyfeiriad. Edrychodd Gareth arnynt yn mynd un ar ôl y llall tua phont Aron, ac yna gwelodd olau glas yn troi ar ben yr ail gar, a hwnnw'n goddiweddyd y car cyntaf, a dwy set o oleuadau brêc yn dod bron yr un adeg yn union â'i gilydd. Yna yr oedd yr holl oleuadau'n llonydd, ond y golau glas, ac aeth Gareth adref.

Yr oedd Rhys wedi codi yn ei byjamas, a safai yn y gegin yn yfed sudd oren o gwpan. Disgynnodd Gareth i'r gadair.

"Wyddost ti be ydw i?" gofynnodd i'w wraig.

"Cachwr, dipyn o gachwr."

Gorffennodd Rhys ei ddiod.

"Mi gymrodd yn hir ar y diawl i ti ddod i wybod hynny," meddai'n ddifeddwl.

Ni welodd Mair ond lliw ei din yn mynd i fyny'r grisiau, a'i dad yn carlamu ar ei ôl.

Cas beth Robin Hughes Gwastad Hir oedd coler a thei. Ymladdai ei fysedd tewion â'r botwm uchaf tila, gan geisio bob ffordd i'w gael drwy'r twll, a daliai Robin ei wynt nes bod ei wyneb yn dangos ystumiau anhygoel wrth iddo hanner ei dagu ei hun. Nid oedd coleri yno'n barod yn fymryn haws eu trin na'r rhai rhydd.

Anobeithiodd Robin, a phenderfynodd y byddai cau ei dei o amgylch ei wddf yn cyflawni'r un diben. Estynnodd y dei a cheisiodd ei gwthio o dan ei goler. Yr oedd honno mor ystyfnig â'r botwm. Efallai y dylai fod wedi ei gosod cyn troi'r goler i lawr. Go damia las.

Gwyddai na fyddai'n flin petai Huw yn gall. Ni wyddai Robin beth a ddigwyddasai'r noson cynt; am a wyddai ef ni wyddai Huw chwaith. Dau beth oedd y tu hwnt i amheuaeth neb; yr oedd Huw wedi cael ei hanner ladd gan rywun, ac yr oedd wedi bod i mewn drwy'r nos ym Mhenerddig, ar ôl cael ei ddal wedi meddwi efo'r car. Gollyngasai'r plismyn ef yn rhydd saith o'r gloch y bore, a gadael iddo chwilio'i ffordd ei hun adref. Yr oedd y car yn dal i fod yn ymyl Hirfaen yn rhywle.

Gwrthodai Huw surbwch yn lân â dod i'r cynhebrwng. Yr oedd wedi gweiddi dros y gegin nad âi o i'r un blydi mynwent i blesio neb, ac wedi rhuthro i'r llofft i ori ar ei surni. Rhyngddo ef a'i bethau am hynny, meddyliai Robin; nid oedd ef am geisio'i berswadio. Os nad oedd am gallio'n naw ar hugain oed, nid oedd llawer o obaith amdano. Efallai mai aros gartref oedd y peth gorau iddo hefyd erbyn meddwl; doedd waeth i bobl siarad am ei absenoldeb mwy na'i bresenoldeb ddim, a'r olwg yna ar ei wyneb. Tybed beth oedd wedi digwydd? Cawsai gweir werth ei chael yn rhywle neithiwr; eithaf gwaith â'r llymbar.

Ond nid oedd Robin am adael i stranciau ei fab ei dristáu na'i wylltio. Yr oedd yn rhy hapus i hynny, yn rhy hapus o lawer. Yr oedd yn fodlonach ar ei fyd nag y bu ers blynyddoedd.

A Bethan oedd yn gyfrifol. Yr oedd ei ferch wedi sadio, wedi callio'n arw. Yr oedd fel petai wedi dod ati ei hun ar ôl iddo ef roi ei droed i lawr y diwrnod ar ôl yr achos ym Mhenerddig, a rywfodd, daeth y ddau'n nes at ei gilydd ar ôl hynny, yn nes nag y buont erioed bron. Yr oedd yn falch bod Bethan wedi rhoi'r gorau i jolihoetian o gwmpas y lle, a'i bod yn canlyn Gwyn llefrith yn selog. Nid oedd am boeni am Huw; fe gâi hwnnw fynd i'w grogi. O ddau ddrwg, gwell oedd cael mab hanner call na merch hanner call.

Gorffennodd wisgo amdano a rhoes frws drwy ei wallt. Aeth o'r llofft a heibio i ddrws llofft Huw wrth fynd am ben y grisiau. Petrusodd ennyd, a throes yn ei ôl ac agor y drws. Gorweddai ei fab ar y gwely a'i wyneb tua'r pared.

"Wyt ti am ddŵad 'ta wyt ti ddim?"

"Mi gaiff hi fynd i'r diawl."

Caeodd Robin y drws ac aeth i lawr y grisiau. Mae hi wedi mynd yn barod achan, meddyliodd.

Yr oedd Bethan a'i mam yn barod. Eisteddai Bethan wrth y bwrdd a safai Bet wrth ddrôr agored yn y dresel. Edrychodd Robin yn sych arni'n llwytho hancesi gwynion i'w bag llaw.

"Cofia nad wyt ti ddim i ddechra snwffian a rhyw lol," meddai.

"Robin," atebodd hithau fel petai wedi ei brifo.

Edrychodd Robin ar ei ferch. Gwenai'n slei arno.

"Wel ia 'ta," meddai, "mi rof fy sgidiau, a waeth inni ei chychwyn hi ddim, am wn i."

Eisteddodd yn drwm ar y gadair wrth y ffenest, a chododd ei esgidiau. Yr oedd mab gwirion yn haws i'w oddef na merch wirion.

Daeth rhimyn o haul i gladdu Gladys. Ymddangosodd yn betrus rhwng cymylau tywyll a hofranai'n fygythiol uwchben Mynydd Ceris. Bechod i'r tywydd droi, meddyliai Now Tan Ceris wrth barcio'r landrofar o flaen Yr Wylan. Yr oedd ei pharcio yno'n ddigon o esgus dros gael diferyn ar ôl y cynhebrwng.

Gwelodd Gareth Hughes yn dod allan o'i dŷ yn ei ddillad ei hun. Arhosodd Now wrth ddrws y landrofar nes i'r heddwas gyrraedd ato.

"Am fynd i'r cnebrwn wyt ti Now?" cyfarchodd yr heddwas ef.

"Wel ia, am wn i, er na fu gen i 'rioed fawr i'w ddweud wrth yr hen fuwch. Ond roeddan ni'r un oed i'r mis. Hi ar y degfad a minna ar y deuddegfad. Tawn i'n gwybod be oedd newydd ddŵad o 'mlaen i mi fyddwn wedi aros lle'r oeddwn i. Wyt ti am fynd i'r Eglwys?"

"Na, dim ond i'r fynwent."

"Finna hefyd."

Rhagwelai Now ei hun yn cael hwyl. Yr oedd newydd glywed stori.

"Pwy sy'n cario tybad?"

"Ei theulu hi mae'n siŵr," atebodd Gareth yn ddiniwed.

"Un bob pen?"

"Wel ia, mae'r teulu'n fach."

"Ella byddan nhw'n llai fyth heddiw."

Bu bron i'r heddwas ag aros yn stond, ond llwyddodd i

187

ymatal, ac aeth yn ei flaen gan geisio cymryd arno nad oedd yn deall beth oedd gan Now dan sylw. Ond gwyddai nad oedd heddwas yn y greadigaeth a allai ddatrys sut yr oedd pob un hanesyn yn Hirfaen yn siŵr o gyrraedd clustiau rhywun cyn iddo ddigwydd bron. Gwyddai nad oedd neb wedi ei weld neithiwr; gwyddai nad oedd Huw wedi ei adnabod, a gwyddai na fyddai Wil Garej na'i wraig yn agor eu cegau. Ac eto yr oedd Now wedi cael yr hanes. Petai Huw heb gael cweir, ac ond wedi cael ei ddal yn ei ddiod gyda'r car, ni fyddai Now'n trafferthu sôn am y peth.

Gwenai Now wrtho'i hun wrth sylwi ar ddistawrwydd Gareth. Rhoes halen ar y briw.

"Ydi Mair yn well?"

"Mair?"

"Clywad ei bod yn cwyno."

"Cwyno?"

"Ia. Dy fod wedi mynd i ddefnyddio dy nerth i gyd cyn mynd i dy wely yn ddiweddar."

Caeodd Gareth ei geg yn dynn. Yr oedd yn benderfynol na châi Now wybod dim ganddo ef.

Deuai sŵn yr organ i'w clustiau fel y dynesent at borth yr Eglwys, a thrwy'r drws agored, gwelent Wmffras Person yn ei wenwisg yn y pen draw. Rhoesant un edrychiad ar ei gilydd ac ysgydwodd Gareth ei ben. Aethant heibio i'r drws ac i'r fynwent, lle'r oedd Robat Ifas y torrwr beddau i'w weld rhwng y cerrig yn gorffen tacluso cyn i'r cynhebrwng gyrraedd. Aeth y ddau ato.

"Wyt ti wedi gwneud lle go daclus iddi, Robin?" gofynnodd Now.

"Go brin y bydd hi'n cwyno."

Edrychodd Now yn ôl tua'r Eglwys, a phan welodd nad oedd neb ar ddod, taniodd smôc. Pwysodd ar wal y fynwent ger talcen y bedd, a gwelodd garreg yn dynn wrth y wal a sach dros ei phen.

"Pwy pia hon, dwch?"

188

Tynnodd y sach a gogwyddodd y garreg yn ôl i gael gweld ei hwyneb.

"O, un Wil ydi hi." Darllennodd Now y garreg. "Wel ar f'enaid i, clyw. 'Yr hyn a allodd hwn, ef a'i gwnaeth.'"

Rhoes y garreg yn ei hôl. "Dyna i ti uffar o glwydda."

Edrychodd Gareth yn gas arno.

"Dangos barch i'r meirw, y llarpad."

"Weithiodd Wil Drofa Ganol yr un strôc yn ei fywyd," meddai Now, "hen labwst diog oedd o, diog felltigedig. Fydda Gladys ddim wedi'i fachu o 'blaw bod y lembo'n rhochian ar y pryd. Duw na, roedd Wil yn rhy brysur yn dwys fyfyrio i weithio dim. Wyddat ti ei fod o'n fardd?" gofynnodd i Gareth.

"Na wyddwn i," atebodd hwnnw.

"Oedd yn tad. Roedd o'n barddoni pan ddeuai'r chwiw. Englyna fydda fo gan mwya. Un coch ar y diawl oedd o hefyd. Y peth cyntaf fydda fo'n ei wneud fydda ffitio'r geiria i'w gilydd, fel jig-sô. Wedyn mi fydda fo'n edrych yn y geiriadur i weld eu hystyron nhw. Pwy sy'n cario, Robin?"

"Pedwar sy ganddyn nhw," meddai'r torrwr, "Robin a Huw Gwastad Hir, a dau o'r Eglwys."

"O, yr hen Huw, ia?" meddai Now gan swnio'n fyfyrgar. "Mi fydd yn dipyn o faich iddo fo, 'dw i'n siŵr."

Chwarddodd ynddo'i hun wrth weld yr olwg ddiddeall yn llygaid Robat Ifas, a'r olwg sarrug sydyn yn llygaid Gareth. Edrychodd ar y cerrig o'i amgylch, a rhoes bwniad i'r heddwas, gan nodio i gyfeiriad carreg syml.

"Wil Parri a'i wraig."

Aeth y tri'n dawel am ennyd.

Torrodd yr heddwas ar y distawrwydd.

"Now," meddai, "mae'n siŵr dy fod di yn gwybod. Pam bod Gladys â'i chyllell yn Meredydd; be wnaeth o iddi?"

Taflodd Now ei stwmp dros y wal, a phwysodd i hanner eistedd ar garreg fedd Wil Drofa Ganol.

"Wn i ddim yn hollol, fachgan, ond mi wn i ei

189

dechreuad hi, rydw i'n meddwl. Rhyw dair wythnos fu 'na rhwng marwolaeth Wil Drofa Ganol a marwolaetha Wil Parri a'i wraig, a Drofa Ganol aeth gynta. Rŵan 'ta, pan farwodd Wil Drofa Ganol, roedd y byd ar ben, mi ellwch fentro. Fu 'na 'rioed y fath gollad, na'r fath alaru. Roedd yr holl fyd i fod yn ei ddu. Fel'na gwelwch chi efo petha fel'na bob amser; mwya'n y byd mae nhw'n cega a ffraeo pan mae nhw'n fyw, mwya'n y byd mae nhw'n gwichian a strancio pan mae un ohonyn nhw'n marw. Roedd y ddau yng ngyddfa'i gilydd yn ddi-baid pan oedd Wil yn fyw. Ta waeth, ymhen tair wythnos, mi gollodd yr hen wraig y sylw. Mi aeth pawb i sôn am Wil Parri a'i wraig, ac mi aeth Wil Drofa Ganol i ebargofiant yn syth. Roedd hynny'n ddigon i Gladys.''

Poerodd Robat Ifas i'r pridd yn ei ymyl.

''Am blentynnaidd, myn diân i.''

''Now.''

Teimlodd Now yr heddwas yn ei bwnio yn ei ochr, a throes. Gwelodd Wmffras Person yn dod yn araf ym mhen draw'r fynwent, a'r angladd ar ei ôl. Symudodd y ddau'n ôl oddi wrth y bedd.

''Cap, Owen Jones.''

''Duw annwyl.''

Tynnodd Now ei gap a'i stwffio'n frysiog i'w boced. Safodd wrth ochr yr heddwas a cheisiodd roi golwg santaidd ar ei wyneb, ond ni fedrai ymatal rhag edrych dros ysgwydd Gareth ar y cynhebrwng yn dynesu er mwyn iddo gael gweld pwy oedd yn cario. Daeth gŵen fawr i'w lygaid pan welodd nad oedd Huw yno, a bod Harri Siop yn cario'n ei le.

Yr oedd ysgwyddau Now yn dechrau ysgwyd er ei waethaf wrth iddo weld Robin Gwastad Hir yn gwneud gwddw clagwydd wrth geisio ymryddhau o'i goler, a phan gofiodd am faintioli anferth Huw, a'i gymharu â chorff eiddil Harri Siop yn mynd heibio'n araf, methodd â dal a rhoes bwniad i Gareth.

''Huw Gwastad Hir wedi gwisgo,'' sibrydodd.

"Cau dy geg yr uffar,'' sibrydodd Gareth yn ôl yn sarrug.

Arhosodd Wmffra Jones y trefnwr i'r deg-ar-hugain o bobl a gerddai y tu ôl i'r arch fynd i'w lleoedd, a thynnodd y ddau bren ar ben y bedd, y gorffwysai'r arch arnynt. Edrychodd Wmffras Person dros ei sbectol ar yr arch yn disgyn o'i olwg yn araf, a chliriodd ei wddf.

"Ym . . . ynghanol angau yr ydym mewn . . . ym . . . ynghanol bywyd yr ydym mewn angau,'' meddai'n gwynfanllyd.

Rhoes Bet Gwastad Hir ddwy snwffiad, a daeth cuwch i'r ddau lygad uwchben y gwddw clagwydd. Bodlonodd Bet ar ddwy.

Yn y cefn, paratodd Gareth ei hun i wrando ar Wmffras a thalu'r parch dyladwy, ond teimlodd bwniad arall yn ei ystlys.

"Glywaist ti hanes Wil yn torri'i goes?'' gofynnodd Now yn ddistaw.

"Naddo,'' sibrydodd Gareth.

"Ti adwaenost, Arglwydd, ddirgelion ein calonnau,'' ebe Wmffras.

"Pan oedd y ddau'n byw yn Drofa Ganol. O, mae ugain mlynedd a mwy yn ôl bellach. Roedd gan Wil hen fuwch go bigog yn gofyn tarw, ac fel roedd o'n cerdded ar hyd y buarth ryw bnawn dyma'r hen gnawas yn ei ruthro fo mwya sydyn nes bod o'n lledan. Mi fu'n gorwadd yno am oria siŵr Dduw yn gweiddi mwrdwr. Roedd Gladys wedi mynd i'r dre ne' rywla. Pa'r un bynnag, mi glywodd Sion Drofa Ucha fo'n gweiddi'n y diwadd, a dyma Sion yno i gael sbec. Be wela fo ond Wil yn gorwadd wrth y doman dail a'i goes yn sitrwd odano fo, a'i geg yn gollwng glafoerion fel talcan tas. Mi ffoniwyd am ddoctor yn syth, ac mi ddaeth Doctor Griffith o rywla toc. Wnaeth Doctor Griffith ddim ond cymryd un olwg ar Wil.''

Dechreuodd Now bwffian chwerthin.

"Be ddigwyddodd wedyn?'' gofynnodd Gareth yn ddistaw.

"Dyma fo'n dweud na wydda fo ddim be i'w wneud, gyrru Wil i Benerddig i gael trwsio'i goes, 'ta gyrru'r fuwch at ddyn testio llygaid."

Ar ruddiau heddwas Hirfaen y disgynnodd yr unig ddagrau yng nghynhebrwng Gladys Davies.

Bendithiodd y Person hwynt oll, a phlygodd i gael un olwg crychu trwyn ar yr arch cyn dychwelyd i'r Eglwys, a throes y dyrfa fechan ar ei ôl fesul un a dau. Teimlai Now yn rhyfedd wrth eu dilyn; nid oedd yma neb yn ddigon agos i Gladys i gydymdeimlo ag ef, ac yna trawyd ef mai felly'n union y byddai yn ei angladd yntau, heb deulu agos i ddod yma i alaru ar ei ôl. Yn hyn o beth yr oedd tebygrwydd rhyngddo ef a Gladys. Wel wir Dduw, meddai wrtho'i hun, a rhoes y peth o'i feddwl.

Safai teulu Gwastad Hir yn siarad cynhebrwng â'r hwn a'r llall y tu allan i'r porth pan ddaeth Now a Gareth o'r fynwent. Ni fedrai Now feddwl am fynd oddi yno heb geisio rhoi un bigiad fach arall i mewn. Cyfarchodd Robin Gwastad Hir.

"Ia wir, Robin, cnebrwn bach reit daclus. Taclus iawn."

Troes Robin ei fys o amgylch ei goler.

"Oedd achan."

"Teimlada'r hen Huw yn drech nag o?"

"Y?"

"Pwy fydda'n meddwl ar ryw grymffast cry fel fo, bod ganddo fo gymaint o feddwl o Gladys, a chalon mor feddal 'tê? Methu â magu nerth i ddŵad ddaru o, Robin?"

Gwgodd Robin a chlywodd Now Gareth yn tynnu llwon o dan ei anadl. Troes Robin at Gareth.

"Oedd 'na helynt neithiwr?"

"Os oedd 'na, chlywis i ddim."

"Mi fu'r hen foi 'cw i mewn dros nos. Rydw i wedi dweud digon wrtho fo am y dreifio 'ma ar ôl yfad, ond wrandawa fo ddim. Ella y gwrendy o rŵan wedi iddi fynd yn rhy hwyr."

"Cael y bag ddaru o, Robin?" gofynnodd Now yn ddiniwed.

"A chweir i fynd efo fo," meddai Robin. "Wyddost ti ddim pwy rhoes hi iddo fo, Gareth?"

"Dallt dim, mae arna i ofn."

"Nac wyt mwn," meddai Now, a direidi lond ei lygaid. "Un di-ddallt fuost ti 'rioed."

"Dos am y Tan Ceris 'na'r llarpad."

Yr oedd y fain ar yr Arolygydd. Bu wrthi bron drwy'r bore'n damio rhyw dditectif bach anffodus i'r cymylau am wneud llanast o bethau'r noson cynt. Tro'r ditectif oedd hi i warchod Richard Jones, yr hyn a wnaeth yn ddigon cyd-wybodol a dirgel am bron i deirawr, nes iddo gofio ei fod i ffônio'r fodan ers meityn. Mewn eiliad o banig rhuthrodd i'r ciosg agosaf, a thra bu'n ceisio lleddfu tymer ei gariad, yr oedd Richard Jones wedi cymryd y goes.

Buont yn chwilio amdano drwy'r nos, ym Mhenerddig a Hirfaen. Yr oeddynt wedi mynd ar flaenau eu traed i ardd gefn Gladys Davies, ond nid oedd sôn amdano yno chwaith. A phan drawodd cloc mawr Penerddig chwech, a hithau wedi hen ddyddio, pwy ddaeth yn ei gar melyn o gyfeiriad Hirfaen a golwg flinedig arno, a mynd ar ei union i'r gwesty, ond y dyn ei hun.

Yr oedd yr Arolygydd wedi myllio. Gallasai fod wedi llithro o'u gafael mor hawdd â pheidio. O hyn ymlaen ni fyddai'r un o'r giwaid dwl yn meiddio gadael i'r dyn fynd o'i olwg.

Cododd y ffôn.

"Ble mae o rŵan?"

"Rhoswch funud, syr."

Cawsai ei alw'n syr drwy'r dydd. Efallai y dylai

193

ddangos ei ddannedd yn amlach. Gwrandawodd ar leisiau radio.

"Mae o yn y gwesty o hyd, syr."

"Reit. Rydw i yn mynd i Hirfaen. Galwch fi'n syth os y symudith o. Collwch o'r tro yma a Duw â'ch helpo chi."

"O'r gora, syr."

Nid oedd neb i'w weld ym Maes Ceris pan gyrhaeddodd y lle. Arhosodd o flaen tŷ Gladys ac aeth o'r car ac i'r ardd gefn. Yr oedd y lle'n hollol dawel. Yr oedd clo ar ddrws y sied o hyd, a sylwodd fod llenni wedi eu cau ar draws y ffenest ar ochr y sied. Nid oedd wedi sylwi arnynt ddydd Sul. Aeth yn ôl i'r ffrynt ac estynnodd allwedd o'i boced. Agorodd y drws ffrynt ac aeth i mewn i'r tŷ, a'i chwilio drwyddo. Ni welai ddim o'i le ac ni ddisgwyliai hynny. Er bod ei ddynion wedi ei sicrhau na fu Richard Jones ar gyfyl y lle'r noson cynt, ni fedrai ynddo'i hun fod yn siŵr o hynny. Yr oedd Richard Jones yn ddyn digon call i'w guddio ei hun, er nad oedd ganddo le i amau bod neb ar ei drywydd. Gwyddai'r Arolygydd ei fod yn delio â dyn clyfar, dyn clyfar iawn.

11

Fe'i teimlodd Richard ef y munud y deffrodd, cyffro, cynnwrf yn ei gyfansoddiad, na phrofasai ei gyffelyb erioed o'r blaen, yn ymledu drwy ei gorff i gyd. Ni ddigwyddodd dim fel hyn bore ddoe, na bore Mercher. Daliodd i orwedd ar ei gefn i lawn fwynhau'r wefr. Gwyddai bod llwyddiant ar ddod.

Siwrnai seithug a gawsai'r noson cynt, er nad oedd hynny'n siom iddo mewn gwirionedd, oherwydd yr oedd yn ddigon naturiol i deulu'r ddynes fod o gwmpas y tŷ noson yr angladd. Ni phoenai Richard amdanynt; nid oedd dim iddynt ei weld yn y sied gan ei fod ef wedi gofalu nad oedd dim o'i ôl yno ar ôl iddo fod wrthi nos Fercher.

Nos Fercher oedd y noson gyntaf iddo fynd ati o ddifrif yn y sied, ac am ychydig, bu iddo ddechrau digalonni braidd. Nid oedd wedi sylweddoli cymaint o waith a oedd ganddo mewn gwirionedd; credasai mai gorchwyl ffwrdd â hi fyddai codi'r llawr pren, ond bu wrthi gyhyd ar hynny'n unig fel nad oedd ganddo amser ar ôl i ddechrau codi'r pridd. Fe chwysodd lawer wrth geisio llifio planciau heb wneud sŵn, a'r planciau hynny mewn lleoedd anhygyrch, ond ni regodd, ni regodd o gwbl. Rhegi oedd y cam cyntaf ar lwybr panig.

Ond byddai'n wahanol heno. Byddai munud neu ddau'n hen ddigon i godi'r llawr heno, ac ni ddylai gymryd mwy na rhyw hanner awr i dyllu. Byddai'n gorffen ei waith yma heno, a châi fynd yn ei ôl i Lerpwl bore fory, yn ffres a pharod i wynebu her bywyd newydd, cyffrous, gan adael Penerddig a Hirfaen o'i ôl am byth.

Trawodd cloc y dref wyth o'r gloch, gyda'i guriadau trymion, diog. Cododd Richard o'r gwely ac agorodd y llenni i groesawu llond awyr o law mân. Bwried a fynnai, bwried hyd at ddilyw, hwn oedd ei ddiwrnod.

Yn araf a swrth trawodd cloc y dref wyth o'r gloch. Caeodd Richard y llyfr a'i daflu ar y gwely. Yr oedd wedi bod yma drwy'r dydd, yn darllen papur newydd a dwy nofel gowbois a brynodd wrth y ddesg ar ôl brecwast, heb symud ond i gael ei ginio i lawr y grisiau. Ymhen pedair awr fe fyddai'n dechrau ar ei waith. Taniodd sigarèt. I basio'r amser tan hanner nos fe âi i'r ystafell fwyta i gael pryd iawn o fwyd i'w roi mewn tymer dda ar gyfer ei waith, ond yn gyntaf fe gâi ddau wisgi yn y bar. Neu dri. Ie, tri wisgi, a dim diferyn rhagor.

Pan ddaeth drwy'r drws, gwelodd bod y cariad efo hi. Siaradai'r ddau â'i gilydd wyneb yn wyneb un bob ochr i'r bar. Ni hoffai Richard y ferch; sylwai ei bod yn glên gyda phawb ond ef, ac yn barod i sgwrsio a chwerthin gyda'r cwsmeriaid, ond y munud y byddai ef yn siarad â hi, fe droai'n sych a diserch yn syth. Ni hoffai chwaith ei hedrychiad oer a threiddgar; yr oedd pob trem o'i heiddo'n tynnu cyfrinachau o'i grombil i'w hymennydd i'w dadansoddi a'u collfarnu. Nid oedd ei chariad fymryn gwell na hithau, gyda'i edrychiad digroeso a'i ebychiadau surbwch, di-wên. Ni welsai Richard erioed ddau a weddai i'w gilydd cystal. Ond byddai'n dda ganddo pe na theimlai mor anniddig wrth archebu diod gan y ferch.

Serch hynny, gwenodd arni.

"Wisgi bach os gwelwch chi'n dda. Sut ydych chi heno?" Troes at Meredydd. "Oes trefn?"

"Mi welis i waeth."

Cofiodd Richard am y set radio a oedd gan ei fodryb Janet yn Nhan Ceris ers talwm, horwth o set, bron cymaint â phiano. Wrth droi'r nobyn chwilio tonfeddi, gwnâi'r radio swn ffrïo a chlecian dros y tŷ, nes gwneud i rywun ddisgwyl gweld ei pherfedd yn chwalu drwy'r lle unrhyw funud. Pan fyddai'r drws ar agor fe'i clywid o ben draw'r iard. Teimlai Richard mai swn cyffelyb a ddeuai o wep y gŵr ifanc wrth ei ochr petai hwnnw'n ceisio gwenu arno. Penderfynodd aros ble'r oedd i ddifetha hwyl y ddau. Talodd am ei wisgi, a gwnaeth ei hun yn gyffyrddus ar y stôl. Ymhen munud yr oedd yn synfyfyrio.

Llyncodd hanner y wisgi gan gau ei geg yn dynn arno

wrth i Harri ddod i'w feddwl. Cawsai Harri lond ei bocedi o arian a llond ei gorff o ganser am ei drafferthion, dwy fil o bunnau am saethu siopwr. Yr oedd y siopwr yn fyw a Harri wedi marw. Petai fel arall, byddai Harri'n llofrudd, Harri o bawb. Yr unig dro yn ei fywyd iddo fod â gwn yn ei law, yr unig dro. A fyddai wedi bod yn wahanol petai'r siopwr wedi ei ladd, tybed? Byddai'r heddlu wedi rhoi mwy o ymdrech wrth geisio'u dal, ond eto, yr oedd yn anodd gwybod sut yn y byd y byddent yn llwyddo i gael gafael arno ef, faint bynnag ohonynt a fyddai'n chwilio. Methu wnaeth Harri, ac yntau'n ei adnabod. Dyna paham yr oedd yn talu bod ar ei wyliadwriaeth o hyd. Bu ar ei wyliadwriaeth ers pum mlynedd, byddai ar ei wyliadwriaeth heno, a byddai ar ei wyliadwriaeth hyd ddiwedd ei oes. Dyna'r unig ffordd.

Gwyddai'n iawn bod y ddau'n siarad amdano. Yr oedd y cilolygon a gâi bob hyn a hyn yn ddigon o dystiolaeth o hynny. Y ffyliaid bach diniwed, meddyliai, petaent ond yn gwybod. Efallai ei bod yn amser tarfu ar eu heddwch.

"Sut mae'r gwaith yn mynd?" gofynnodd i Meredydd yn sydyn.

Edrychodd Meredydd yn syn am ennyd. Yr oedd yn amlwg na ddisgwyliai'r cyfarchiad, a gwelodd Richard ef yn edrych yn gyflym ar y ferch cyn ateb.

"Iawn."

Yr oedd gelyniaeth lond ei lygaid.

"Wedi cael eich gwyliau?"

"Naddo."

"Ydych chi am fynd i rywle pan gewch chi nhw?"

Gwelai Richard ef yn dechrau codi ei wrychyn.

"Nac ydw."

"Nac ydych? Mi ddylech fynd. Pam nad ewch chi?"

Troes Meredydd i'w wynebu.

"Mae gen i ormod o waith gartra. Difa llygod mawr. Mae'r giwaid uffar yn bla hyd y lle 'cw, yn cerdded y gerddi gefn nos."

Ni wnâi'r edrychiad rhybuddiol sydyn a roes y ferch i'w

chariad ond cadarnhau ym meddwl Richard pwy oedd y llygod mawr. Anadlodd yn hir ac edrychodd ar ei wisgi. Yr oedd hwn wedi ei weld yng ngardd y ddynes felly, ond gwyddai mai ei unig ddiddordeb yn ei symudiadau oedd cael eu hedliw iddo yma, er mwyn dangos ei hun yn glyfar i'w gariad. Gwyddai hefyd eu bod yn disgwyl iddo lyncu mul a ffoi.

"Ia, wel," meddai'n hamddenol, "waeth i chi heb â difa llygod mawr heb yn gynta ddifa'r hyn sy'n eu denu nhw acw. Wisgi arall, os gwelwch chi'n dda, Miss, un mawr."

Aeth yn ôl i'w fyfyrion. Yr oedd yn siŵr bod y gŵr ifanc mewn penbleth.

Ond ar y ffordd i Hirfaen hanner awr wedi deg yr oedd ei feddwl ymhell o fod yn dawel. Tra'n bwyta gynnau cawsai amser i ystyried yr hyn a ddywedwyd wrtho yn y bar, a'r edrychiad sydyn a roes y ferch i'w chariad. Yr oedd yn rhaid iddo fod yn fwy gofalus. Awr, dwyawr o waith eto, a byddai popeth drosodd. Dim ond dwyawr. Ar ôl yr holl weithio a pharatoi nid oedd ganddo hawl i wneud camgymeriadau mwyach. Yr oedd wedi cychwyn o'r gwesty hanner awr wedi deg yn lle hanner nos er mwyn iddo fod yn y sied cyn i'r hogyn drws nesaf gyrraedd adref, fel na fyddai neb yn gwybod ei fod yno.

Ond daliai'r ansicrwydd i'w bigo. Unwaith y byddai i mewn yn y sied, byddai popeth yn iawn. Ni fyddai ganddo amser i hel meddyliau yno, nac i boeni am adwaith neb i'w symudiadau. Efallai bod y gŵr ifanc wedi dweud wrth yr heddlu. Dweud beth? Dweud bod dyn yng ngardd gefn y drws nesaf gefn nos? Ni fyddai'r heddlu'n cynhyrfu dim, a hyd yn oed petaent yn mynd yno i chwilio nid oedd dim iddynt i'w weld yno. Na, yr oedd popeth siŵr o fod yn iawn.

Byddai sgwâr pedwar lled rhaw yn ddigon. Efallai, efallai. Os oedd y gemau y tu allan i'r sied, ac ni ddylent fod, byddai'n rhaid iddo wneud twnel atynt, neu fe ddisgynnai'r ddaear y tu allan i ddangos twll i'r byd. Ond yr oedd un peth yn dda; nid oedd eisiau iddo fynd â chelfi o gwbl gydag ef, gan bod digon o ddewis yn y sied eisoes. Er hynny, bu'n dda iddo fynd â'r lli fach gydag ef nos Fercher, gan bod lli rydlyd y ddynes mor ddi-fin ag ymyl cwpan de.

Dechreuodd fwrw glaw mân eto pan oedd ar ben Allt Ceris. Diolchodd am y glaw; byddai llai o gwmpas i fusnesa. Gobeithio nad oedd yr un lembo'n mynd i farw yn ei gar heno, neu fe gâi'r heddlu rywbeth amgenach na rhaw a gordd. Crynodd yn sydyn wrth sylwi na fedrai'r un dewin ragbaratoi ar gyfer peth felly; un digwyddiad bach amherthnasol a byddai'r cyfan drosodd, a'r holl waith wedi ei ddifetha'n llwyr. Nid oedd bywyd yn deg.

Daeth i waelod yr allt, ac arafodd i chwilio am y llidiart. Cawsai guddfan i'r car nos Fercher mewn cae dros y ffordd i'r stad. Yr oedd yn well ei guddio rhag ofn. Arhosodd y car gyferbyn â'r llidiart a daeth Richard allan, gan gerdded yn gyflym drwy'r glaw i'w hagor. Llywiodd y car i'r cae a'i droi gyda'r clawdd yn ddestlus. Yr oedd y clawdd yn ddigon uchel i'w guddio'n llwyr o'r ffordd fawr. Estynnodd Richard ei gôt oddi ar y seddau ôl a chlodd y car. Aeth at y llidiart a gwrandawodd.

Cododd goler ei gôt wrth gerdded ar hyd y ffordd tua'r stad, a hanner guddiodd ei wyneb yn y gôt pan welodd gar yn dod tuag ato. Aeth y car heibio'n wyllt i gyfeiriad Penerddig, a throes Richard ar draws y ffordd ac i ffordd y stad. Arafodd ei gamrau pan glywodd sŵn traed a lleisiau merched yn mynd o'i flaen. Cerddodd yn dawel ar eu holau a rhoes ochenaid o ryddhad pan welodd nad oeddynt am droi i'r chwith.

Edrychodd o'i gwmpas cyn cyrraedd y tŷ. Yr oedd pawb yn swatio rhag glaw canol Mehefin ac ni chyrhaedd-asai'r dyn drws nesaf adref. Gobeithio y pery o i gwna drwy'r nos, meddyliodd Richard. Gydag un olwg frysiog arall ar hyd y ffordd, aeth at y tŷ a heibio i'w dalcen i'r cefn. Tynnodd allwedd o'i boced ac edrychodd o'i gwmpas drachefn.

Rhoes y clo clap yn ei boced ac agorodd y drws yn ddistaw. Aeth i mewn i'r sied a chaeodd y drws ar ei ôl. Daethai rhywbeth yn gartrefol yn yr arogl coed a chelfi a theimlodd Richard ei hun yn ymlacio'n syth. Gwyddai ei fod yn ddiogel yn awr. Tynnodd ei lamp o'i boced a'i goleuo am funud. Nid oedd arwydd bod neb wedi bod yma ers nos Fercher, a thynnodd Richard ei gôt a'i hongian ar fachyn y tu ôl i'r drws.

Diffoddodd y golau ac aeth at y ffenest. Agorodd y llenni ac edrychodd allan. Nid oedd dim i'w weld drwy'r glaw ond siâp annelwig y goeden afalau yng nghanol yr ardd. Agorodd y ffenest yn araf.

Hwn oedd y gwaith anoddaf. Safodd ar y tùn hoelion rhydlyd gan aros ennyd i'w draed sadio, ac yna rhoes ei ben a'i ysgwyddau drwy'r ffenest. Tynnodd ei hun i fyny'n araf gan afael yn ffrâm y ffenest ac ymwthio drwyddi yr un pryd. Y perygl mwyaf oedd iddo roi gormod o hyrddiad a saethu drwodd ar ei ben i'r ardd. Gafaelodd ym mhen uchaf y ffrâm a llwyddodd i gael ei ben-glin ar y sil. Ymwthiodd drwodd a disgyn yn dawel i'r ardd. Gwrandawodd.

Cerddodd at y drws gan estyn y clo clap o'i boced. Rhoes y clo'n ôl yn ei le ar y drws a'i gloi. Aeth yn ôl at y ffenest, a thynnodd ei hun i fyny. Yr oedd mynd i mewn yn fwy o waith os rhywbeth na mynd allan; prin digon o le oedd i'w gorff ymwthio drwy'r ffenest. Pan gafodd ei hun i mewn, caeodd y ffenest yn dynn, ei chloi, a chau'r llenni. Estynnodd blanced lwyd drwchus a brynasai ym Mhenerddig ddechrau'r wythnos, a gosododd hi dros y llenni, gan ofalu edrych nad oedd bwlch yn unman rhwng ymylon y blanced ac ochr y sied y gallai golau fynd drwyddo. Yna goleuodd y lamp, ac eisteddodd ar yr hen fwrdd derw, a thaniodd sigarèt. Rhoes ochenaid o ryddhad. Yr oedd yn chwythu braidd ac yn haeddu egwyl.

Nid oedd yn hollol fodlon ar y cynllun a oedd ganddo i droi'r diemwntiau'n win, er ei fod wedi pendroni ar hynny am bum mlynedd. Y drwg oedd bod posib adnabod un neu ddwy o'r cerrig, y rhai mwyaf gwerthfawr gellid mentro, ac amser byr iawn oedd pum mlynedd yn y busnes hwn. Ond ni fyddai trafferth gyda'r rhelyw. Claddasai werth bron i ddwy fil-ar-hugain o bunnau o emau; erbyn heddiw byddai'r pris yn uwch o lawer. Yfory byddai'n ŵr cyfoethog, yn ŵr cyfoethog dros ben, ac os medrai drin y gemau mwyaf gwerthfawr yn llwyddiannus, câi wneud fel y mynnai am weddill ei oes. Byddai ei orchest yn ddihafal.

Diolchodd i Gladys Davies am farw. Yr oedd hynny wedi hwyluso pethau'n arw, er y byddai ef yma yr un fath yn union petai'r ddynes yn fyw, ond efallai y byddai hynny'n ormod o fenter. Cawsai lawer o hanes y ddynes er prynhawn Sul, digon iddo deimlo weithiau ei fod yn ei hadnabod erioed. Ond cafodd ysgytwad braidd pan glywodd un o ieir cegin Yr Erddig yn clebran mai rywdro ar ôl hanner nos Sadwrn y bu'r ddynes farw. A rywdro ar ôl hanner nos nos Sadwrn yr oedd ef yma, yn astudio a mesur y sied a chefn y tŷ. Dywedai rhywbeth anghynnes wrtho bod cysylltiad. Cwyno gan ei chalon oedd hanes Gladys Davies, a thrawiad ar y galon a roes derfyn arni nos Sadwrn. Gallai sioc beri hynny.

Edrychodd ar ei oriawr. Yr oedd yn tynnu am hanner awr wedi un-ar-ddeg. Taflodd ei stwmp ar lawr a rhoes ei droed arni. Fe'i claddai cyn hir. Nid oedd lawer o ddiben dal arni tan hanner nos, a phenderfynodd fynd ati'n syth. Agorodd y drôr dan y bwrdd derw a thynnodd yr efel allan. Aeth ar ei liniau ar y llawr a dechreuodd ar ei waith.

Deuai'r hoelion o'r llawr yn rhwyddach heno, fel y disgwyliai. Llithrent yn ddidrafferth o'u tyllau a chododd y planc cyntaf yn rhwydd. Rhoes ei hances boced dros y lamp i ladd cymaint ag a fedrai o'r golau, a thynnodd yr ail blanc o'i le. Daeth hwnnw i fyny mor ddiffwdan â'r cyntaf, ond yn sydyn rhoes un hoelen wich uchel annisgwyl wrth gael ei symud. Arhosodd Richard yn stond. Daliodd ei anadl a gwibiodd ei lygaid ar hyd y llawr yn ddiarwybod iddo wrth iddo wrando. Cododd y planc yn ofalus.

Cariodd y planciau i gyd ond dau i ben draw y sied a'u gosod i bwyso ar y pared. Gosododd y ddau oedd ganddo ar ôl ar eu hochrau gydag ochr y twll, a chrafodd bridd i lenwi'r ddwy ochr arall rhwng y distiau. Tynnodd yr hances oddi ar y lamp a goleuodd y sied yn ei hôl. Yr oedd ochrau'r twll yn y llawr yn ddiogel yn awr; petai digwydd bod i rywun ddod i browla i'r ardd, ni fedrai weld golau'n dod o dan ei sied.

Edrychodd yn chwilfrydig ar y twll. Yr oedd yr ychydig dyfiant melynwyn a ymwthiai'n wantan o'r pridd yn afiach o ddiffyg haul, yn wahanol iawn i'r glaswellt braf a oedd yno ddeng-mlynedd-ar-hugain yn ôl. Yr adeg honno yr oedd y gwellt mor esmwyth a chynnes, a ffresni byth-gofiadawy ei arogl yn meddwi ffroenau cowboi bychan deg oed a ddisgynnai'n araf i'w ganol gyda saeth angheuol yn ei galon. Yr oedd hwnnw'n wellt i gysgu ynddo pan fyddai pawb arall yn gweithio, ac yn wellt i'w hollti i wneud chwibanogl. Llyncodd Richard ei boer ac estynnodd y rhaw.

Yr oedd yn rhaid bod yn ddistaw, ddistaw. Hwn oedd uchafbwynt pum mlynedd o aros ac o boeni, ac o'r herwydd yr oedd rhyw her mewn bod yn ddistaw. Tynnu'r gemau oddi ar eu perchennog gyda gweiddi a sgrechian, a chwiban a chlec bwled, a'u tynnu oddi yma mewn distawrwydd llethol. Distawrwydd ac unigrwydd. A'r unigrwydd oedd y gorau o ddigon.

Gosododd y rhaw ar ei phen yn y twll a rhoes ei droed arni. Suddodd y rhaw ryw chwarter modfedd i'r pridd a rhoes Richard gynnig arall arni. Llwyddodd i grafu rhyw chwarter rhawiad ac aeth ag ef i ganol y sied a'i droi'n araf i'r llawr. Yr oedd yn bridd. Yr oedd wedi dechrau. Cyn pen dim byddai tocyn iawn ohono ar lawr y sied. Nid oedd ganddo frws, ond nid oedd wahaniaeth am hynny gan na fyddai dim o'i le mewn llawr sied gardd ag ôl pridd arno. Aeth yn ôl at y twll a chrafodd fymryn eto. Yn araf bach deuai mwy o bridd yn rhydd. Am ennyd, tybiodd Richard y dylai ei adnabod, ac yna rhoes un bwffiad distaw o chwerthin am ben y fath syniad. Pridd oedd pridd.

Beth a wnâi yfory? Mynd yn ôl i Lerpwl wrth gwrs, ond ar ôl hynny? A ddylai ddathlu? Na, os nad âi allan am ginio. Cinio drud a diod drutach. Yr unig ddrwg oedd y byddai pawb yn dueddol o edrych yn syn arno am na fyddai ganddo gwmni. Ni fyddent yn deall pe bai'n egluro iddynt nad oedd arno eisiau cwmni, eisiau cwmni neb. Ar ôl i'r ffârs o briodas a brofodd ddod i ben, nid oedd arno awydd rhannu bwrdd ciniawa â neb, ar ei ben ei hun oedd orau. Efallai y byddai'n ailbriodi.

Peidiodd â phalu'n sydyn wrth i'r syniad ddod i'w feddwl. Ailbriodi. Gwnaeth wyneb sur am ennyd cyn ailafael yn ei waith, gan ysgwyd ei ben yn gynnil. Na, go brin. Go brin. Ar ôl yfory fe âi am wyliau, am wyliau go iawn, mis o wyliau i ymlacio a gorffwys. Nid gwyliau oedd bod yn Yr Erddig.

Carreg. Llamodd ei galon. Yr oedd carreg bum mlynedd yn ôl. Rhoes y rhaw i orffwys ar y drws ac aeth ar ei liniau uwchben y twll. Byseddodd o amgylch y garreg a gwnaeth dwll bychan yn y pridd wrth ei hochr. Daeth y garreg yn rhydd yn sydyn, a thynnodd hi ymaith. Nid oedd ond pwtan ryw ddwy fodfedd bob ffordd. Tarfodd ei symud ar heddwch clamp o bryf genwair a heglodd hwnnw am ei fywyd i'r tywyllwch. Ella y cwrddan ni eto cyn y bora, yr hen bardnar, meddyliodd Richard.

Edrychodd ar y garreg. Yr oedd arno eisiau ei dyrnu yn erbyn wal y sied am iddi ei dwyllo, ond calliodd a lluchiodd hi'n ysgafn ar ben y tocyn pridd ar y llawr. Ymgladdodd y garreg yn y tocyn, ac estynnodd Richard y rhaw eto.

Aeth y twll yn fawr. Aeth y tocyn pridd yn uchel, gan fygwth dechrau llithro ohono'i hun yn ôl i'r twll. Arhosodd Richard a rhwbiodd ei law ar hyd ei dalcen. Yr oedd wedi methu. Yr oedd yn rhaid iddo wneud twnel o dan ochr y sied. Rhegodd.

Dechreuodd droedfedd a hanner o wyneb y ddaear. Yr oedd popeth yn iawn i ddechrau, ond yn araf dechreuodd peth o'r pridd uwchben ddisgyn o dan ei bwysau ei hun i'r twnel. Ceisiodd Richard feddwl am ffordd i ddatrys hynny. Byddai rhoi rhywbeth i gynnal y pridd yn rhwystr, ac yn mynd ar ffordd y rhaw. Ystyriodd eto. Na, yr unig ateb oedd gobaith a bwyd llwy, cymryd mwy o ofal wrth durio, a gobeithio'r gorau.

Ond yr oedd yn anos nag a feddyliai. Mynnai'r rhaw daro'n erbyn llawr y sied neu ben y twnel a thynnu gormod o'r pridd i lawr. Cadwodd Richard y rhaw, ac aeth heibio i'r tocyn pridd i ben pellaf y sied lle cadwai'r ddynes ei chelfi garddio. Aeth â fforch a thrywel fechan yn ôl gydag ef at y twll, a thynnodd ei grysbas. Gollyngodd ei hun i'r twll.

Yr oedd hyn yn haws, ond y felltith oedd ei fod yn cyffio ac yn gorfod codi'n aml i ystwytho. Ond o leiaf medrai gadw rheolaeth ar y twll yn awr. Yr oedd wedi llwyddo i dyllu twnel bychan ac yr oedd y pridd uwchben yn aros yn ei le.

Cododd Richard i sythu ei gefn. Yr oedd yn haeddu pob carreg o'r gemau am hyn. Pwy oedd y dyn clyfar a feddyliai ar y ffordd yma mai hanner awr a gymerai i dyllu? Edrychodd ar ei oriawr. Yr oedd wedi troi hanner awr wedi un. Buasai wrthi ers dwyawr. Yn araf a phendant daeth llen o ddigalondid drosto. Cododd o'r twll a cherddodd i ben draw'r sied gan anadlu'n drwm a bwriadol. Yr oedd yn benderfynol na wnâi hyn mo'r tro, a daliodd i anadlu'n ymwybodol nes teimlo'r tyndra'n gadael ei gorff. Sychodd ei dalcen a dychwelodd i'r twll gan ailafael ynddi. Gweithiodd yn ddiwyd ac yn dawel. Yr oedd y garreg nesaf iddo ddod ati'n garreg go iawn.

Gwyddai Richard wrth iddo gael y garreg yn rhydd ei fod am ddechrau crynu. Ceisiodd ymbwyllo ond ni fedrai. Daeth y garreg o'i lle a gafaelodd Richard yn dynn yn y ffurf pyramid. Symudodd y lamp yn nes at yr achos a gwelodd siâp y garreg yn eglur yn y pridd, a'i gwely'n fwy gwastad na'r ochrau.

Synnai o deimlo'r dagrau'n crynhoi y tu ôl i'w lygaid, a cheisiodd eu dileu o'i feddwl. Gwybuasai ar hyd yr adeg, gwybuasai o'r dechrau un. Tynnodd fwy o'r pridd ymaith a'i ddwylo'n crynu fel pethau gwirion. Yr oedd yn rhaid iddo sadio, yn rhaid iddo. Yr oedd yn crynu gymaint nes bod y trywel yn gwneud sŵn wrth neidio ar y pridd. Ac yna daeth rhimyn o fag polythin i'r golwg. Gollyngodd Richard y drywel a chuddiodd ei wyneb yn ei ddwylo. Wylodd fel baban; wylodd nes bod y dirdyniadau'n trydanu drwy ei gorff, ond wylodd yn ddistaw.

Rhoes ei grysbas amdano ac eisteddodd ar y bwrdd. Taniodd sigarét orau'r greadigaeth.

Nid oedd erioed wedi meddwl amdano'i hun fel creadur teimladwy, ac ni ddaroganasai'n ei fywyd sefyllfa lle byddai'n gwneud peth mor blentynnaidd a di-fudd â cholli dagrau. Diolchodd nad oedd neb gydag ef gynnau i fod yn dyst i'r fath ffwlbri. Ond yr oedd y smôc yn dyfod ag ef ato'i hun, a gwyddai na fyddai'n gadael i'w deimladau fynd yn drech nag ef byth wedyn. Tynnodd yn hir yn ei sigarèt cyn ei thaflu i'r pridd. Llyncodd y mwg i gyd a gwnaeth fochau crynion wrth ei chwythu'n ôl i'r awyr yn ffrwd syth o'i flaen.

Neidiodd ar ei draed a diffoddodd y lamp. Gwrandawodd yn astud a'i lygaid yn troi'n syn. Dechreuodd glywed ei galon yn curo. Croesodd dros y twll a rhoes ei glust ar y drws. Nid oedd dim i'w glywed. Ond gwyddai nad wedi dychmygu'r peth yr oedd. Clywsai leisiau oddi allan.

Daliodd ei anadl wrth wrando â'i glust yn dynn yn y drws. Bu bron iddo ddisgyn i'r twll pan ddaeth sŵn sydyn yn union gyferbyn â thwll ei glust. Safodd yn ei ôl a golwg ddychrynedig arno. Yr oedd rhywun y tu allan yn ysgwyd y clo clap. Clywodd lais aneglur a llais arall yn ei ateb, a daeth distawrwydd eto. Aeth Richard yn ôl i ganol y llawr a'r ofn yn llenwi ei gorff. Rhoes ei law dros ei galon yn ddiarwybod.

Ciliodd yn ôl drachefn wrth i sŵn ddod o'r ffenest. Yr oedd y llais yn eglur y tro hwn.

"Mae hon wedi cau hefyd."

Dechreuodd Richard fynd i banig wrth weld rhimyn o gylch golau'n ymddangos drwy'r blanced. Ceisiai rhywun edrych i mewn i'r sied, a chlywodd lais aneglur arall. Yna digwyddodd rhywbeth a droes ei ofn yn arswyd. Nid oedd dim amheuaeth yn y sŵn, llais dyn yn siarad a hisian a chlecian radio'n gefndir iddo.

Pwysodd Richard ar y bwrdd i'w gynnal ei hun. Troes yn sydyn ac aeth ar ei liniau uwchben y twll a chyfogodd ei ofn iddo. Âi ei ochneidiau'n waeth wrth iddo geisio'u mygu i gadw'n ddistaw. Cododd yn simsan ac aeth at y ffenest. Rhoes ei glust wrth y blanced. Clywai'r lleisiau'n eglur.

"Mae'n rhaid ei fod o wedi methu."

"Yr Inspector?"

"Ia. Mae hwn wedi cymryd y goes ne' wedi twyllo pawb ar hyd yr adeg."

"Pam?"

"Wel uffar dân, dydi o ddim yn y tŷ, dydi o ddim yn y sied, a dydi o ddim yn yr ardd. Does 'na unlle arall iddo fo."

"Ble mae o 'ta?"

"Be wn i? Ella nad oes 'na ddim blydi gema chwaith tasa hi'n mynd i hynny. Dim ond gesio mae'r Inspector 'na siŵr. Rydw i wedi laru yma beth bynnag. Pwy ond blydi plismon fyddai'n gorfod aros ynghanol glaw gefn nos i edrach ar ddim byd? Tyrd, mi awn ni'n ôl i'r lôn. Does 'na ddiawl o ddim yma."

Neidiodd Richard yn ôl eto wrth glywed y ffenest yn cael ysgytwad ffyrnig. Gwrandawodd ar sŵn rhywrai'n symud oddi allan a gwrandawodd ar y distawrwydd a ddaeth ar eu holau. Gafaelodd yn dynn eto yn y bwrdd a chaeodd ei lygaid. Yr oedd y diawliaid yn gwybod ar hyd yr adeg.

Yr oedd yn rhaid iddo ddianc. Yr oedd popeth arall ar

ben. Teimlai'n swp sâl wrth feddwl am blismyn yn ei wylio ddydd a nos heb yn wybod iddo. Y diawliaid llech-wraidd, dan din. Sut y cawsant wybod? A pha bryd? Pa haws oedd o ddianc?

Na, na. Yr oedd yn rhaid iddo ddianc. Medrai ddianc, oherwydd yr oeddynt yn credu eu bod wedi methu. Ond iddo fod yn gyfrwys fe allai ddianc o'u gafael. Yr oedd her yn hynny. Dianc o afael y giwaid. Dianc oddi yma, ac unwaith y byddai yn y car, — ond yr oeddynt yn gwybod am y car. Yr oeddynt yn gwybod ei enw, a'i gyfeiriad, a'i waith, a phopeth. Popeth oedd i'w wybod amdano. Ond ni wyddent ei fod am ddianc.

Rhoes ei glust ar y blanced. Dim. Rhoes ei glust ar y drws. Dim. Yn araf iawn, gafaelodd yng nghornel isaf y blanced a thynnodd hi'n ôl. Dim golau. Tynnodd y blanced i ffwrdd a'i lluchio ar y pridd. Cofiodd am ei arian yn y banc. Byddent yn cadw gwyliadwriaeth arno. Yr oedd ar ben ar ei fusnes a'i gelc. Pa haws oedd o ddianc? Ni fedrai byth fynd yn ôl i Lerpwl ac nid oedd ganddo unlle arall i fynd iddo. Nid oedd ddiben mewn dianc.

Na. Yr oedd yn rhaid dianc. Her oedd dianc. Llithro o afael y gleision. Llithro a mynd. Llithro a dianc. Rhoes ei glust ar y llenni. Symudodd gwr un ohonynt. Dim golau. Agorodd y llenni'n ddistaw.

Craffodd i'r ardd. Gwelai siâp y pren afalau. Gwran-dawodd eto. Agorodd y ffenest yn araf, araf, ac yn ddistaw, ddistaw. Rhoes ei ben allan a gwrandawodd yn astud. Medrai ddianc. Aeth i nôl ei gôt.

Yr oedd yn dianc. Daeth drwy'r ffenest heb wneud sŵn a chaeodd hi ar ei ôl. Dyna drueni na fyddai'n cau'n dynn o'r tu allan, ond nid oedd help am hynny bellach. Aeth ar ei gwrcwd i gefn y sied ac arhosodd yn y gornel i wrando. Dim. Yr oedd am ddianc.

Crafangodd ar ei bedwar gyda wal isel yr ardd tua'r gwaelod. Disgynnai'r glaw yn gyson ond nid yn drwm arno, a chyn iddo gyrraedd gwaelod yr ardd yr oedd yn dechrau gwlychu. Yr oedd ei bengliniau a'i ddwylo'n fwd i gyd eisoes, ond ni phoenai fawr am hynny. Cyrhaeddodd y gornel a chododd ei ben yn araf. Aeth ar ei fol ar ben y wal a llithrodd i ardd gefn rhyw dŷ arall. Daliodd i gropian gyda wal yr ardd newydd nes dod at gefn y tŷ. Aeth gyda'r talcen a'i gorff yn dynn yn erbyn ochr y tŷ ac arhosodd. Nid oedd ond rhyw ddwylath o ardd ffrynt i'r tŷ, a gwelai'r plismon yn smocio yn y car. Yr oedd ffenest y car yn hanner agored ac edrychai'r plismon yn syth o'i flaen. Croesodd Richard yn gyflym ar hytraws i gornel yr ardd ffrynt cyn belled ag oedd modd o gefn y car. Croesodd y ffordd ar ei gwrcwd ac i ardd tŷ arall. Aeth gyda thalcen y tŷ i'r ardd gefn a baglodd ar draws bin lludw nes bod y bydysawd yn diasbedain. Cododd ar ei draed a rhuthrodd drwy ardd gefn y tŷ, ac ar ei ben i wrych uchel. Crafangodd i ben y gwrych, a rowliodd i lawr yr ochr arall a disgyn ar ei hyd i'r gwellt, a'i wyneb yn dynn yn y ddaear wlyb. Tynnodd y gwelltyn o'i ffroen, a sadiodd. Bin plastig oedd y bin lludw.

Thâl peth fel hyn ddim, meddyliodd. Ni ddihangodd neb erioed wrth fynd i banig. Nid oedd neb ond ef wedi clywed y bin debyg iawn, ond petai llond yr ardd o blismyn byddai wedi rhedeg i'w breichiau. Yr oedd yn rhaid sadio. Callio, meddwl a chynllunio. Felly roedd dianc.

Cododd ar ei liniau a chropian i gysgod y gwrych. Yr oedd yn wlyb diferol. Ar hynny a fedrai weld o'i gwmpas gwyddai ei fod wedi dod o'r stad a'i fod ar un o gaeau Tan Ceris. Ychydig iawn a welai, hyd yn oed wrth graffu, ond ni welai neb mohono yntau chwaith. Fe âi gyda'r gwrych.

Troes i fyny yng nghornel y cae. Efallai bod adwy yn rhywle. A oedd dros y clawdd â'r ffordd fawr, tybed? Yr oedd y lle'n rhy ddieithr iddo wybod. Ddeng-mlynedd-ar-hugain yn ôl byddai'n gwybod yn iawn. Daliodd i droedio'n ofalus nes dod i ben y cae. Troes i'r dde gyda'r clawdd uchaf ac ymhen ychydig lathenni daeth at lidiart, a ffordd Tan Ceris y tu hwnt iddi. Rhoes ei ben dros y llidiart ac edrychodd i'r chwith. Heb fod ymhell yr oedd

208

giât lôn Tan Ceris a sŵn radio plismyn yn crawcian yn isel. Aeth Richard ar ei gwrcwd heibio i'r llidiart gan aros yn y cae. Byddai'n rhaid iddo ddianc ar ddwy droed.

Ganllath neu ddau i ffwrdd yr oedd yr heddgeidwaid mewn penbleth mawr. Gan nad oedd neb o gwmpas daethant at dŷ Gladys Davies a safent ar y ffordd yn ymgynghori. Ni cheisient ymguddio mwyach.

Yr oedd yr Arolygydd Roberts yn bur flin.

"Ble ddiawl mae o 'ta?"

"Duw a ŵyr. Mae'r car yma o hyd. Ddaeth 'na neb ar ei gyfyl."

"Ydi'r tŷ wedi ei chwilio i gyd?"

"O'r atig i'r gwaelod."

"Beth am yr ardd a'r sied?"

"Mae'r sied dan glo a'r ardd yn wag."

"Duw Duw."

"Be sydd yn y sied?"

"Nialwch."

"Beth am fynd i'w gweld rhag ofn? Ble mae'r goriad?"

"Roedd o'n hongian wrth y drws cefn ddydd Sul."

Cerddasant at gefn y tŷ ac aeth yr Arolygydd i mewn. Estynnodd allwedd y sied a chroesodd yr ardd at y drws.

"Duw, dyna ryfedd. Wnaiff o ddim agor. Hei, tyrd â gola. Wel yli, mae'r clo 'ma'n newydd. Nid hwn oedd yma ddydd Sul. Wel myn diawl."

Daeth gwaedd sydyn wrth i heddwas suddo. Safai o fewn llathen i'r Arolygydd, wrth ochr y sied rhyngddi hi a'r tŷ, ac yn sydyn teimlodd rywbeth yn rhyfedd dan draed. Y munud nesaf yr oedd y ddaear wedi ei lyncu at ei ganol. Daeth gwaedd arall.

"Mae'r ffenest ar agor rŵan."

Rhuthrodd yr Arolygydd at ochr y sied. Safai rhingyll yno a golwg wirion arno'n dal y ffenest lydan agored. Rhoes yr Arolygydd ei lamp a'i ben i mewn a gwelodd y llanast.

"Byrstiwch y blydi clo 'na," gwaeddodd.

209

Agorwyd y drws a safasant yn syfrdan. Crafodd yr Arolygydd ei ddannedd yn ei gilydd.

"Wel yr hen uffar slei. Reit, ar ei ôl o. Dim cuddio. Y goleuada a'r seirens a'r blydi lot. Dychrynwch o. Os ydi calon yr uffar yn ddrwg, gora oll. Waeth gen i ei gael o'n gelain ddim. Be ddiawl oedd o'n ei wneud efo gordd?"

Edrychai'r lleill yn syn arno, ond cyn i neb fedru gwneud dim daeth sŵn sydyn. O'r caeau y tu hwnt i'r stad i gyfeiriad Tan Ceris deuai sŵn ci, ci'n mynd yn lloerig.

Cas beth Dwalad oedd fusutors, ac yr oedd fusutors gefn nos yn waeth na dim. Swatio yn ei gwt oedd yr hen gi pan synhwyrodd ddrwg yn y caws. Mewn chwinciad yr oedd ar ben cilbost yr iard yn gwrando. Rywle'r ffordd acw'r oedd o. Chwinciad arall ac yr oedd Dwalad wedi croesi'r ffordd ac ar ben y clawdd yr ochr arall. Sleifiodd i lawr y cae a gwelodd ef. Wardiodd. Yr oedd hwn ar berwyl drwg. Yr oedd hwn ar berwyl drwg yn ei diriogaeth ef. Awê dog.

Clywodd Richard sŵn y rhuthro ond yr oedd yn rhy gyflym iddo'i osgoi. Ni wnaeth Dwalad lol yn y byd dim ond mynd i'w goes yn syth a brathu at yr asgwrn. Rhoes Richard floedd o boen a dychryn a throes ar y ci. Ceisiodd ymryddhau a rhoes gic i'r ci â'i droed chwith. Gwrthododd Dwalad â gollwng a disgynnodd cledr llaw Richard ar ei wegil. Neidiodd y ci a gollyngodd ei afael. Ni theimlasai'r fath boen erioed a gwylltiodd yn gacwn. Rhedodd o amgylch y dyn gan aros ei gyfle a dechreuodd gyfarth. Cyfarthodd fel na chyfarthodd erioed o'r blaen a neidiodd am wddw'r dyn. Disgynnodd y ddau i'r llawr.

Aeth Dwalad yn lloerig. Nid oedd wedi gweld ofn ar ddyn o'r blaen, nac wedi clywed dyn yn gweiddi chwyrnu a dangos ei ddannedd. Chwiliai am waed ond disgynnai dyrnau'r dyn yn ddidrugaredd arno. Yna daeth dyrnod fel tunnell o frics rhwng dau lygad y ci, a disgynnodd yn ôl yn syfrdan. Rowliodd ar y ddaear ond daliai'r dyn ei afael ynddo. Yna cododd y dyn a dechreuodd gicio. Ciciodd a chiciodd. Troes y cyfarth yn wylo a throes yr wylo'n igian, ac aeth yr igian yn fud.

Rhegodd Richard ynghanol ei chwythu tarw wrth droi ei ben yn ôl a gweld y goleuadau yn y pellter. Nid arhosodd ond aeth ymlaen. Yr unig ffordd i ddianc oedd trwy fynd ymlaen. Ni wyddai i ble'r âi wrth fynd ymlaen, ond gwyddai bod plismyn o'i ôl. Os oedd am ddianc yr oedd yn rhaid iddo fynd ymlaen.

Yr oedd arno eisiau aros i gael ei wynt ato ond ni feiddiai. Yr oedd yn rhy beryg. Yr oedd yn rhaid iddo ddal i fynd ymlaen. Llosgai ei drowsus gwlyb ar ei goes a gwyddai ei bod yn gwaedu. Yr oedd yn cloffi'n gyflym ond yr oedd yn rhaid iddo fynd ymlaen. Yr oedd ei goes a'i ffêr yn ei frifo, ac yn tynnu dagrau i'w lygaid. Ond yr oedd yn rhaid iddo ddianc. Yr oedd dianc yn herio, herio pob un ohonynt. Dyna pam yr oedd yn rhaid dianc. I'w herio.

Daeth at glawdd, clawdd cerrig. Yr oedd yn rhaid iddo fynd dros y clawdd. Ni fedrai blygu ei goes erbyn hyn a chyrhaeddai'r boen ei glun. Rhoes ei ddwylo ar ben y clawdd a cheisiodd godi ei hun drosto, gan ddefnyddio'i droed chwith i ddal ei bwysau, a llusgo'i droed dde ar ei ôl. Glaniodd ar ei ochr yr ochr arall i'r clawdd, a chododd. Dechreuodd gerdded.

Darfuasai'r tir âr, ac yr oedd ar fynydd-dir crasach yn awr, yn gerrig a chreigiau drosto. Byddai'n rhaid iddo fod yn ofalus rhag iddo faglu a brifo mwy. Blydi ci. Yr oedd eisiau dial arno ers talwm. Fe ddysgodd iddo wneud hwyl am ei ben ef.

Gwingai dan boen, ond yr oedd yn rhaid iddo ddal i fynd. Yr oedd yn rhaid iddo osgoi carchar. Petaent yn ei ddal, byddent yn ei roi mewn carchar. Sut y cawsant wybod am y gemau? Pwy ddywedodd wrthynt, ar ôl pum mlynedd? Harri? Yr oedd Harri wedi marw. Ni fyddent yn rhoi Harri mewn carchar. Byddent yn taeru mai ef ac nid Harri a saethodd y siopwr, ac yn ei garcharu am ei oes. Byddai'n rhaid iddo gymysgu'n glòs â phobl eraill, a galw rhai ohonynt yn syr. O Dduw annwyl yr oedd yn rhaid iddo ddianc.

Ar ôl dianc, byddai angen iddo newid bywyd.

Ailddechrau. I ble'r âi? Llundain. Na, yr oedd pob ffŵl yn mynd i Lundain. Lle gwellt, lle drama. Ond yr oedd pobman arall yn rhy fach. Mynd dros y môr. Ie, fe âi dros y môr. Ond byddai'r giwaid yn disgwyl amdano ym mhob porthladd a maes awyr. Yr oedd ganddynt ddynion â dawn i ddysgu adnabod wynebau ganddynt; ni fyddent ond munud neu ddau yn dysgu un arall. Beth petai'n mynd i Landudno a mynd i Ynys Manaw? Yr oedd hwnnw'n syniad newydd. Efallai y byddai'n haws dianc o Ynys Manaw nag o Loegr.

Gwelai ei hun yn sefyll mewn rhes unffurf yn dal plât i gael bwyd. Gwelai ddyn mewn siwt las a chap sbidcop yn dod ato a'i wawdio, a chael hwyl am ei ben a phoeri yn ei wyneb. Yr oedd yn rhaid iddo fynd ymlaen. Ond ni fedrai. Yr oedd yn rhaid iddo aros i gael seibiant. Yr oedd yn gorfod llusgo'i goes dde ar ei ôl fel ci'n tynnu car llusg. Arhosodd, a chwympodd ar y llawr. Cododd ar ei eistedd. Yr oedd y boen yn ei fygu. Wrth gerdded a meddwl yr oedd wedi gallu cuddio rhywfaint ar y gwirionedd, ond yn awr nid oedd amheuaeth. Yr oedd ei goes yn mynd i wrthod ei gynnal. Plygodd, a thynnodd goes ei drowsus i fyny. Glynai ei drowsus yn ei goes a meddyliodd y byddai'n marw mewn poen cyn cael y trowsus yn ddigon rhydd i'w gael dros ei ben glin. Ymbalfalodd yn ei boced am ei lamp, a chofiodd ei bod yn y sied. Ond gwyddai bod ganddo fatsen.

Tynnodd y blwch o'i boced ac edrychodd o'i gwmpas. Taniodd fatsen a chysgododd y fflam â'i law chwith. Edrychodd yn syn ar y llanast. Yr oedd y briw'n ddulas a'i goes odano'n goch i gyd. Troesai'r hosan ei lliw a theimlai'r gwaed yn dew rhwng bodiau ei draed. Y blydi ci. Ac yr oedd ei ffêr yn curo gan boen, gyda phigiadau cyson yn gwibio drwy ei gorff. Yr oedd yn siŵr bod y bin a ddaliai'r esgyrn wedi symud. Yr oedd yn rhaid ei fod wedi troi ei droed yn yr ymladdfa gyda'r ci. Blydi ci. Blydi coes. Hances boced.

Tynnodd ei hances a'i phlygu. Lapiodd hi'n dynn am y

briw, ond ni fedrai ei chadw'n ei lle. Byddai'n rhaid iddo'i chlymu â rhywbeth. Ond yr oedd yn gwella'n barod, dim ond wrth ei dal ar y briw gyda'i law. Beth am garai ei esgid? Ond sut medrai gerdded heb garai? Ni fedrai ddianc mewn esgidiau heb eu cau. Esgidiau heb garai oedd gan bobl mewn cell. Mynd i garchar. Na, yr oedd ef am ddianc. Nid oedd ef am fynd i garchar.

Tynnodd y ddwy garai oddi ar ei esgidiau a chlymodd un yn dynn am yr hances. Torrodd y llall yn ei hanner a rhoes hanner carai i bob esgid, gan adael y tyllau uchaf ar bob esgid yn wag. Gweithiodd hynny'n iawn. Dyna'r hyn oedd i'w gael wrth feddwl, wrth ystyried yn dawel. Rhoes y trowsus yn ôl dros ei goes, a chododd ar ei draed gan ddal ei bwysau ar ei droed chwith. Yn araf a gofalus newidiodd ei bwysau i'r droed dde. Ni fedrai ymatal rhag gwenu. Nid oedd yr un dyn. Dechreuodd gerdded. Yr oedd am ddianc.

Edrychodd yn ei ôl. Nid oedd hanes o olau yn unman, dim o'i ôl, dim i'r aswy nac i'r dde, dim o'i flaen. Yr oedd ar ei ben ei hun. Ond yr oedd yn rhaid iddo ddal i gerdded. Bore fory byddent yn dod i chwilio amdano ac yr oedd angen iddo fod cyn belled ag y medrai erbyn hynny. Nid oedd ganddo syniad ym mhle'r oedd, ond tybiai iddo gadw ar yr un lefel bron o'r dechrau; nid oedd wedi dringo na disgyn rhyw lawer. Gwyddai oddi wrth ei gerddediad ei fod ar lethr yn awr; disgynnai'r tir i'r dde oddi wrtho'n bur serth. Erbyn meddwl, syniad gwirion oedd mynd i Ynys Manaw; byddai'r fan honno cyn berycled bron â Phenerddig, heb unman i ddianc ohoni. Efallai y byddai'r Alban yn well, Glasgow neu Gaeredin. Ac efallai y medrai ddyfeisio cynllun i gael ei arian o'r banc. Rhoddai hynny rywbeth iddo i feddwl amdano yn ystod yr wythnosau nesaf, tra byddai'n ymguddio. Byddai hynny'n her hefyd; os oedd y diawliaid eisiau her, yr oeddynt wedi dewis yr union ddyn i'w rhoi iddynt.

Ond yr oedd ei goes yn brifo eto. Cloffai fwy gyda phob cam, ac yr oedd yn rhaid iddo gael seibiant arall.

Arhosodd, ac eisteddodd ar garreg wleb gan afael yn ei goes â'i ddwy law i'w symud i'w chael o'i flaen. Caeodd ei lygaid yn dynn i geisio cael gwared â'r boen. Meddyliai bod ei goes yn mynd yn ddiffrwyth. Daeth ofn arno. Yr oedd madredd am ei gerdded. Byddai'n rhaid iddo fynd at feddyg, a byddai'r meddyg yn ei garcharu am ei oes. Rhoes ei law ar ei dalcen. Yr oedd yn mynd yn chwil. Dylai ei dalcen fod yn gynnes, ond yr oedd yn oer, oer. Ond yr oedd ei droed yn gynnes.

Cododd goes ei drowsus a darganfu'n syth bod yr hances wedi disgyn at ei ffêr. Rhegodd, a phlygodd i'w chodi. Ni allai ei atal ei hun rhag colli ei gydbwysedd, a disgynnodd yn bendramwnwgl i lawr. Ceisiodd atal ei godwm ond yr oedd yn rowlio i lawr yr ochr. Ceisiodd blannu ei ddwylo yn y gwellt, ond yr oedd y prinder pridd yn ei wneud yn llithrig, a daliai i ddisgyn. Trawodd ei ochr yn greulon ar garreg nes ei fod yn troi. Ond yr oedd wedi peidio â rowlio, a llithrai ar ei fol i lawr yr ochr. Gafaelodd mewn sypyn o wellt, a daeth hwnnw i ffwrdd i'w ganlyn. Arafodd hynny fymryn arno, fodd bynnag, a llwyddodd i afael mewn sypyn arall o wellt, a'i daliodd.

Arhosodd yn ei unfan am hydoedd. Gorweddai ar ei ochr â'i fraich odano, heb symud gewyn. Yr oedd ei gorff yn gleisiau i gyd, ac yr oedd ei du mewn yn brifo. Yr oedd yn oer. Yr oedd yn rhynnu. Yr oedd yn ganol Mehefin ac yr oedd ei ddannedd yn clecian. Symudodd ei law yn araf i mewn i'w gôt i fwytho'i ochr, a thynnodd hi allan yn goch.

Ond nid oedd wedi gorffen dianc eto. Ceisiodd godi a rhoi ei bwysau ar ei freichiau, ond rhoes waedd pan frathodd y boen ef. Ni wyddai ymhle; yr oedd y boen ym mhobman. Disgynnodd yn ôl ar ei wyneb, a theimlodd y dŵr oer yn chwarae â'i geg. Ac yna clywodd sŵn y môr.

Efallai bod yno gwch ar y traeth. Nid oedd wedi meddwl am ddianc mewn cwch. Ond yn awr yr oedd meddwl yn brifo. Rywle o dano yr oedd y môr. Ond iddo gadw sŵn y môr ar y dde iddo bob gafael, byddai'n gwybod ei fod yn mynd ymlaen. Ymlaen oedd y ffordd iawn. Ymlaen oedd y ffordd i ddianc. Cododd ei ben eto ac ymwthiodd i fyny. Rhoes ei ddwylo odano a llwyddodd i hanner codi. Cafodd ei bengliniau odano a dechreuodd symud. Yr oedd yn gallu mynd ac yr oedd y môr ar y dde iddò. Yr oedd yn dianc. Ac efallai ei bod yn well iddo fynd ar ei bedwar. Petai'n cerdded, efallai y byddai rhywun yn 'ei weld, ac yn mynd ag ef i garchar. Petai'n cerdded, byddai ei goes dde'n methu. Petai'n cerdded, byddai'n haws iddo syrthio eto.

Yr oedd arno eisiau bwyd. Yr oedd y boen y tu mewn iddo. Yr oedd yn siŵr mai yn ei stumog yr oedd y boen. Petai'n cael rhywbeth i'w roi yn ei stumog . . . efallai bod ganddo glap o fferins yn ei boced. Gorffwysodd ar ei benelin chwith, a chododd ei law dde i'w rhoi yn ei boced i chwilio am y fferins, a llithrodd. Glaniodd ar ei gefn ar graig a thrawodd ei ben yn galed arni. Gorweddodd arni am hir, hir. Yr oedd dŵr yn rhedeg i lawr y graig ac yn ei olchi'n lân, a dechreuai fynd yn braf yno. Caeodd ei lygaid. Mor braf fyddai cael peidio â meddwl, nid meddwl am ddim, ond peidio â meddwl o gwbl.

Ond yr oedd rhywbeth o'i le. Ystyriodd. Dim ond iddo ddal i fynd ymlaen a chadw sŵn y môr ar y dde iddo, byddai'n iawn.

Gwyddai beth oedd o'i le. Yr oedd sŵn y môr ar yr ochr chwith iddo. Nid y ffordd honno oedd mynd debyg iawn. Nid y ffordd honno oedd gorwedd. Troes i godi ar ei bedwar, ac yr oedd ei gorff i gyd yn yr awyr.

Yr oedd pigyn o graig wedi mynd drwy ei gôt, ac ataliodd honno ei gwymp. Daeth ton, a'i godi, a'i adael. Daeth ton arall, a'i godi eto, a'i adael. Daeth ton arall. Curodd yn erbyn y graig, a chiliodd, gan foddi sŵn côt yn rhwygo. Nid oedd dim ond botwm a darn o frethyn i'r don nesaf chwarae â hwy, a chiliodd heb fynd i'r drafferth o'u cyffwrdd. Yna daeth ton arall, gan gosi odanynt fel cosi brithyll, a daeth y brethyn a'r botwm yn rhydd o'r graig gan ddawnsio i ganlyn y don. Chwaraesant ar wyneb y môr am ysbaid, wrth ddrifftio'n hamddenol i ffwrdd o'r graig. Yna suddasant yn araf, gan adael y tonnau i chwarae â'r graig.

12

O leiaf yr oedd yn fore heulog. Gwibiodd hynny'n annelwig drwy feddwl Meredydd ar draws popeth arall wrth iddo sefyll yn ffenest y llofft gefn a'r syndod yn chwalu'r cwsg o'i lygaid. Yr oedd gardd gefn y drws nesaf yn cerdded o dyllau a phlismyn, plismyn yn chwilio, plismyn yn crafu, plismyn yn cloddio, a phlismyn yn sefyll. Codasid y sied yn ei chrynswth, a'i chario heibio i'r goeden afalau, a'i gosod ym mhen draw'r ardd, ac nid oedd ond twll anferth lle bu.

Adwaenai Meredydd rai o'r plismyn. Daeth cuwch i'w lygaid wrth syllu at y ddau agosaf ato yn llewys eu crysau'n palu'n drwsgl. Dymunodd bob drwg iddynt; buasai'r ddau'n cael hwyl iawn pan oedd ef yn y celloedd ym Mhenerddig, yn ei leinio a'i gicio wrth eu mympwy. Byddai'n dda petai'r tocyn pridd uwch eu pennau'n disgyn a chladdu'r giwaid at eu gyddfau, neu'n well byth . . . sôn am gladdu . . . Penderfynodd ei fod yn haeddu cael mymryn o hwyl am gael ei ddeffro mor gynnar.

Agorodd y ffenest. Clywodd y ddau odano'r sŵn a throesant gan godi eu pennau. Pan welsant Meredydd rhoesant edrychiad byr ar ei gilydd, a dechreuasant wrido. Pwysodd Meredydd allan drwy'r ffenest a syllodd arnynt am ychydig heb ddweud dim, gan adael iddynt fynd i deimlo'n fwy a mwy annifyr. Nid oedd ei gywreinrwydd na'i chwilfrydedd am yr hyn a ddigwyddai yn yr ardd yn drech na'i ddirmyg.

"Chwilio am Gladys ydych chi?" gofynnodd yn ddiniwed toc. "Dydych chi ddim yn y twll iawn."

Nid atebodd yr un o'r ddau heddwas, ond gwyddai Meredydd ar eu hosgo eu bod yn tynhau.

"Dydych chi fawr o balwrs. Tasach chi'n trin y bobl sydd i mewn acw mor addfwyn ag yr ydych chi'n mwytho'r ddwy raw 'na, mi fyddai 'na dipyn llai o gleisau hyd y lle ma".

217

Daeth atgof sydyn iddo am ei ddyddiau ysgol. Yn lwmp mewn trowsus bach, ni fyddai'n ddim ganddo gega nerth ei ben ar hogiau o'r chweched dosbarth, a'r rhai hynny'n bethau mawr fel teirw, ac yntau led cae i ffwrdd. Yr oedd yr un mor ddiogel led wal gardd i ffwrdd, lled wal gardd a chyfraith Lloegr.

Daeth sŵn newydd i'w glustiau pan oedd yn gwledda ar weld y ddau heddwas yn dechrau corddi odano. Cododd ei ben i chwilio'r awyr, a gwelodd ddau hofrennydd yn y pellter uwchben Llanaron yn tyfu'n gyflym wrth ddynesu. Trodd un ohonynt yn swnllyd gydag ysgwydd y mynydd gan fynd heibio i Dan Ceris yn isel i ddeffro Now, a chwyrnodd y llall dros y tai tua'r môr yn oleuadau i gyd.

Edrychodd Meredydd yn syn. Rhwng popeth, yr oedd yn werth mynd i wisgo amdano.

"Hei."

Edrychodd Meredydd i lawr a gwelodd ringyll yn ei ardd gefn a'i ben i fyny'n ceisio cael ei sylw.

"Ddoi di i lawr am funud?"

Ni allai Meredydd lai na meddwl yn sydyn bod pethau'n altro. Y tro diwethaf i'r rhingyll hwn fod yn siarad ag ef, dweud ac nid gofyn yr oedd.

"Rhoswch imi wisgo amdanaf."

Caeodd y ffenest ac aeth i'r ymolchfa. Ar ôl sioc y cyffyrddiad cyntaf, yr oedd dŵr o'r tap oer ar ei gorff yn braf, bron fel dŵr y môr, ac yn ei ddeffro'n iachus o afrealaeth y ddrama yng ngardd Gladys. Ni fyddai Einir yn gweithio heddiw nac yfory; yr oedd hynny'n bwysicach na holl leision a rhawiau a hofrenyddion y byd. Yr oedd gan Einir ddau ddiwrnod o wyliau, ac nid oedd llond Hirfaen o blismyn yn mynd i newid hynny.

Gwyddai wrth wisgo amdano ei fod yn gwybod hanner y stori'n barod. Ar ôl yr holl browla a wnaethai'r dyn rhyfedd hwnnw, yr oedd yn rhaid i rywbeth ddigwydd. Yr oedd Einir wedi dweud o'r dechrau un, ac yntau hefyd o ran hynny. Beth bynnag a oedd yn digwydd yn y drws nesaf, yr oedd y dyn dros ei ben a'i glustiau ynghanol yr helbul, nid oedd dim sicrach.

Pan aeth i lawr i'r gegin, tywalltodd beint o lefrith i wydryn cwrw, ac agorodd y drws cefn. Erbyn hyn cawsai'r rhingyll gynulleidfa, —Arolygydd o Benerddig, a dau arall na welsai Meredydd mohonynt o'r blaen.

Eistedddodd ar gornel bwrdd y gegin fach i wrando ac ateb cwestiynau, ac yfed ei lefrith bob yn ail. Yr oedd y stori'n anghredadwy.

"Tynnu 'nghoes i 'dach chi."

"Tynnu coes? Tynnu blydi coes?" Yr oedd y rhingyll yn goch at ei glustiau. "Pymthag o ddynion yn yr ardd, hanner cant ar ochr y mynydd neu ar eu ffordd yno, a dau ddwsin arall ar y traeth 'na. Wyt ti'n meddwl bod rheini'n tynnu blydi coes?"

Yr oedd yr holl beth yn chwerthinllyd.

"Ble mae o 'ta?"

"Wedi dianc neu wedi boddi."

Edrychodd Meredydd yn synfyfyriol o'i flaen.

"Wedi boddi mae o." Yr oedd llais yr Arolygydd yn bendant.

Daliodd Meredydd i synfyfyrio. Yr oedd cant o ddynion bach yn chwilio'r tir am ddyn wedi boddi. Dweud dim oedd ddoethaf.

Ar ôl i'r plismyn fynd ymaith, nid oedd ganddo ddim i'w wneud. Yr oedd yn llawer rhy gynnar i fynd i Benerddig; nid oedd ond newydd droi chwech o'r gloch, ac nid oedd bleser mewn mynd am dro gyda'r holl blismyn o gwmpas. Nid oedd ganddo amynedd i fynd i wylio'r digwyddiadau yn yr ardd drws nesaf, na mynd i dwtio dim ar ei ardd ei hun, rhag ofn bod un o'r ddau heddwas y bu'n eu gwawdio gynnau'n arddwr. Aeth drwodd i'r cyntedd a chododd y ffôn. Petrusodd pan ar ganol troi'r ffigurau, a bu bron iddo â rhoi'r ffôn yn ei ôl. Ond daliodd ati, a chodwyd y ffôn yn Yr Erddig ar y caniad cyntaf.

"Ydi Einir wedi codi, os gwelwch yn dda?"

"Einir? Wedi codi?" Clywodd ebychiadau, a'r llais yn dod yn ei ôl. "Go brin. Mi af i edrych. Rhoswch funud."

Yr oedd llawer o leisiau i'w clywed yn y pellter.

"Na, does dim golwg ohoni. Ydych chi isio gadael neges?"

"Na."

Rhoes y ffôn yn ei ôl ac aeth i fyny'r grisiau i'r ymolchfa. Llanwodd y baddon â dŵr oer. Tynnodd ei ddillad a safodd am funud yn y dŵr cyn gollwng ei hun yn araf iddo.

Bu yn y baddon am hydoedd, yn chwarae â'r tapiau gyda'i draed ac yn meddwl. Yr oedd yn dechrau corddi ynddo'i hun; yr oedd digon o blismyn ar gael i'w pethau hwy eu hunain. Bu ef unwaith angen cymorth hyd lethrau Mynydd Ceris, ac nid oedd yr un ohonynt eisiau gwybod.

Ymhen hir a hwyr canodd y ffôn. Cododd o'r dŵr, a oedd erbyn hyn yn lled gynnes, ac aeth i lawr y grisiau gan lusgo lliain ar ei ôl, a gadael i'r diferion ddisgyn o'i gorff i'r carped.

"Helô."

"Ffonist ti gynna?"

"Do."

"Hei, wyddost ti be?"

Gwenodd Meredydd. Yr oedd ei llais yn llawn cynnwrf.

"Gwn. Maen nhw wedi bod yma. Maen nhw wedi aredig y drws nesa. Faint o'r gloch ydi hi?"

"Newydd droi hannar awr wedi saith."

"Mi fydda i yna cyn wyth."

"Iesu bach, mae brys arnat ti."

"A blys."

"Oes mwn. Paid â gwneud brecwast. Ella gwêl Mr. Ellis yn dda i dy fwydo di."

Sychodd ei hun wrth fynd yn ôl i'r llofft, a gwisgodd amdano'n frysiog. Edrychai rhai o'r plismyn yn amheus arno wrth iddo estyn y car a gyrru o'r stad, ond ni cheisiodd neb ei atal. Yr oedd tyrfa'n ymgasglu yn y stad yn barod, ac yr oedd Meredydd yn bur falch o gael mynd oddi yno.

Arhosodd ar ganol Allt Ceris, a daeth allan o'r car i edrych ar yr olygfa ryfedd y tu hwnt i Dan Ceris. Yr oedd ochr y mynydd yn berwi gan blismyn, fel pryfed ar fuwch, rhai'n brasgamu'n frysiog y tu ôl i gŵn eiddgar, eraill ar eu gliniau neu ar eu cwrcwd yn canolbwyntio'n ddyfal ar y gwellt o danynt, a rhai eraill yn sefyll, yn ymgynghori ac yn pwyntio i bobman â breichiau sydyn, pwysig. I lawr yr allt deuai faniau a cheir â mwy o blismyn, a chyn hir byddai pawb yn Hirfaen wedi deffro a dod i fusnesa, a byddai'r lle fel cwch gwenyn. Y lle gorau i fod oedd ymhell i ffwrdd. Aeth yn ôl i'r car ac am Benerddig.

Daeth y ddau'n ôl i Hirfaen ar ôl cinio, i ddarganfod tresmaswyr yng ngardd Meredydd. Einir a'u gwelodd gyntaf; yr oedd Meredydd yn rhy brysur yn ceisio gwau drwy'r bobl siaradus a chwilfrydig a lanwai'r stad. Gafaelodd Einir yn ei fraich.

"Yli."

Safai'r dyn teledu yng ngardd Meredydd, a'i gefn at dŷ Gladys. Siaradai'n daer a chamacennog â'r camera o'i flaen, gan bwyntio bob hyn a hyn at domen bridd i'r chwith iddo yng ngardd y drws nesaf. Troai'r camera'n ufudd gyda'r fraich i ddangos y pridd i'r byd; yr oedd bron yn anghredadwy bod plismyn wedi palu pridd go iawn ar fore Sadwrn mewn gardd tŷ mewn pentref glan y môr yng Ngwynedd. Chwarddodd Einir a Meredydd am ben y plentynrwydd, a daethant o'r car.

Ni allai'r dyn teledu gredu. Ysgydwodd ei law yn fyr a phwysig ar y camera gan gerdded heibio iddo a gwisgo'i olwg ylwch-pwy-ydw-i wrth ddod at Meredydd ac Einir. Byddai cyfweliad â'r Bobl A Oedd Yn Byw Yn Y Tŷ Y Drws

221

Nesaf I'r Tŷ Y Cyflawnwyd Y Drosedd Ynddo yn sgŵp; cael Y Bobl i lefaru yn eu geiriau eu hunain wrth y camera na welsant hwy ddim drwgdybus yn y lle, a bod digwyddiadau'r bore'n sioc enbyd iddynt. Yr oedd hyn yn Deledu, yn Deledu'r Llygad Dyst. Efallai y câi fynd yn bennaeth rhaglenni.

Disgynnodd ei wep pan welodd y ddau'n brasgamu heibio iddo i'r tŷ heb gymaint â'i gydnabod, a chau'r drws ar eu holau. Efallai mai swil oeddynt. Yr oedd ganddo ddawn i dynnu pobl o'u cregyn.

Curodd y drws. Agorodd Meredydd.

"Pnawn da. Meirion Gwyn ydi'r enw, os nad . . . "

"Isio caniatâd i fynd i 'ngardd i ydych chi?" torrodd Meredydd ar ei draws. "Na chewch."

Caeodd y drws a daeth siom cael ail i wyneb y dyn. Troes yn ei ôl i'r ardd yn ddig. Nid hwn oedd y cyntaf, na'r olaf mae'n siŵr, i ddangos ei eiddigedd ohono. Fe âi â'r camera i'r traeth. Byddai gwell croeso iddo yno, ac efallai y câi fod yn dyst i Ddatblygiad.

Pwysai Einir ar sil ffenest y gegin ffrynt yn gwylio'r gohebydd yn hel ei bac.

"Beth am fynd i ben y mynydd?" gofynnodd yn sydyn.

"Mynydd Ceris?"

"Ia. Yr un fath â'r noson y deuthum yma gynta. Mi fydd yr haul wedi sychu'r gwellt bellach, ac mi gawn orweddian ar y copa. Tyrd â dy sbenglas efo ti inni gael gweld y glas yn mynd drwy eu campia."

"Rwyt ti'n waeth na'r peth camera 'na."

"Hy! Rwyt titha bron â thorri dy fol isio gwybod be sy'n digwydd, mi wn i ar dy wynab di."

"Reit, Tyrd 'ta."

Synhwyrai Einir bod y fain yn codi ar Meredydd wrth iddynt gerdded trwy'r stad ac ar hyd y Lôn Ucha at lidiart lôn Tan Ceris. Cariai hi'r sbienddrych dros ei hysgwydd, a cherddai Meredydd wrth ei hochr â'i ddwylo'n ddyfn yn ei bocedi, gan edrych yn gas ar y ffordd o'i flaen heb ddweud dim. Penderfynodd adael iddo ori ar ei feddyliau.

Yr oedd heddwas yn sefyll yn llidiart Tan Ceris pan gyraeddasant, ond gadawodd iddynt fynd drwodd heb ymyrryd dim. Clywodd Einir Meredydd yn chwyrnu rhywbeth o dan ei wynt wrth fynd heibio i'r heddwas, a gwelodd ei lygaid yn fflamio. Cerddasant yn araf i fyny'r ffordd fach.

"Be sy'n bod?"

"Y?"

"Be sy'n bod?"

"Be sy'n bod be?"

"Mae golwg beryg arnat ti."

"Paid â rwdlan."

"Oes. Rwyt ti'n ddistaw ers meityn, ac rwyt ti'n edrych yn gas ar y lôn 'ma fel tasat ti am ei llarpio hi."

"Meddwl oeddwn i."

"Am be?"

"Hidia befo."

"Na, deud."

"Yr holl blismyn 'ma."

"Be oedd amdanyn nhw?"

"Pan foddodd 'nhad . . ."

"Hei!"

Edrychodd y ddau i fyny'n sydyn. O'u blaenau, yr oedd cryn ddwsin o blismyn yn edrych tuag atynt, a sylwodd Meredydd ar Gareth Hughes yn eu canol. Daeth rhingyll oddi wrth y criw tuag atynt, ac yr oedd yn amlwg mai ef oedd yr un a waeddodd arnynt.

"Ac i ble'r ewch chi, tybad?"

"Am dro," atebodd Meredydd yn sydyn ac yn swta.

"Dewch chi ddim am dro ar hyd y lôn yma. Cerwch, miglwch hi."

"Dim peryg yn y byd."

Yr oedd Meredydd yn dechrau tanio. Edrychai'n herfeiddiol ar y rhingyll ac atgasedd lond ei lygaid. Gafaelai Einir yn dynn yn ei fraich.

"Yli di was, os ydw i'n deud . . ."

"Ylwch chitha. Os ydw i isio mynd i Dan Ceris i edrych

223

am Now, mi a'i i Dan Ceris i edrych am Now, ac os penderfyna i fynd i ben y mynydd, yno landia i. Be 'dach chi'n ei wneud yma, pa'r un bynnag? Dim ond blydi plismyn fyddai'n ddigon dwl i chwilio ochra mynydd am ddyn wedi boddi yn y môr.''

Dawnsiai'r rhingyll yn ei unfan.

''Yli di'r geg fawr, be wyddost ti am foddi?''

Yr oedd wyneb yn wyneb â Meredydd erbyn hyn, a chodai'r arogl baco cryf a ddeuai o'i geg gyfog ar Meredydd. Hoffai chwydu i'w wyneb. Aeth yn welw yn sydyn, a rhoes gam yn ôl.

''Mi wn i fwy am foddi na thi, y plismon drama uffar,'' meddai rhwng ei ddannedd.

Troes Meredydd i fynd heibio iddo, ond rhuthrodd y rhingyll am ei fraich. Wrth eu hochr safai Einir yn crynu, gan ddal i afael yn dynn yn Meredydd.

''Be ddwedist ti'r cyw mul diawl?''

Symudodd rhai o'r plismyn eraill tuag atynt pan welsant ei bod yn mynd yn syrcas yno. Gwelodd Meredydd yr Arolygydd a oedd yn nhŷ Gladys y diwrnod y bu farw yn dod o'u canol yn sydyn.

''Be sy'n bod?'' gofynnodd.

Dechreuodd y rhingyll ddweud ei gŵyn, ond torrodd Meredydd ar ei draws.

''Ble'r oeddech chi ddwy flynedd yn ôl y diawliaid?'' gofynnodd i'w canol. ''Mi fu 'na foddi yma'r adeg honno hefyd.''

Yr oedd wedi gwylltio gormod i ddal ei olygon ar unrhyw un o'r plismyn, a gwibiai ei lygaid o un i'r llall heb weld yr un ohonynt.

''Ond doedd hynny ddim yn bwysig nac oedd? Doedd ffeuan o bwys am hwnnw'n nac oedd?''

Ceisiodd yr Arolygydd siarad ond mynnai Meredydd gael y blaen.

''Be sydd mor arbennig yn hwn? Wedi treisio rhywun mae o?''

Dechreuodd rhai o'r plismyn wingo.

"Be wnewch chi efo fo pan ddowch chi o hyd iddo fo? Ei ddyrnu fo a'i gicio fo . . ."

"Taw, Meredydd."

Daeth llais Einir ag ef at ei goed a rhoes daw arni. Edrychai'r plismyn i gyd yn syfrdan ond yr Arolygydd a Gareth Hughes. Edrychodd yr Arolygydd yn fyfyrgar am funud, yna siaradodd yn hamddenol fel pe na bai dim o'i le.

"Os ydych chi'n chwilio am ŵr Tan Ceris, mae o yn yr iard. Os ydych chi'n mynd i ben y mynydd rhowch wybod i mi os gwelwch chi rywbeth anarferol."

Troes oddi wrthynt gan amneidio ar y rhingyll a safai'n syth fel polyn â'i ddyrnau'n dynn y tu ôl iddo'n ceisio dal ffrwyn ar ei gynddaredd. Rhoes edrychiad sydyn ar Gareth Hughes wrth glywed hwnnw'n rhoi ochenaid o ryddhad.

"Mi fyddwn i'n meddwl bod gennym ni reitiach petha i'w gwneud na ffraeo efo pawb sy'n pasio," meddai'n swta.

"Oedd raid iti fod mor gas?" gofynnodd Einir ar ôl iddynt gael y ffordd yn glir.

"Mae'r diawliaid yn 'y nghynddeiriogi i."

"Doedd dim gofyn gwylltio cymaint."

"Wyt ti 'rioed yn cadw'u hochor nhw?"

"Dim peryg. Ond dydw i ddim yn mynd i swcro dy hunandosturi di chwaith."

"Nid hunandosturi ydi o."

Ond gwyddai mai Einir oedd yn iawn.

Pwysai Now ar lidiart yr iard yn eu haros. Yr oedd ei bwrs baco'n agored ar y cilbost wrth ei ymyl, a rowliai smôc yn hamddenol. Hoffai Now y ferch y cawsai Meredydd afael ynddi, er nad oedd wedi ei gweld ond ryw unwaith neu ddwy. Medrai feddwl am gant a mil o bethau i'w dweud wrthynt, ond nid oedd hwyl pryfocio arno heddiw. Yr oedd Now braidd yn drist a phenisel. Pan ddaeth y ddau ato, gwelodd Now ar unwaith nad oedd fawr o hwyl ar Meredydd chwaith.

"Traed moch, Now."

"Ffwt of e pig, achan. Sut ydach chi 'ngeneth i, ia Einir yntê?"

Gwenodd Einir arno.

Taniodd Now ei smôc, ac aeth yn ddistawrwydd. Synnai Meredydd braidd; ni fu Now yn ddyn tawedog erioed.

Aeth y saib yn annifyr, gyda Meredydd ac Einir yn edrych o'u cwmpas, a Now'n edrych i lawr.

"Heb ddod o hyd iddo fo maen nhw," meddai Meredydd, er mwyn dweud rhywbeth.

Nodiodd Now dros y clawdd.

"Dwalad wedi'i chael hi, neithiwr."

"Y?"

"Ei gicio gafodd o, ne'i bastynu. Pastwn medda Gareth Plismon, traed meddaf inna. Mi cafodd hi, beth bynnag, i farwolaeth."

Edrychai'r ddau yn syn arno.

"Pwy ydi Dwalad?" gofynnodd Einir.

"Yr hen gi," meddai Now yn drist, "Roeddwn i'n damio digon arno fo, ond 'fynnwn i er dim iddo fo gael niwed chwaith, o fath yn y byd. Ond mi cafodd hi neithiwr. Yr hen foi 'na wnaeth. Yr hen beth Lerpwl 'na. Boddi'n rhy dda i'r diawl."

"Wedi boddi mae o?" gofynnodd Meredydd.

"Ia, medda Gareth gynna. Roedd o'n meddwl bod Dwalad wedi'i frathu o at yr asgwrn, ac wedi tynnu gwaed, oherwydd roedd 'na ddafna o waed i'w gweld yma ac acw ar hyd yr ochr 'na lle nad oedd y glaw wedi'u golchi nhw i ffwrdd. Mae'r plismyn wedi troi pob gwelltyn hyd yr hen le 'ma drwy'r bora, does 'na ddim y maen nhw wedi'i fethu. Ac maen nhw wedi darganfod lle disgynnodd o i'r môr. Roedd 'na olion llithro uwchben rhyw graig cyn cyrraedd clogwyn mawr, a hancas bocad yn waed i gyd hanner ffordd i lawr y graig. Wedi mynd i ganlyn dŵr mae o i chi. Mae 'na ddigon yn chwilio amdano fo beth

226

bynnag. Doedd yr un o'r diawliaid fawr o ddod yma pan foddodd dy dad.''

Gwelodd Meredydd ei gyfle.

''Roeddwn i'n dweud yr un peth gynna. Hunandosturi mae rhai'n ei alw fo.''

Gwenodd. Yr oedd yn braf teimlo'r tyndra'n mynd o'i gorff, ac yr un mor braf teimlo'i law yn cael ei gwasgu'n chwareus.

''O ia?'' meddai Now a gwên yn dod i'w lygaid. ''Meistras go galad, mi wela. Wnaiff hynny ddim drwg iti brawd, ddim drwg o gwbl. Rydw i wedi cael achlust ei bod hi'n rhy dda i ti, ac mae golwg felly arni hefyd. Pa bryd mae'r briodas?''

Aeth y wên o'i lygaid i'w wefusau pan welodd y gwrid sydyn yn dod i'r ddau wyneb o'i flaen yr un pryd.

Troes Meredydd y stori.

''Gefaist ti dy ddeffro'n o gynnar bora 'ma?''

''Cynnar?'' Tynnodd Now un bwff olaf o'r stwmp a'i saethu o'i geg yn syth ar draws y ffordd. ''Rarglwydd, do. Rywdro rhwng hannar awr wedi dau a thri oedd hi pan ddechreuodd yr hen gi udo, a'r peth nesa roedd y lle ma'n llawn o blismyn. Yr hen beth dre hwnnw oedd ar flaen y gad, hwnnw daliodd fi heb leisans gwn llynadd. Yr hen lipryn uffar iddo fo, mi aeth drwy bob twll a chongol o'r lle 'ma, y tŷ a'r cwbl. Tasa'r twelf bôr gen i fasa ddim gen i roi'r baril i fyny 'i din o a'i gollwng hi'r diawl.''

Chwarddai Einir yn braf.

''Aethon nhw 'rioed drwy'r tŷ?'' gofynnodd Meredydd.

''Do. Mi wyddwn i o'r gora be oedd, er nad oeddan nhw am gyfadda dim. Ofn oedd ganddyn nhw i mi roi llochas iddo fo am 'mod i'n brith berthyn iddo fo. Llochas myn diawl. Rown i ddim llochas i'r bustach . . . Fyddwch chi yn yr Wylan heno?''

''Mae'n ddigon peryg,'' meddai Meredydd.

''Fyddwn ni yn yr Wylan heno?'' gofynnodd wrth iddynt ddringo'r ychydig lathenni olaf i gopa'r mynydd.

"Gofyn am ganiatâd i fynd am beint wyt ti?" atebodd
Einir gyda gwên. "Mae'n ddigon hawdd gweld pwy ydi'r
mistar."

"Ho ho. Tyrd yma, mi sodra i di."

Gafaelodd ynddi a'i thynnu ato'n sydyn. Yr oedd ei
bochau a'i gwefusau'n boeth a gwasgodd hi'n dynn wrth
ei chusanu.

"Oeddat ti'n teimlo'n gas tuag ata i gynna ar ôl bod
efo'r plismyn 'na?" gofynnodd Einir a'i cheg yn cosi ei
glust.

"Gofyn am faddeuant wyt ti? Mae'n ddigon hawdd
gweld pwy ydi'r mistar."

Chwythodd Einir yn sydyn a ffyrnig i dwll ei glust nes ei
fod yn teimlo'i ben yn tincian. Neidiodd hi oddi wrtho a
rhedeg i gopa'r mynydd, a rhuthrodd yntau ar ei hôl, gan
afael ynddi a'i thynnu i lawr ar y gwellt. Teimlodd Einir
yn ei wthio i ffwrdd.

"Paid. Ddim yma."

"Pam? Does 'na neb o gwmpas."

"Be haru ti'r lob? Mae'r lle ma'n drewi o blismyn."

"Mae nhw'n rhy brysur."

Dymunodd Einir i'w phrotestiadau fod yn ofer.

Pan godasant o'r diwedd ac eistedd ar y copa troes
Meredydd ei olygon ar y môr, tra bu Einir yn dilyn hynt y
plismyn oddi tanynt ar lethrau Tan Ceris.

"Tro dy sbenglas ar y ddau gwch acw. Mae 'na
ddeifwyr ynddyn nhw. Mae nhw yna er ben bora. Mi
ddylant fod wedi chwilio'r holl fae bellach."

Cyfrai Meredydd wyth o gychod. Gwyddai mai
pysgota'r oedd dau neu dri ohonynt, ond nid oedd
amheuaeth bod y rhelyw yn chwilio am y dyn. Yr oedd yn
deimlad rhyfedd eistedd yno ar gopa Mynydd Ceris, a
gwybod bod dyn ar waelod y môr yn rhywle o dan ei
lygaid. Ceisiodd ddyfalu ble'r oedd y corff. Efallai ei fod
wedi ei ddal gan y creigiau tanfor ger y lan, neu efallai ei
fod yn union o dan y gorwel. Edrychai Meredydd yn drist
ar y dŵr; pan fu'n meddwl fel hyn o'r blaen nid oedd

glesni yn y môr na haul arno, dim ond tonnau llwydwyrdd bygythiol a'u hewyn yn crechwenu'n wawdlyd ar ei lygaid syn.

Troes i edrych ar Einir.

"Isio llun wyt ti?"

Chwarddodd Meredydd. Nid oedd Einir wedi tynnu ei llygaid o'r sbienddrych.

"Sut gwyddost ti 'mod i'n edrych arnat ti?"

"Roeddwn i'n dy deimlo di'n llygadu fel llo. Wyt ti isio hon?"

Rhoes y sbienddrych iddo.

"Wyt ti am aros acw heno?"

"O Dduw annwyl, dyma ni eto."

Daeth hofrennydd i ymuno yn yr hela, gan sgubo'n isel dros y môr yn ôl ac ymlaen, a'r goleuadau odani ond prin i'w gweld yn yr haul. Dilynodd Meredydd hi drwy'r sbienddrych at draeth Hirfaen, a rhoes ei sylw ar y bobl a gerddai'r traeth fel chwain. Gwyddai eu bod yn disgwyl i'r don nesaf daflu'r gyfrinach at eu traed, a'i gadael yno o dan eu trwynau. Yr oedd Llwybr Uwchlaw'r Môr hefyd yn llawn pobl, i gyd â'u hwynebau tua'r môr.

"Wyt ti isio llun?"

"Ha ha. Dyna i ti ail. Doeddwn i ddim yn edrych arnat ti."

"Paid 'ta."

"Wyt ti ddim yn meddwl 'mod i'n gweld digon arnat ti'r lwmp, heb fynd i rythu i dy wep di?"

"Diolch yn fawr iawn. Wyt ti am aros acw heno?"

"Sori. Mae gen i ddêt efo sarjant o'r dre."

Ond ni wrandawai Meredydd arni. Yn sydyn, yr oedd prysurdeb yn y môr. Daeth pedwar o'r cychod yn gyflym at gwch arall a oedd tua milltir o'r lan a tua thair milltir i'r de o draeth Hirfaen. Hoeliodd Meredydd ei sylw ar y cwch, ac ymhen ychydig dechreuodd hwnnw symud i gyfeiriad Hirfaen, a gwelodd Meredydd eu bod wedi gosod bwi fflamgoch yn y môr cyn i'r cwch symud oddi yno. Wrth i'r cwch ddynesu at draeth Hirfaen gwelai'r plismyn yn clirio rhan fawr o'r traeth, gan hel y bobl i'r pen arall.

Daeth y cwch i'r lan, a neidiodd pump neu chwech o ddynion ohono i'r dŵr. Codasant rywbeth o'r cwch a'i gario i'r lan, a'i osod ar y tywod. Ymhen dim, yr oedd plismyn wedi amgylchynu'r fan ac ni welai Meredydd ddim ond eu cefnau.

Pwniodd Einir ef.

"Yli Now."

Edrychodd Meredydd ar Dan Ceris, a gwelodd Now yn mynd yn araf i lawr y cae gyferbyn â'r tŷ, a rhaw dros ei ysgwydd.

"Roedd o wedi teimlo'n arw."

"Oedd. Wyt ti isio hon?"

Ysgydwodd Einir ei phen. Cododd Meredydd y sbienddrych at ei lygaid a gwelodd yr haul yn disgleirio'n sydyn ar rywbeth ynghanol y pentref.

"Mae nhw wedi ei gael o."

Dilynodd Meredydd hers Wil Garej gyda'r sbienddrych. Troes yr hers yn ôl ar ben yr allt i'r traeth, a bagiodd yr holl ffordd i lawr i'r gwaelod. Gwelodd Meredydd Wil yn dod ohoni ac yn agor y cefn. Byddai Wil yn hoff o gau'n gynnar ar brynhawn Sadwrn; gwyddai Meredydd ei fod yn damio'n sych y funud honno. Arhosodd Wil wrth yr hers tra bu plismyn yn mynd â'i gist ohoni a'i chario i ben draw'r traeth. Cyn bo hir daeth y gist yn ôl rhwng pedwar plismon a syllodd Meredydd arni'n llithro i mewn i'r hers.

"Pam nad ydi'r cychod acw'n mynd yn ôl?" gofynnodd Einir yn sydyn.

Cododd Meredydd y sbienddrych oddi ar hynt yr hers a'i llwyth a'i throi at y bwi a'r cychod eraill. Yr oedd pedwar cwch wedi eu gosod yn rhes rhwng y bwi a'r lan ac yr oedd prysurdeb mawr o'u cwmpas.

"Yli, mae'r cwch arall yn mynd yn ôl atyn nhw. Be mae nhw'n ei wneud?"

"Wn i ddim."

"Yli, mae'r plismyn ar yr ochrau 'na'n dal i chwilio. I be maen nhw'n dal i chwilio?"

"Ella bod un ohonyn nhw wedi colli'i helmet."

"Callia."

"Wyt ti am aros acw heno?"

"Nac ydw."

Rhoes Meredydd y sbienddrych iddi.

"Gawn ni weld pa'r un."

Yr oedd yn ddigon braf i fynd i nofio gyda'r nos, ond pan gyrhaeddodd Meredydd ac Einir Lwybr Uwchlaw'r Môr cawsant siom. Nid oedd y traeth wedi gwagio o gwbl a daliai'r bobl i sefyll a syllu, a phlismyn yma a thraw yn cadw golwg ar bopeth a ddigwyddai, ac yn cerdded hyd fin y dŵr gan edrych yn fanwl ar y tonnau bychain yn chwarae'n ddiog â'r tywod. I ffwrdd i'r de parhai'r prysurdeb o amgylch y cychod, tra daliai'r plismyn i gerdded y llethrau tu draw i Dan Ceris.

"Be wnawn ni? 'Does 'na ddim pleser mynd i nofio i ganol yr holl bobl 'na," meddai Einir.

"Hidia befo. Rho ddeuddydd neu dri arall iddyn nhw, ac mi fyddan wedi anghofio'r sioe i gyd, ac mi gawn heddwch. Beth am fynd i ben draw'r llwybr ac i lawr i'r traeth? Mi fedrwn ei chymryd hi'n ara deg wedyn am yr Wylan."

Cerddodd y ddau'n araf ar hyd y llwybr a'u bysedd yn chwarae â'i gilydd. Yr oedd y ddau'n ddistaw ynghanol eu meddyliau eu hunain, a chyraeddasant ben draw'r llwybr heb ddweud dim. Eisteddasant ar garreg.

"Peth rhyfadd 'tê," meddai Einir.

"Be?"

"Y noson y cwrddom ni â'n gilydd y daeth yr hen ddyn 'na i'r Erddig gynta un."

"Ia. Roedd 'na gwningen yma."

"Y?"

"Bore drannoeth. Mi ddois i am dro yma, ac roedd hi'n eistedd ar y boncan acw. Mi fuo ni'n edrych ar ein gilydd am hir nes imi laru a'i dychryn hi i ffwr."

"Am beth gwirion i'w wneud."

"Ia. Beth am ddyweddïo?"

Cododd Einir, a thynnodd ef ar ei hôl.

"Tyrd. Mi awn i lawr i'r traeth."

Cychwynasant i lawr yn ofalus.

"Pam nad atebi di gwestiyna pobol?"

Nid atebodd Einir. Edrychodd Meredydd arni a throes ei phen yn sydyn. Ond gwelodd y dagrau yn ei llygaid. Aethant i lawr yn dawel, a phan gyraeddasant y tywod gafaelodd Meredydd yn ei llaw.

"Be sy'n bod?"

Pwysodd Einir ei phen ar ei fynwes.

"Paid â gofyn. Paid â swnian. Rydw i wedi dweud wrthyt ti, rydw i wedi cael un ail. Pum wythnos sydd 'na."

"Wna i ddim gofyn eto."

"Diolch."

"Tan fory."

Plygodd Einir yn sydyn a chododd lond ei dwylo o dywod a'i blannu i lawr cefn Meredydd. Gwingodd yntau i geisio cael gwared â'r tywod ond yr oedd yn rhy hwyr. Teimlai'r tywod yn crafu'i wddf i lawr at ei ganol. Rhedodd ar ôl Einir a'i dal. Yr oedd ar fin ei baglu i'r tywod pan ymbwyllodd. Yr oedd pobl o gwmpas yn edrych arnynt. Bodlonodd ar ei thynnu'n dynn ato a rhoi un gusan angerddol sydyn iddi.

"Wyt ti am llnau 'nghefn i?"

"Tynn dy grys."

Tynnodd ei grys a rhwbiodd hithau'r tywod oddi ar ei gefn. Caeodd Meredydd ei lygaid. Rhoddai'r byd yn grwn am gael y traeth yn wag y funud honno.

Yr oedd Yr Wylan Wen yn llawn at y drws. Ymwthiodd Meredydd drwy'r bobl a'r twrw tuag at y bar bach gan dynnu Einir ar ei ôl. Clywai chwerthin Wil Aberaron a Gwilym Siop Gig yn llenwi'r tŷ, a gwelodd y ddau'n eistedd wrth y bwrdd bach, a Now rhyngddynt yn sigâr at ei draed.

"Gwnewch le, gwnewch le," meddai Gwilym, "cwsmeriaid y dyfodol myn diawl."

"Rwyt ti mewn rhyw smoc grand ar y naw," meddai Meredydd wrth Now.

"Pres y gemau," meddai Wil Aberaron. "Chlywaist ti mohonyn nhw'n dweud ar y newyddion bod y plismyn yn dal i chwilio am ryw emau hyd y lle 'ma? Chwilio y byddan nhw siŵr iawn, a hwn yn eu smocio nhw dan eu trwyna nhw. Wyt ti byth wedi prynu modrwy i'r hogan fach ddel yma? Gwna siâp arni wir Dduw ne' mi colli hi."

Chwarddodd Meredydd wrth weld gwrid Einir. Edrychodd hi'n ffyrnig arno a sathrodd ei draed yn llechwraidd.

"Dwyt ti ond yn ei haros hi, mêt."

"Siwtio fi i'r dim," sibrydodd Meredydd yn ôl gan edrych ym myw ei llygaid.

"Gefaist ti gig at fory?" gwaeddodd Now arno.

"Do, ceiliog," atebodd Meredydd.

Daeth chwyrniad sydyn o'r tu ôl i'r bar, a rhoes y tafarnwr ei ben drosodd.

"Cau di dy geg, Tan Ceris, ne' mi stopia i dy ddiod di."

"Mae 'ma stori yma," meddai Wil Aberaron.

"Chlywaist ti ddim?" gofynnodd Now.

"Clywad be?"

"Am Gwilym 'ma'n gwerthu ceiliog i ŵr y dafarn?"

"Naddo."

"Wythnos i heddiw. Mi prynodd Robin o'n ddigon diniwad, heb ei weld o. Ffydd ma' rhai pobol yn galw peth fela. Ond ail gafodd o. Roedd y ceiliog fel ysbryd, fel blydi rasal. Roedd Robin ar feddwl 'i iwsio fo fel brws siafio, iwsio'i fol o i rwbio'r sebon a'i asgwrn cefn o i dorri'r blew, ond roedd plu'r hen dderyn yn dod i ffwr dim ond wrth i fwytho fo, a chydig iawn oedd 'na ar ôl wedyn. Roedd o'n gweld yn syth drwyddo fo wrth ei ddal o i'r gola. Mi fydd yn rhaid iti wneud yn well na hynna efo pobol newydd Maes Ceris, Gwilym," ychwanegodd gan roi winc fawr ar y cigydd, "ne' mi fydd y wraig newydd yn prynu'i chig o Benerddig."

"Rydw i'n mynd allan," sibrydodd Einir.

Ond clywodd Now hi.

"Dal dy wynt, Einir fach," meddai, "dydan ni ond megis dechra arnat ti."

A hithau ar dywyllu, cerddai'r ddau ym mreichiau ei gilydd i fyny'r allt tua'r tŷ.

"Wnest ti fwynhau dy hun."

"Dydych chi ddim ffit."

"Efo be ei di i'r Erddig?"

"Y?"

"Roeddat ti'n dweud gynna nad oeddat ti am aros acw heno."

"Mi gerdda i."

"Wnei di wir?"

"Ei di â fi adra fory?"

"I Borthmadog?"

"Ia."

"Iawn. Ddoi di efo mi bora Llun?"

"I ble?"

"I Benerddig."

"Penerddig?"

"Ia. Mae 'na siop fodrwya yn y Stryd Fawr."

"Ac yno y bydd hi."

Troes y ddau i'r stad, a gwrandawodd Meredydd ar dawelwch Hirfaen. Gafaelodd yn dynnach yn Einir a mwythodd ei boch. Fe gâi amser i ofyn eto cyn bore Llun. Yr oedd diwrnod a darn tan hynny.